BAGDÁ NOIR

MUHSIN AL-RAMLI
NASSIF FALAK
SINAN ANTOON
AHMAD SAADAWI
SALAR ABDOH
HADIA SAID
HAYAT RAIES
MOHAMMED ALWAN JABR
SALIMA SALIH
HASSIN MUZANY
DHEYA AL-KHALIDI
ROY SCRANTON
ALI BADR
LAYLA QASRANY

AGDÁ NOIR

SAMUEL SHIMON [ORG.]

TRADUTORA JEMIMA ALVES

PARA HUSSAIN AL-MOZANY
E MAGGIE ESTEP

INTRODUÇÃO

JARDIM DA JUSTIÇA, CIDADE DA PAZ

SAMUEL SHIMON

Passados a invasão britânica do Império Otomano, em 1917, e o período do Mandato Britânico, o Iraque moderno veio a se constituir de três províncias: Mosul, Basra e Bagdá. Depois de os iraquianos se rebelarem contra o regime britânico, Faisal I foi coroado rei da monarquia Hachemita, com capital em Bagdá — uma cidade com história longa e rica, fundada pelo califa abássida Abu Jaafar Al-Mansur, no ano de 762, e chamada por ele *Madinat al-Salam* (Cidade da Paz). Desde então, Bagdá se tornou um lugar de congruência entre a cultura, o comércio e o ensino árabes, situada de fato no berço da civilização, às margens do imponente rio Tigre, na região que outrora compreendia a Mesopotâmia. Quando o estado iraquiano moderno foi estabelecido, em 1921, sua população chegava a quarenta milhões de pessoas — com aproximadamente dez milhões apenas em Bagdá, a segunda maior cidade do mundo árabe, atrás apenas do Cairo.

Historicamente, o Iraque é um dos países mais diversos do mundo em termos étnicos. Num passado longínquo, antes de as tribos árabes emergirem nesse território, essa era a região ocupada por sumérios e assírios. Mais tarde, como centro do califado islâmico por mil anos, atraiu uma mistura de várias nacionalidades. Até recentemente, casamentos de iraquianos com circassianos, turcomenos, curdos ou iranianos eram muito comuns, gerando miscigenação entre esses grupos. Se considerarmos ainda as conquistas mongóis, turcas e iranianas, assim como as inúmeras peregrinações aos lugares sagrados para os xiitas, temos um cenário que torna impossível consentir com a ideia de uma identidade étnica nacional única.

Embora o árabe seja a língua dominante, o curdo, o turcomeno, o assírio, o armênio, o siríaco e o persa também são falados por todo o país. Esses diversos grupos étnicos e linguísticos refletem, por sua vez, uma série de crenças religiosas. (Oficialmente, o Iraque permaneceu um país secular desde o estabelecimento da monarquia até a queda do regime de Saddam Hussein, após a invasão estadunidense, em abril de 2003.) A população majoritária muçulmana divide-se entre xiitas e sunitas — e enquanto não houver uma estatística oficial, presume-se que o número de xiitas seja superior ao de sunitas. Há também uma população significativa de curdos (de maioria sunita) e turcomenos, concentrados no norte do país, nas redondezas de Kirkuk. Muitos iranianos se estabeleceram nos arredores dos lugares sagrados em Najaf e Kadhimiya, assim como os mandeus em Basra e no sul. A robusta população cristã do país possui as mais variadas origens e denominações, formando uma grande parte da população do norte, enquanto os iazidis se assentaram principalmente no entorno do monte Sinjar. Parte expressiva da comunidade judaica de Bagdá (assim como de outras cidades) deixou o país para viver em Israel, no final da década de 1940.

Desse caldeirão de influências, eu encomendei quatorze contos inéditos: dez escritos por autores iraquianos e quatro por estrangeiros. Dentre os não iraquianos estão um estadunidense, um iraniano e duas escritoras árabes — uma tunisiana e outra libanesa. Esses autores, embora não sejam iraquianos, passaram parte da vida em Bagdá e conhecem muito bem a cidade.

A reunião de todos esses contos se mostrou um trabalho bastante árduo. No mundo árabe, não estamos acostumados ao conceito de encomendar histórias com tema e tamanho específicos — e, nesse caso, temos ainda um lugar específico — para então trabalharmos nas revisões com o autor. De maneira geral, os escritores árabes não estão familiarizados com o processo editorial do Ocidente, o que se mostrou desafiador. Além disso, por esta ser a primeira coletânea iraquiana de ficção policial de que tenho conhecimento, eram poucos os que já tinham alguma experiência com a literatura *noir*.

De modo geral, o desenvolvimento do romance moderno iraquiano é um fenômeno recente na história da literatura do país. A maioria das pessoas considera *Jalal Khalid*, de Mahmoud Ahmed Al-Sayed, publicado em 1928, o primeiro romance iraquiano. O livro é estruturado em forma de memórias de um iraquiano de uns vinte anos de idade, que se muda para a Índia em 1919 para escapar da ocupação britânica e se casa com uma judia que conhece na viagem. Depois da Segunda Guerra Mundial, os escritores iraquianos são influenciados pelos gigantes da literatura norte-americana e europeia, cujos trabalhos foram traduzidos para o árabe — apesar de muitos lerem em inglês. Entre alguns dos pioneiros da ficção iraquiana estão

Abdul Malik Nouri, Ghaieb Tumaa Farman, Fouad Al-Tikerly e Mahdi Issa Al-Saqr, que foram sucedidos por nomes como Fadhil Al-Azzawi, Lutfiya Al-Dulaimi, Muhammad Khudayyir, Abdul Rahman Majid Al-Rubaie e Mahmoud Said. Os contos e romances produzidos por esses autores exploram temáticas da vida cotidiana iraquiana, tais como: amor, vingança, idílio, doença e isolamento. Nos últimos anos, alguns desses trabalhos têm adotado aspectos do realismo mágico e do existencialismo.

O romance iraquiano se tornou muito mais difundido depois da invasão estadunidense em 2003 e da consequente queda do regime de Saddam Hussein. Em menos de quinze anos, aproximadamente setecentos romances foram publicados no país — um número maior do que se viu em todo o século XX —, incluindo trabalhos que tratam de tópicos da contemporaneidade, como as sanções das Nações Unidas, a guerra Irã-Iraque, a ocupação iraquiana do Kuwait e, claro, a invasão estadunidense. Como refletem estas páginas, a literatura tem condenado tanto a ocupação estadunidense e a consequente barbárie que destruiu o país como o regime ditatorial que a antecedeu. Alguns autores escrevem de maneira crítica sobre a prevalência religiosa e as milícias sectárias que amplamente controlam as ruas de Bagdá ainda hoje. Dentre os principais escritores iraquianos contemporâneos — alguns deles constam nesta coletânea — estão Ahmed Saadawi, Nassif Falak, Betool Khedairi, Ali Badr, Inaam Kachachi, Dheya Al-Khalidi, Sinan Antoon, Muhsin Al-Ramli, Duna Ghali, Dhia Al-Jubaili e Chahad Al-Rawi. Muitas de suas obras estão sendo traduzidas para outras línguas. *Frankenstein em Bagdá*, de Ahmed Saadawi, vencedor do Prêmio Internacional de Ficção Árabe, foi um *best-seller* nos Estados Unidos.

Embora os iraquianos concordem de imediato que suas vidas sempre foram *noir*, a maioria dos contos de *Bagdá noir* é centrada nos anos que sucederam a invasão estadunidense de 2003. Contudo, temos ainda uma narrativa que se passa em 1950 e três nas décadas de 1970 e 1980 — períodos da história recente do Iraque que ajudam a elucidar o presente.

Escapei do país poucos meses antes de Saddam tomar o poder, em julho de 1979. Naquela época, antes de o regime declarar guerra ao Irã, o dinar iraquiano valia 3,60 dólares — atualmente, vale por volta de 0,00084 — e o país vivia uma prosperidade ascendente, ostentando uma força de trabalho internacional e uma classe média crescente. Ao chegar em Damasco, fui imediatamente preso pela polícia secreta síria, acusado de ser um espião judeu. Houve duas razões para isso: a primeira, meu nome (na verdade, sou descendente de assírios); a segunda, ter dito a um policial que eu estava indo para o Líbano em busca de trabalho. Ele totalmente descrente gritou: "Como você acha que vou acreditar nisso, quando todo mundo sonha em trabalhar no Iraque?".

A guerra Irã-Iraque foi o início do esfacelamento da sociedade civil iraquiana, com meio milhão de soldados e outro meio milhão de civis mortos de cada lado — uma geração inteira efetivamente dizimada. Infelizmente, a maior parte da produção literária da época enaltecia os esforços da guerra contra o que ficou conhecido como os *Magi* iranianos — e, é obvio, pouca coisa que não trazia esse teor pôde ser publicada oficialmente. A destruição da vida iraquiana foi realmente levada a cabo quando Saddam Hussein invadiu o Kuwait em 1990. Os dezessete dias de bombardeio sobre Bagdá e outras cidades, liderado pelo exército estadunidense numa coalizão em defesa do Kuwait, e os subsequentes treze anos de sanções econômicas estagnaram a sociedade iraquiana, levando-a de volta para Idade da Pedra. Mas não foi nem de longe o fim da história *noir* do Iraque. Em abril de 2003, a invasão estadunidense aniquilou, de uma vez por todas, qualquer possibilidade de um Iraque secular e moderno.

A fim de orientar os autores desta coletânea, eu me voltei para um dos primeiros livros da série *Noir* da Akashic, *Queens Noir*. Achei o conto "Alice Fantastic" (Alice fantástica), de Maggie Estep, a quintessência do gênero. Pedi então permissão para traduzi-lo ao árabe e enviei aos autores como exemplo de bom *noir* — um dos melhores que li na vida, sem um típico *monsieur* Poirot de protagonista. O escritor Hussain Al-Mozany amou o conto de Maggie e, depois da leitura, escreveu sua própria narrativa: "Garrafas vazias". Infelizmente, foi o último texto do autor, que veio a falecer, vítima de um ataque cardíaco, em dezembro de 2016, aos 63 anos. (Maggie também falecera recentemente, em fevereiro de 2014, aos cinquenta anos.)

Os três contos que se passam durante a era de Saddam discorrem sobre a vida iraquiana nos últimos cinquenta anos. Em "O apartamento", de Salima Salih, as aparências podem ser muito traiçoeiras quando uma velha senhora que vive só é encontrada morta após ter, supostamente, batido a cabeça ao cair. "Terça-feira da desolação", de Layla Qasrany, e "A noite do desaparecimento de Sabah", de Hayat Raies, capturam a atmosfera e o clima de medo do Iraque da década de 1970, quando Saddam Hussein consolidou impiedosamente o poder baathista. "Baghdad House", de Ali Badr, é um tributo a Agatha Christie, que morou no Iraque nos anos 1950.

Os sequestros e raptos aleatórios que aterrorizam as famílias desde 2003 é o tema central de "O quarto 22", de Mohammed Alwan Jabr, enquanto "Chegada à rua Abu Nuwas", de Dheya Al-Khalidi, descreve um período em que as tropas estadunidenses já haviam deixado o Iraque — o protagonista desperta em meio a um pesadelo, ao se ver cativo de crianças em uma oficina abandonada. "De volta para casa", escrito pelo ex-soldado Roy Scranton, é uma caçada marcada pela selvageria brutal que se desenrola em Bagdá antes de o Daich ocupar Mosul, na qual um soldado se vinga de líderes de milícia. "O prontuário de Jassim", de Sinan Antoon, é baseado na história real de pacientes do Hospital Psiquiátrico de Al-Rachad, que escapam em massa após a invasão dos soldados estadunidenses. Em "Bagdá em contratempo", Salar Abdoh escreve sobre um veterano de guerra e detetive particular iraniano que tem a tarefa de investigar uma série de assassinatos de conspiradores do regime.

A família é também um tema relevante da coletânea, sobretudo a deterioração dos relacionamentos entre pais, filhos e até irmãos. Em "A morte da lua egípcia na casa bagdali", de Muhsin Al-Ramli, duas lindas irmãs são assassinadas por um conhecido; trata-se de uma história policial que, ao buscar o porquê desses crimes, apresenta a terrível fratura sofrida pela sociedade iraquiana desde 2003. "Registro do Juízo Final", de Nassif Falak, que se passa durante o período de sanções das Nações Unidas, desenterra terríveis mensagens, desaparecimentos, diretivas secretas e enigmas que acabam em assassinatos, comandados pelos *mujahidin* como "expressão da vontade de Deus", tudo registrado em livro, linha por linha. Hadia Said, em seu conto "Realidade TEPT em Al-Qadissiya", retrata de maneira habilidosa o que se passa na mente de um homem que retorna do exterior ao Iraque e encontra a casa da família abandonada e destruída. Em "Sabor de remorso", de Ahmed Saadawi, o protagonista Yasser combina a curiosidade do detetive com uma investigação insistente e pragmática à medida que revela a história surreal por trás do aparente suicídio do irmão.

No seu conjunto, as histórias de *Bagdá noir* testemunham a duradoura resiliência do espírito iraquiano em meio aos desdobramentos da vida cotidiana e de um estado de desespero contínuo, do qual a literatura *noir* oferece apenas uma ideia. As contribuições deste livro também se sustentam como contos independentes, nos quais as tradições riquíssimas de interculturalidade transcendem a realidade política imediata — mesmo que nela se baseiem. Muito semelhante à tapeçaria de culturas às margens do Tigre, que formam a Cidade da Paz, *Bagdá noir* comprova que não há nada de monolítico ou ordinário nas vozes de seus escritores.

Samuel Shimon
Junho de 2018

PARTE 1: ASSASSINATO NA FAMÍLIA

A MORTE DA LUA EGÍPCIA NA CASA BAGDALI

MUHSIN AL-RAMLI

Distrito de Al-Fadhil

O grito de sua mãe nos despertou às cinco da madrugada; então, todos nós, moradores da antiga casa bagdali, no distrito de Al-Fadhil, vimos o corpo estirado no pátio. Era Qamar, a jovem universitária, a moradora mais bonita da casa e do bairro todo. A moça mais bonita que nossos olhos já viram.

Da varanda do segundo andar, ela parecia crucificada no chão. Imóvel, com braços e pernas abertos, e os cabelos penteados emoldurando a cabeça feito a lua escura.

O senhorio da casa, um sexagenário, se aproximou e, ao perceber que não havia qualquer vestígio de sangue, verificou o pulso e em seguida o pescoço, certificando-se da morte. Pegou um bilhetinho que estava entre os dedos dela e leu: "Eu a matei porque a amo". Ajeitou os óculos e leu uma segunda vez. Foi até o portão principal e conferiu os cadeados e as trancas — instalados desde a chegada dos americanos, a ocupação do país e o surgimento dos grupos de resistência armada no bairro. Estavam perfeitamente trancados, da maneira exata como ele sempre fazia, todos os dias, às dez da noite, depois da imposição do toque de recolher. Então, voltou para o quarto e ligou para a polícia.

A polícia, com habilidades que se resumiam à arte do suborno, se limitou a mandar um sargento e dois praças para reunirem todos nós pela primeira vez. Os praças trouxeram uma mesa dobrável e duas cadeiras. O sargento sentou-se enquanto os praças nos organizaram em círculo no pátio, e ordenaram que nos sentássemos na cadeira livre, um após o outro, e escrevêssemos: "Eu a matei porque a amo". Em outro papel, anotaram dados de nossos documentos, mergulharam nossos dedos em tinta e colheram as digitais. Enfiaram todos os papéis em uma pasta e saíram sem dizer se voltariam, nos deixando à mercê do medo e da desconfiança uns dos outros.

Como na maioria das casas bagdalis antigas, estávamos em uma construção quadrada de dois andares, com pátio no centro, também quadrado. Havia oito quartos grandes, quatro em cada nível, um em cada lado do corredor — conforme a necessidade, alguns deles tinham sido divididos em dois, com tabiques de madeira — e, em cada andar, havia um banheiro e uma cozinha compartilhados.

Eu e meu amigo Rafid alugamos um desses quartos no segundo andar. Viemos de nosso vilarejo para Bagdá a fim de cursar a universidade e não encontramos nada mais barato do que essa casa perto da faculdade, na Bab Al-Muazzam, a uns vinte minutos de caminhada. Como um típico bairro popular do centro de Bagdá, havia uma grande mesquita, a Al-Fadhil, e próximos a ela a praça Maidan, a rua Al-Rachid e o Banco Central, e a avenida Al-Kifah, onde fica o pronto-socorro e o mercado principal, rodeado por outros mercadinhos e muitos cafés antigos e modernos, restaurantes baratos, hamams públicos, lojas de tecidos e condimentos, de venda de pássaros, as tradicionais panificadoras e oficinas de ferreiros e de consertos de aparelhos velhos.

Árabes, curdos e turcomanos, muçulmanos, cristãos e sabeus moravam todos juntos ali e, apesar dos diferentes matizes, estavam unidos pelos laços de uma mesma família ancestral. Gente simples e modesta, mas generosa; gente sensível e de coragem, que, apesar de nacionalista, respeitava os estrangeiros que chegavam na região para visitar ou alugar uma casa. O bairro trazia sinais de esquecimento desde sua fundação — na era da Bagdá abássida, ou para além dos limites da história, quando já estava marcado por ruas estreitas, fétidas e esburacadas, apinhada de gritos de crianças brincando e de vendedores ambulantes com seus carrinhos. Nas calçadas, viam-se pilhas de lixo cujo fedor se misturava à fumaça e se erguia ao céu numa confusão de odores de comida, carne assada e temperos. Casas abarrotadas de gente, feitas de tijolos e madeiras já podres que, apoiadas umas nas outras, só não desmoronavam por falta de espaço. Em algumas delas, podia-se ver vestígios de bombardeios e buracos de balas trocadas durante os numerosos enfrentamentos entre americanos e grupos armados.

O quarto de frente ao nosso era alugado por Ádil, estudante universitário que tinha vindo de outro vilarejo. Quanto ao quarto que ficava entre o nosso e o dele, vivia lá um policial bagdali, com a esposa e o filho com síndrome de Down. Gorducho e bigodudo, passava a maior parte do tempo bebendo, à espera da aposentadoria no ano seguinte. O próximo dormitório, cuja porta fora removida, era usado pelo senhorio como depósito da lã que ele vendia e pelo meu amigo Rafid, que no meio da noite tinha ali encontros amorosos com Qamar. Os dois tinham uma relação estreita porque estudavam inglês juntos e talvez tenha sido ela quem sugerira que ele alugasse um quarto na casa. Tudo que se passava entre os dois no depósito de lã ocorria com extrema cautela, pois ficava bem em cima do quarto do dono da casa. Ele havia escolhido o cômodo por ser o mais perto da escada e da porta principal, de modo que pudesse supervisionar quem entrava e saía e controlar, ele mesmo, o trancamento da porta. À sua frente, vivia sua filha viúva com dois filhos, enquanto o aposento no final do corredor era ocupado por um casal de trabalhadores e seus filhos — gêmeos adolescentes e gêmeas bebês. Era uma família pobre, conservadora, quieta e que raras vezes víamos ou ouvíamos, com exceção dos gritos das gêmeas de vez em quando. O dormitório vizinho era ocupado pela mãe de Qamar e as três filhas. Qamar era a do meio. A mais velha a mãe chamou de Fadhila, pois nascera aqui no bairro de Al-Fadhil. Fadhila cursou Letras-Inglês na universidade, mas não tinha emprego. Sentia-se desesperada porque ia ficando mais velha e ninguém lhe propunha casamento. A mais nova ainda era uma adolescente do Ensino Médio, que passava a maior parte do tempo se divertindo com os meninos do bairro ou ouvindo música alto. O pai, egípcio, não conseguiu convencer a mãe a viver na terra natal dele, mesmo depois de ela ter tentado por dois anos — quando nasceram Qamar e a filha mais nova, Sahar. As meninas tiveram os nomes escolhidos pela avó paterna. Na noite quente do nascimento de Qamar, a avó saiu na varanda e viu a lua luminosa e cândida refletida nas águas do Nilo. O nome agradou a mãe porque lhe lembrava a *takiya* do xeique Qamar, um dos maiores líderes do sufismo antigo, no bairro de Al-Fadhil. Frequentada por alunos de teologia de todas as partes do mundo, foi ali, no século XIX, que surgiu o célebre xeique Muhammad Said Al-Naqchbandi, que se tornou um dos maiores xeiques de seu tempo. Seu posto na ordem Naqchbandi, em Bagdá, foi ocupado depois por seu neto, o xeique Bahauddin. A mãe se lembrava de quando o pai a levava, ainda criança, para a *takiya*, e como ela ficava enfeitiçada com os toques dos tambores dos dervixes, seus cantos e danças de giros infinitos. Quando nasceu sua filha mais nova, a avó saiu na varanda, avistou a aurora e disse: "Sahar, pois rima com Qamar".

A mãe voltou com as filhas para Bagdá alegando que não suportava viver longe de sua pátria, ainda que o Iraque fosse um pedaço do inferno. Ali nascera e ali morreria. Seu avô havia lutado contra a ocupação inglesa e seu pai, oficial do exército, participara da transição de monarquia para república. Portanto, ela não cederia às súplicas do marido para viverem no Egito. E, apesar de um bombardeio ter destruído o telhado da casa que havia herdado, a mulher insistiu em morar de aluguel perto dos escombros até que terminasse a ocupação e fosse possível reconstruí-la, como dizia.

Quatro dias depois da morte de Qamar, por volta das seis da tarde, o vizinho policial veio ao nosso quarto para uma visita. No momento exato de sua chegada, eu estava voltando da universidade sozinho. Meu amigo

Rafid, como de costume, ainda não tinha chegado e, às vezes, dormia fora de casa. Ele era um cara tão vibrante e esperto que em menos de um ano conseguiu estabelecer uma rede de relações impressionante; conhecia donos de restaurantes, lojas e cafés do bairro, da praça vizinha, Maidan, e da Bab Al-Muazzam. Por conta desses contatos, resolvia qualquer problema que aparecesse, como falta de mantimentos ou escassez de combustível para as lamparinas e para cozinhar. Conhecia a maioria dos frequentadores do café Umm Kulthum e os cafetões do distrito de Haydar Khana. Graças a sua habilidade de se relacionar, se dava bem nos estudos sem esforço.

E o que traria o vizinho policial ao nosso quarto senão o vínculo que tinha com Rafid? Era ele quem levava bebidas ao policial quando seu estoque secava, embora não se soubesse de onde vinham. Os dois passavam longas noitadas jogando xadrez, fumando, conversando e trocando favores e informações sobre a gente do bairro e da região que ambos conheciam.

O policial se sentou na beira da cama de Rafid e comentou, suspirando: "Tadinha da menina Qamar. O que você acha que aconteceu com ela?".

"Não sei", respondi. "E você, o que acha?"

"Foi assassinada, com certeza", ele disse. "Asfixia ou envenenamento. Vou descobrir. A última tarefa que vou cumprir antes de me aposentar vai ser resolver esse caso do assassinato dela. A delegacia já deve ter me designado para o trabalho."

Fiquei perturbado e perguntei: "Quer um chá?".

"Não", ele respondeu. "O Rafid não tem um restinho de bebida aí?"

"Debaixo da cama."

Ele estendeu a mão, puxou uma garrafa e serviu-se de um copo sobre a mesinha entre nós. Então, perguntou: "Cadê o Rafid?".

"Não sei, provavelmente na universidade ou no café Umm Kulthum. Deve chegar tarde, como sempre."

Tomou um gole e disse: "Eu sei que ele tinha um caso às escondidas com a menina Qamar e que os dois ficavam sozinhos de noite no armazém de lã".

Fiquei ainda mais perturbado e não encontrei outra resposta a não ser: "Acho que não, não sei...".

Mas ele interveio: "Meu filho me contou que já viu eles se esgueirando até lá mais de uma vez".

Depois de me calar por um instante, falei: "Mesmo que seja verdade, não acredito que o Rafid tenha qualquer relação ou teria algum benefício com a morte dela. Pelo contrário, é impensável que ele possa ferir alguém. Eu conheço ele bem, somos amigos desde criança no vilarejo. O assassinato dela o chocou, assim como a todos nós".

"Eu sei, eu sei, o Rafid é um cara bom e faz o bem pra todo mundo. E não suspeito só dele."

O que ele disse me deixou mais aliviado, apesar de não sentir total honestidade de sua parte. Então continuei: "Além disso, o assassino deixou um bilhete de próprio punho em cima do cadáver dela. A polícia já recolheu amostras da caligrafia de todo mundo. Sem dúvida o criminoso vai ser facilmente descoberto, mais dia menos dia".

"Não acho. Isso é procedimento padrão pra eles se safarem de qualquer complicação, por isso me designaram para o caso. Eu sou policial desde que tinha a sua idade e sei que eles não vão fazer nada, principalmente nesse caos, sem laboratório, sem especialistas e sem investigação. Eles vão arquivar o processo como já fizeram com centenas ou milhares de outros, aqueles cadáveres indigentes que encontramos nas ruas todo dia. Além disso, o que faz você pensar que o assassino não tenha, deliberadamente, deixado esse bilhete com caligrafia de outra pessoa só para nos despistar?"

Calou-se, depois concluiu: "O assassino deve ser daqui desta casa, porque o senhorio controla o fechamento do portão principal toda noite. Ele mesmo o conferiu na noite anterior do assassinato de Qamar. De quem você desconfia?".

"Não sei, não desconfio de ninguém, estou tão confuso quanto você", respondi.

"Não estou confuso. De um jeito ou de outro, vou descobrir como chegar ao criminoso." Os traços de embriaguez ficavam cada vez mais evidentes nas feições dele. "O que me diz de Ádil, nosso vizinho? Estudante também. O cara vive sozinho e lançava uns olhares furtivos e cheios de cobiça pra Qamar. Ele é um tanto misterioso com algumas coisas. Você conhece bem ele?"

"Mais ou menos. Às vezes, vamos juntos pra faculdade ou nos encontramos na biblioteca. Não sei, ele é um cara bacana e inofensivo, não se interessa por nada que não seja estudar. É bem religioso."

O policial bufou e disse: "Não se deixe enganar pelas aparências, porque a maioria dos crimes humanos é cometido em nome da religião".

Nesse ponto da conversa, Rafid chegou. Os dois se abraçaram e ele se sentou ao lado do policial. Serviu-se de um copo de bebida e encheu de novo o do policial, que lhe perguntou: "Onde você estava?".

"Estava com Ádil, no café Umm Kulthum", respondeu Rafid.

"Por quê?", perguntou o policial. "Vocês não costumam andar juntos, nem são tão amigos assim."

"Sim, mas ele estava ansioso e triste com o que aconteceu. Me pediu conselho sobre sair da casa e procurar outro lugar pra morar. Disse que não consegue mais se concentrar nos estudos e que a imagem do cadáver de Qamar aparece pra ele toda noite em pesadelos horrendos."

O policial se virou para mim. "A-rá! Eu não disse pra você não confiar nos religiosos?"

Rafid, com sua costumeira autoconfiança, retrucou: "É porque ele é muito sensível. Disse que essa é a primeira vez na vida que vê um cadáver humano, apesar de todas as guerras e perdas deste país".

Ele pegou o tabuleiro de xadrez e propôs uma partida ao policial, mas o homem se desculpou e saiu, dizendo estar cansado e que, no dia seguinte, teria muito trabalho.

Contei a Rafid tudo o que o policial havia dito e me surpreendeu ele só dar de ombros, deitar-se na cama fumando e dizer: "Deixa ele pra lá, é um idiota. Tenho certeza de que ninguém incumbiu ele de nada. No máximo, talvez, alguém tenha dito: 'Fique atento, pode ser que você descubra alguma coisa'. Quem garante que não é ele o assassino, ou o filho doente dele, ou até a esposa? A própria Qamar me contou que ele provocou ela mais de uma vez — sóbrio e bêbado — e ela teve que dar uns chega-pra-lá nele. Contou que o filho dele ficava espiando ela. Várias vezes passou a mão nos braços dela e, uma vez, tentou pegar no seu peito. E ele, embora tenha síndrome de Down, é um cara de vinte e tantos anos, com os hormônios à flor da pele. Quem pode garantir que não foi ele, o pai, ou até mesmo a mãe — tentando tirar Qamar das vistas do filho e do marido? Ele com frequência ameaçava se casar com outra dizendo que era culpa dela todos os filhos estarem mortos, porque nasciam doentes".

Fiquei surpreso com o que Rafid falou; então disse: "Escuta, a gente tem que sair desta casa o mais rápido possível. Não vamos conseguir mais viver e estudar em paz depois do que aconteceu aqui".

"Não seja idiota como Ádil. Quem deixar a casa agora vai levantar suspeita sobre si imediatamente e podem até jogar a culpa na pessoa pra encerrarem o caso."

"O que a gente vai fazer, então?"

"Antes de mais nada, gente precisa descobrir quem é o assassino, depois pensamos em mudar daqui. Eu vou investigar a coisa do meu jeito. Sinto que a morte dela foi um tipo de afronta pra me complicar ou arruinar minha reputação."

"Não sabia que você amava a moça a esse ponto!", eu disse.

"A gente estava apaixonado e se dava bem em quase tudo. Parece que muitos moradores da casa sabiam ou ao menos desconfiavam da nossa relação. Qamar me disse que suas irmãs sabiam, porque as três dormiam no mesmo quarto. As duas pegaram ela mais de uma vez escapulindo no meio da noite ou voltando do armazém de lã depois de se encontrar comigo. Todo dia, a mais velha chamava a atenção de Qamar por causa disso. Tinha ciúmes dela porque Qamar era mais bonita, mais esperta e namorava comigo. Fadhila tentou se aproximar de mim assim que chegamos aqui, mas não correspondi. Comentei com você na época. Então, a assassina poderia ser a irmã mais velha. Até mesmo a mais nova, ainda que minhas suspeitas sobre ela sejam menores. Sahar estava sempre brigando com Qamar e ameaçava desmascarar a irmã, porque ela impedia a menina de desperdiçar seu amor em relacionamentos e saidinhas com os gêmeos e outros caras do bairro."

"E a mãe delas sabe de tudo isso?", perguntei.

"Não, a mãe é uma coitada, sempre ocupada tentando conseguir dinheiro pro aluguel e pra comida. Ela sai cedo pra comprar peixe direto com os pescadores e depois passa quase o dia todo vendendo de porta em porta, ou pros restaurantes. Com a paralisação dos bancos e das agências de câmbio desde o início da invasão, a quantia simbólica que o pai delas enviava do Egito não chega mais. É por isso também que às vezes Qamar trabalhava de tradutora pros americanos e trazia documentos e arquivos pra Fadhila traduzir. Precisava do dinheiro pras despesas pessoais. Como você sabe, Qamar não abria mão dos cuidados com a aparência: perfumes, maquiagens, pulseiras, colares e roupas chiques e modernas, apesar de toda essa situação."

Acendeu um cigarro e continuou a conversa como se pensasse sozinho em voz alta: "O senhorio implicava muito com elas toda vez que atrasavam o aluguel, ameaçando expulsar as quatro daqui. Qamar contou que ele tinha tentado convencer a mãe dela a se divorciar do egípcio pra se casar com ele ou a dar a mão de uma das filhas e, em troca, o homem registraria metade da casa no nome da esposa. O mesmo acordo ele oferecia pra qualquer um que se casasse com a filha dele. Mas a mãe deu uma esculachada nele e, desde então, os conflitos entre os dois não param. Como saber se não é ele o assassino? Sendo o sovina que é, não iria tolerar que não pagassem o aluguel por três meses. Qamar enfrentou ele mais de uma vez com muita firmeza, e não economizaram na troca de insultos. Mas a filha dele também poderia ser a assassina, não? Jovem, viúva e presa a duas crianças pequenas e a um pai opressor. Ela via Qamar como empecilho a qualquer oportunidade de arranjar outro marido. Afinal, todos os homens que entravam nesta casa só tinham olhos pra Qamar, bastava ver sua beleza e simpatia. E pode ser também que pai e filha tenham cooperado por causa da rixa entre as famílias. Eu sei que tinham divergências constantes e se envolviam em brigas e provocações. Mas, além disso, talvez exista uma história anterior que justifique essas querelas entre as duas famílias, que fazem parte dos moradores mais antigos do bairro de Al-Fadhil. Aqui, as famílias herdam tudo, até os inimigos".

Dessa maneira, e por um mês inteiro, a morte de Qamar se tornou o único assunto entre mim e Rafid. Passávamos as noites nos lembrando dos acontecimentos e imaginando possibilidades, analisando tudo o que sabíamos ou percebíamos. Estudávamos cada um dos moradores da casa em detalhes. Não raro, mergulhávamos em associações de pormenores, lembranças e quaisquer evidências disponíveis. Às vezes, estávamos prestes a nos convencer de que o assassino era um ou outro; nem a discreta família de trabalhadores escapou. Rafid dizia que os gêmeos tinham um relacionamento com a irmã mais nova, Sahar, e travavam uma guerra silenciosa pela afeição da menina. Qamar se intrometia com frequência, impedindo a irmã de ver os garotos e, vez ou outra, chamava a atenção da dupla com rispidez. Então, o que impediria um dos dois de ser o assassino, ou mesmo ambos? Poderia também ser o pai ou a mãe, ou o casal em ação conjunta, na tentativa de evitar um escândalo e preservar a família para quem trabalhavam dia e noite!

Quando surgiu o nome de Ádil, Rafid comentou: "Eu sei que ele já tinha chamado Qamar num canto, na faculdade. Tentou aconselhá-la e mudar sua maneira de se vestir, falar e se comportar pra que não cometesse tantos pecados, porque a religião é contra tudo isso. Chegou até a lhe propor casamento, caso ela se convertesse como ele".

Nossas conversas chegaram num ponto em que passamos a duvidar um do outro.

"Você conhece os detalhes do meu namoro com Qamar mais que ninguém aqui", ele comentou comigo. "Me alertou no começo, tentou me dissuadir e demonstrou certa inveja de mim e desejo por ela. E toda vez que eu voltava do armazém de lã, você me perguntava o que fazíamos lá e pedia detalhes do corpo dela."

A fala dele me provocou de tal maneira que respondi: "Se há alguém aqui sob forte suspeita de ser o assassino, é você. E quem pensa assim é o seu amigo policial e todos os moradores desta casa".

Ao que parece, havia entre os moradores dos outros quartos, talvez até da vizinhança, discussões e dúvidas como essas. O clima da casa se transformou num campo minado, e estávamos todos sob extrema vigilância, especulação, tensão e dúvidas. Cada palavra enunciada e cada passo dado por qualquer um dos moradores era calculado. Estávamos todos sufocados e, a qualquer momento, um de nós explodiria, de repente e por nada, e ninguém poderia prever as consequências.

Uns quarentas dias depois do assassinato de Qamar, ainda de madrugada, acordamos com o grito da mãe dela. Vimos então o corpo da filha mais velha, Fadhila, estirado de costas no pátio. Braços e pernas abertos, cabelos penteados ao redor da cabeça, feito uma lua escura. Da varanda do segundo andar, onde moramos, parecia crucificada no chão. O senhorio da casa se aproximou e, ao perceber que não havia qualquer vestígio de sangue, verificou o pulso e em seguida o pescoço, certificando-se da morte. Pegou um bilhetinho que havia entre os dedos dela e leu: "Eu a matei porque a amo". Ajeitou os óculos e leu uma segunda vez. Foi até o portão principal e verificou os cadeados e as trancas, que estavam perfeitamente fechados, da maneira exata como ele os havia deixado na noite anterior. Voltou para o quarto e ligou para a polícia.

Pouco tempo depois, soldados americanos arrombaram o portão principal e um grupo de mais de trinta militares invadiu a casa, acompanhado pelos três policiais que vieram anteriormente investigar o assassinato de Qamar. Vimos, através do portão destruído, o veículo do exército parado na rua. O comandante foi até o meio do pátio e estacou com a bota perto da cabeça do cadáver enquanto a mãe pranteava sobre o peito da filha morta. Aos gritos e gesticulando, deu ordens expressas, prontamente atendidas pelo agrupamento de soldados, que correram em direção aos quartos. Arrombaram as portas trancadas e, virando as coisas de cabeça para baixo, investigaram tudo o que havia. Nós, os moradores, permanecíamos ali, cada um no seu lugar, tremendo de medo. Eu e Rafid estávamos de pijamas e de frente para nós se achava Ádil, também de pijamas, murmurando orações e súplicas. Ao nosso lado, o policial com sua camiseta de baixo e sua pança caída, ao lado dele o filho entontecido de sono, esfregando os olhos enquanto um fio de baba escorria da boca aberta até o peito. Algumas mulheres vestiam penhoar, outras cobriam-se com *abayas*.

Os soldados não tocaram em nenhum de nós e, assim que desceram todos ao pátio, um deles, após bater continência, disse algo ao comandante. Lancei um olhar inquiridor para Rafid e ele sussurrou: "Disse que não encontraram arma".

O comandante murmurou alguma coisa também, então dois soldados correram para levantar a mãe do peito da filha e, colocando os braços dela para trás, algemaram-na e a levaram em direção ao carro militar. A mulher urrava: "Eu a matei porque a amo, matei porque a amo e porque amo o Iraque".

Seus gritos continuaram até que desaparecessem ela, os soldados e o carro militar. Então, o policial se aproximou de mim devagar e constrangido, arrastando os pés, e disse: "Eu sabia que ela cooperava com grupos da resistência armada e que não aceitava o fato de as duas trabalharem pros americanos. Mas nunca poderia imaginar que chegaria ao ponto de matar as próprias filhas".

Colocou o braço em volta dos ombros de Rafid e continuou: "Me desculpe, meu amigo, mas todas as minhas suspeitas caíam sobre você. Se não tivesse acontecido o que ocorreu agora, sua prisão seria executada em dois dias. Tenho que reconhecer que fracassei em minha missão. Por isso mesmo, aguardo mais do que nunca a aposentadoria, pra construir uma casa nova e... finalmente descansar".

* *Conto escrito originalmente em árabe.*

REGISTRO DO JUÍZO FINAL

NASSIF FALAK

Cidade de Al-Hurriya

C

om astúcia de tigre, esgueirou-se de todos e entrou no meu quarto. Pegou o porta-joias com tudo o que tinha dentro e enfiou no bolso direito do casaco. Saiu pela porta da casa, gracioso e distinto. Estava tão radiante nesta manhã de outono como se a inocência das borboletas dançasse na chama que emoldurava seu rosto. Naquele dia, começara de fato a prazerosa estação fria em que nuvens numa discussão inflamada diriam: "Chovemos ou não?".

Saí à caça dele sem nem mesmo lavar a boca cheia de restos de ovos cozidos e pão preto — tão escuro como os dias e a nossa vida. Soube de imediato que ele era o ladrão lá de casa — meu irmão Abdallah, um adolescente. Ficamos atônitos quando objetos de valor começaram a desaparecer, mas nunca desconfiamos de ninguém. Seria possível uma pessoa roubar a si mesma? Só se ela sofresse de alguma doença, como cleptomania. Ainda mais nesses últimos tempos, em que tudo tinha preço e valor, mesmo que insignificante, graças ao interminável boicote internacional ao país imposto pelas Nações Unidas — por conta da obsessão de nosso augusto ditador Saddam Hussein pela guerra.

Caminhei atrás do meu irmão Abdallah a uma distância que não levantaria suspeitas caso se virasse e me visse. Todos os dias, eu saía nesse mesmo horário para ir trabalhar no *souq* de Al-Churja, perto da igreja Virgem Maria. Tenho uma barraca de mercadorias variadas. Vendo desde meias e chapéus infantis até bijuterias em prata barata.

Vi meu irmão atravessar para o outro lado da avenida principal sem hesitação nenhuma e embarcar em um dos ônibus amarelos. Disparei atrás dele antes que desaparecesse na avenida 2 de Al-Hurriya — sempre congestionada — entre as filas e filas desses ônibus, que partiam pra Al-Imam Al-Kadhim. Essa praga de veículos veio parar em Al-Hurriya depois da maldição do partido Baath e de Saddam. Umas sucatas velhas cuja função original era transportar alunos nos Estados Unidos, mas os comerciantes árabes, sendo como são, não permitiriam que elas descansassem e morressem em paz. Depois de aposentados pelos americanos, os ônibus foram enviados ao Iraque — para Bagdá e especialmente Al-Hurriya, enchendo a vida aqui com mais morte ainda. Eu sempre imaginava esses ônibus como longos caixões coletivos e nós, passageiros, cadáveres seguindo em direção a nosso destino final, o cemitério de Bagdá, onde seríamos torturados e assados nas chamas do verão e do trabalho infernal.

Ali está meu irmão Abdallah embarcando em um dos ônibus amarelos, indo em direção à avenida 3 de Al-Hurriya, tão perto que geralmente íamos a pé. Passou outro ônibus disparado; raras vezes víamos um dos amarelos apressado. Embarquei nele e não tirei os olhos do ônibus em que estava meu irmão – se ele saltasse, eu perderia as joias da minha esposa, assim como as outras coisas que roubara antes. Eu precisava descobrir onde e para quem iria vendê-las. E, principalmente, o que ele fazia com o dinheiro? Para que serviria? Ele não comprava roupas caras ou objetos de valor. O que será que fazia com o dinheiro? Alguns poucos passageiros desceram do veículo na parada dos ônibus amarelos que se dirigiam à avenida 3 de Al-Hurriya. Vi meu irmão andar em direção a Dolai, mas não me pareceu que ele planejava tomar um ônibus para lá. Caminhei alguns passos atrás dele; caso se virasse, eu conseguiria me esconder e não ser visto. Ele passou pela mesquita Al-Farouq – construída numa pressa tão grande que parecia até que Deus estava prestes a fechar as portas dos céus e da terra e não queria mais uma mesquita perturbando-o com o chamado para a oração.

Vi meu irmão enfiar a mão no bolso e se certificar de que a caixa de joias da minha esposa ainda estava lá. Ele já entrava no improvisado *souq* de Dolai, onde os vendedores se espalhavam pela calçada e anunciavam aos gritos as mais variadas frutas e verduras. Vi cebolas verdes no chão pela primeira vez após meses de um longo verão; elas estavam de volta ao mercado. Eram tantos pedestres e vendedores que eu já não tinha qualquer receio de que Abdallah me notasse. Mas ali, saindo do *souq*, ele me pareceu preocupado. Quando chegou perto das tradicionais panificadoras de Al-Rassul, na entrada da bifurcação, estava mais atento. Olhou para os dois lados antes de entrar na rua, apertou o passo e foi se afastando de mim — estive a ponto de perder tudo.

Uma menininha passou do meu lado correndo; a coitadinha escorregou e deixou cair uma sacola plástica preta. Os pães quentinhos e cheirosos se espalharam pelo chão. Olhei para ela e para os pães, e pensei, hesitante: "Não tenho tempo pra ajudar". Parei na entrada da rua Al-Rassul, estiquei o pescoço e acompanhei com um olho só os passos de Abdallah. Ele parou diante de uma porta de ferro verde, virou na minha direção e me viu. Seus olhos encontraram os meus, que muito rapidamente mudaram de direção. Não... não acredito que tenha me visto. Achei que nossos olhares haviam se cruzado. Eu ainda estava com o pescoço meio esticado e me pareceu que ele tinha sentido que alguém o observava. Mas o mais impressionante foi que meu irmão não bateu à porta, apenas empurrou-a e entrou na casa como se fosse alguém da família, acostumado a passar por ali todos os dias.

Corri até o imóvel, o quinto do lado direito, e vi um jardinzinho morto — foi o que pensei ao ver a laranjeira seca e os galhos da acácia e da mamona sem uma folha sequer. Montes de ferro-velho, ferramentas e diferentes objetos se empilhavam por ali. Eu conseguia ver tudo o que se passava à minha frente através da fresta da porta entreaberta. Fiquei chocado. Vi ali um ruivo que se parecia com Izzat Al-Douri — representante do governo do ditador Saddam Hussein. Tinha barba espessa e bigode ruivos, com alguns fios brancos, e cabelos ralos que não cobriam a calvície vermelha. Sentado atrás de uma mesa de pingue-pongue debaixo da sacada da casa, com meu irmão Abdallah em uma cadeira de ferro pequena, de frente para ele, formavam uma cena bizarra.

Devia ser umas nove horas da manhã, e a rua estava vazia, exceto por algumas crianças. A essa hora, a maioria das pessoas está preparando o café da manhã.

Era possível ouvir o tilintar de talheres misturando o chá nas *istikanas* — como sinos ressoando em uma infância distante — e sentir o cheiro de ovos fritando nas frigideiras. Dali, ninguém podia me ver espiando pela estreita abertura da porta. Observei meu irmão levar a mão ao bolso direito do casaco, tirar o porta-joias da minha esposa e colocá-lo diante do homem, com a submissão de quem apresenta o pagamento de uma dívida, mas não ouvi o que o ruivo lhe dizia. Ele falava como se anunciasse os tesouros do profeta Salomão, e meu irmão se limitava a assentir com a cabeça, crendo no que ouvia como quem compra uma palavra valiosa com ouro puro. Então, o homem estendeu a ele algo enrolado em um trapo azul, que meu irmão pegou apressado e enfiou no bolso direito da calça. Ele continuava ouvindo como quem sorvia palavras de sabedoria.

Senti que a conversa estava prestes a terminar. Corri para o começo da rua, entrei em uma panificadora de Al-Rassul e parei numa fila de homens que esperavam pra comprar pão. Vez ou outra, eu olhava para ver se Abdallah passava.

E então lá estava meu irmão, sorrateiramente passando em frente à panificadora com a frivolidade e leveza de um tigre que persegue a presa imprudente. Abdallah se abaixou pra amarrar o cadarço do sapato sob uma palmeira na avenida principal de Dolai e me lembrei da granada que eu enterrara junto à palmeira da nossa casa.

Saí da panificadora e parei atrás da barraca de uma frutaria; fiquei apreensivo de que talvez ele tivesse percebido minha presença ou realmente me visto. Nesse instante de medo e ansiedade, a espionagem fez surgir a lembrança da maldita granada na minha mente — ela ia explodir e detonar uma tragédia na nossa casa a qualquer momento.

Meu amigo Hamza e eu conversávamos muito, com certa raiva e agitação, sobre como resistir ao regime ditatorial e ao fascismo do partido Baath. Sem saber exatamente o que fazer, nos restavam apenas discursos inflamados. Até que chegou a fatídica sexta-feira.

Naquele verão escaldante, Bagdá derretia sob o forte calor. O asfalto das ruas grudava nos sapatos a ponto de quase não conseguirmos descolar os pés do chão por causa do piche viscoso. Procurávamos refúgio sob qualquer sombra, mesmo que estreita; o sol era capaz de fritar ovos em três minutos, como dizia meu amigo Hamza com certeza quase científica, e acrescentava: "O sol do Iraque é uma parideira de regimes despóticos, e o nosso verão, o maior produtor mundial de ditaduras, violência e crime. Por isso, para derrubar Saddam e o Baath, primeiro precisamos pôr abaixo o verão".

Aquela sexta-feira em que nos encontramos no café Al-Tubji começara turbulenta. Foi um encontro rápido e misterioso... tão rápido que não conseguia me lembrar das feições do meu amigo naquele dia fatídico. Nunca passou pela minha cabeça que seria o nosso último encontro. Hamza entrou no café e, pálido, olhou de um lado para o outro como um pardalzinho, sem fixar o olhar em lugar nenhum. Sentou-se à mesa de frente para mim, onde havia apenas um dominó. O garçom lhe serviu uma *istikana* de chá que permaneceu intocada; então, ele se dirigiu a mim com uma fala assustadora:

"Saia deste café e nunca mais volte. Eu vim aqui só pra te avisar que estou sendo perseguido há dois dias por homens da segurança. Eles estão revirando a região atrás de mim. Pegue este saco e o esconda na sua casa. Daqui a alguns dias, eu volto pra buscar. Preste atenção! Não fale pra ninguém sobre mim nem sobre o saco."

Quando cheguei em casa, ninguém notou minha agitação e ansiedade. Fui direto para o quarto sem chamar a atenção e abri o saco preto. Fiquei estupefato ao ver aquela granada fedorenta. Senti de imediato uma gota de suor frio deslizar pela nuca, apesar do calor de matar. No meio da noite, quando todos estavam dormindo na casa, desci do meu quarto com a granada no saco preto, dentro de uma lata de massa corrida vazia. Cavei o chão sob a única palmeira do quintal, esperando que meu amigo Hamza viesse uns dois dias depois. Passou-se uma semana e ele não apareceu. Depois, um ano e dois meses e nem sinal do meu amigo na Cidade de Al-Hurriya, nem no Iraque, nem no continente asiático. Talvez nem no planeta Terra. Restava só a sua granada, que permaneceu enterrada no mesmo lugar.

Na noite anterior à convocação para o alistamento, procurei pela lata pensando: "Vou colocar a granada na mochila azul com a minha comida e o restante das coisas. Quando estiver a caminho de Al-Churja, passo pela ponte Al-Chuhadá, olho à minha volta cem vezes, tiro a granada e jogo no rio Tigre, com saco preto e tudo".

Escavei a terra em volta da palmeira a ponto de expor as raízes e me deparar com a fundação da sala de visitas, mas nada de encontrar a lata de massa corrida. Não fazia ideia para onde o movimento da água ou da terra a levara. Não sabia dizer também sob qual dos cômodos poderia ser encontrada ou mesmo se iria explodir depois que o pino de segurança fosse corroído pela oxidação.

Meu irmão saiu correndo, depois de amarrar os cadarços sob a palmeira, sem olhar para lado algum. Parecia convicto da proteção de soldados invisíveis ou, de algum modo, enfeitiçado ou hipnotizado. E eu, ali, não queria perder o gostinho da perseguição e da espionagem até descobrir aonde iria nos levar aquela manhã misteriosa — como se eu não me importasse com o prejuízo do dia nem com o que pensariam os meus colegas, ambulantes e donos das barracas próximas, quando vissem meu negócio fechado.

Abdallah voltou pelo mesmo caminho que havia feito. Vi como ele ignorava as pessoas, as lojas, as casas, as árvores, os carros e tudo mais a sua volta — não tinha qualquer conexão com a realidade. Caminhava como se só ele existisse sobre a face da terra: belo e elegante, como se a inocência das borboletas dançasse sobre sua face.

Embrenhou-se pelo *souq*, ignorando os pedestres e comerciantes que esbarravam nele. Não ouvia as dezenas de sons e o *pot-pourri* das vozes dos vendedores gritando pra atrair clientes. Não sentia as centenas de cheiros e perfumes que se alastravam pela atmosfera do *souq*. Caminhava ignorando seus passos e perseguindo a própria sombra. Atravessou a construção moderna da mesquita Al-Farouq, prestes a ruir como um feto defeituoso.

Atravessou a avenida 3 de Al-Hurriya para o lado direito, onde os ônibus amarelos enfileirados escondiam as lojas de perfumes, a sapataria, a barbearia, a serralheria, a marcenaria e outros comércios de antiguidades e produtos de segunda mão de todo o tipo. Meu irmão não dava a menor importância para o que vendiam todas essas lojas nem para as faíscas da solda que voavam do metal.

Passou pela mesquita Al-Mochahda, considerada o local mais característico da avenida 3 de Al-Hurriya — onde meu pai costumava rezar antes de ser acometido pela artrite nos joelhos — e seguiu em direção ao grande *souq* da avenida 2, sem hesitação ou medo de que algum conhecido pudesse vê-lo. Caminhava com passos de quem sabe aonde vai. Eu estava atônito diante desse adolescente, uma versão do meu irmão que via pela primeira vez. Para mim, era um completo estranho. Eu nunca o vira dessa maneira. Até uns garotos que jogavam futebol pararam de correr atrás da bola ao sentirem o ar de superioridade daquele sujeito arrebatado.

Abdallah não entrou no *souq*, desviando pela rua de trás em direção à porta do posto de venda de botijão de gás, que dava na avenida 2 de Al-Hurriya, em frente às escolas. Nesse ponto do trajeto, meu irmão Abdallah parou no meio da rua, diante de uma alfaiataria pequena cuja vitrine de vidro trazia escrito em vermelho *Khiyata Al-Anaqa*. Parou de costas pro muro do posto de gás enquanto eu o observava de longe. Certificou-se do endereço da alfaiataria e então pegou o trapo azul que havia recebido do ruivo. Vi meu irmão invadir a alfaiataria. Em seguida, um único tiro arrebatou a paz do lugar. As pessoas alvoroçadas saíram correndo sem rumo e gritos desesperados traduziam apenas pavor. Por todos os lados via-se gente protegendo a cabeça atrás de portas, janelas e cercados. Eu só via pés correndo, atordoados. Uma criança de três ou quatro anos caiu e sua mãe, como um ímã, se lançou sobre ela, a agarrou, a levou para dentro de outra loja e fechou a porta. Uma mulher sobre o telhado vizinho à alfaiataria, aos prantos, largou a roupa molhada que estendia no muro do terraço; outra, trazendo um botijão de gás, deixou-o rolar e, com gritos ensandecidos, fugiu em direção a uma porta aberta no começo da rua. Desapareceram todos e nenhuma cabeça ousava se levantar do seu lugar, temendo a iminência de um segundo tiro.

De repente, vejo sair da alfaiataria meu irmão, apenas um adolescente, da mesma forma que entrou; cheio de si, tão seguro como quem acaba de realizar uma prova com o alfaiate para finalizar os detalhes do seu terno de casamento. Saiu com as mãos vazias, sem o trapo azul ou a arma. Caminhava com o mesmo ritmo que usava na nossa rua e na região de Dolai. Caminhava belo e elegante, como se a inocência das borboletas dançasse na chama que emoldurava seu rosto.

Permaneci onde estive o tempo todo, no canto do muro do posto de gás, tremendo de pavor, à beira de vomitar e pôr as vísceras para fora de uma só vez, tamanho o choque diante daquele espetáculo horrível. Fiquei totalmente paralisado; não conseguia mover mãos ou pernas. Meu irmão Abdallah, um passo após o outro, seguiu em direção à avenida principal com uma calma estranha e uma confiança mortífera.

Parou e aguardou até surgir um ônibus amarelo, no qual embarcou; e seu rosto se perdeu entre as dezenas de rostos dos passageiros. Nesse momento, pensei que pior que assassinar alguém era ignorar que se perpetrou um crime; ignorar a quem matou enquanto sua alma goza da santa paz e não sentir qualquer remorso ou peso na consciência. Ele matara uma pessoa como quem tira um cílio do olho, sem saber que acabara de envenenar a fonte da vida — do mesmo modo como faziam simpatizantes de doutrinas assassinas. Mas meu irmão não acreditava nessas doutrinas; sequer sabia rezar. Será que ele era de uma geração nova de assassinos?

As pessoas começaram a se aglomerar na alfaiataria, e logo cabeças se ergueram dos ombros, das frestas das portas e janelas e de cima dos telhados. Os funcionários da distribuidora de gás vieram correndo, e eu tentei sair da paralisia. Mexi os pés — mais pesados que o massacre humano — e pude ver um homem submerso no próprio sangue atrás da máquina de costura, com a cabeça caída sobre o ombro direito. Fiquei assombrado ao reparar que se parecia com o ruivo sentado atrás da mesa de pingue-pongue, na casa abandonada de Dolai.

Cheguei em casa segurando o vômito. Estava tudo no seu devido lugar, como sempre. Parecia que minha esposa nem dera pela falta do porta-joias. Eu me sentia destruído, como se suportasse o peso do cadáver do alfaiate nos ombros. Perguntei à minha mãe pelo meu irmão. Notei que a palavra "irmão" havia se tornado odiosa para mim e estava em total desarmonia com seu significado. Deveria então dizer "meu inimigo adolescente"? A tragédia era que, querendo ou não, ele era meu irmão e, mesmo com tudo o que fizera, continuaria sendo.

"Saiu de manhã e ainda não voltou", ela respondeu.

O que vou dizer à minha família, à minha mãe e ao meu pai? "O filho de vocês é um criminoso perigosíssimo. Ele é o ladrão da casa. Foi ele quem roubou o tapete Al-Kachan" — o tapete favorito do meu pai, considerado quase que sagrado por ele. Não deixava que ninguém nem mesmo o tocasse, por causa do seu valor simbólico. Quando ocorreu um incêndio na grande loja de tapetes, que ficava na rua Al-Nahr, meu pai enfrentou o fogo como um herói, carregando a mangueira. Seus colegas bombeiros retrocediam, temendo as labaredas e a fumaça que engoliam tudo que estivesse no caminho, deixando para trás apenas cinzas de onde se erguiam colunas de vapor e fumaça. Meu pai, com sua bravura, se lançou diretamente à fonte do fogo para apagá-la. A fumaça foi se dissipando e a rua Al-Nahr se encheu com o barulho de aplausos e gritos para o grande herói. O dono da loja, agradecido, presenteou meu pai com um tapete Al-Kachan. Minha mãe não se cansava de repetir: "Seu pai é fogo, todo irritadiço... não tem paciência... se irrita e se enfurece por nada. É chama que apaga fogo". E completava com sarcasmo: "Apesar de eu nunca ter visto chama apagar fogo".

Mas o tapete Al-Kachan desapareceu, assim como o espremedor de frutas japonês que ainda estava na embalagem. Nunca espremamos uma laranja sequer, pois as sanções econômicas sobre o país nos espremeram a todos. Como o oprimido poderia tomar suco? Bem, o espremedor também foi roubado por Abdallah, o que nos impediu de viver com o dinheiro da venda por uma semana ou mais. Ainda não tínhamos ideia da dimensão dos outros roubos, que até então não havíamos notado.

Naquele dia, em casa, eu sentia a granada rolando sob os cômodos, com o pino de segurança, já corroído pela ferrugem, prestes a explodir.

Meu irmão ficou surpreso quando o convidei para irmos ao café Al-Tubji. Eu já tinha me esquecido da advertência do meu amigo Hamza sobre o lugar. Mas, também, onde ele estaria agora? Depois de mais de um ano sem qualquer rastro seu, era como se nunca tivesse existido na árvore da vida, como se o cordão umbilical não o tivesse atado à sua mãe e ela nunca o houvesse dado à luz.

Meu irmão e eu paramos na rua 2 da Al-Hurriya, no horário de pico, em frente ao café dos trabalhadores, o Al-Kadahin. A rua estava cheia de motoristas dos ônibus amarelos, como de costume. Eu nunca havia entrado ali; sempre odiara o nome, que pertencia à primeira era do partido Baath, em que as palavras "combatente", "revolucionário" e "proletariado" significavam seu oposto.

Embarcamos em um dos ônibus amarelos em meio ao congestionamento do horário de pico, quando caminhar seria mais rápido. Uma fadiga extrema me abateu — meu corpo estava moído, eu não tinha energia nem para pensar. Não sabia por onde começar com o meu irmão, como colocaria diante dele o enigma, mantendo as rédeas da situação e a calma — mesmo que fingida. O passageiro sentado ao meu lado era um assassino bárbaro, em meio à avalanche de pedestres e comerciantes do entorno, entre a avenida 2 de Al-Hurriya e o primeiro distrito, Bata. Todas aquelas pessoas estavam na palma da mão do Ifrite. Ninguém sabia quem seria a próxima vítima eliminada pelo ruivo de Dolai, por intermédio do assassino sentado ao meu lado. Com tanta gente na rua, parecia até que os moradores de Al-Hurriya tinham saído todos de casa.

Saltamos do ônibus nos limites de Al-Hurriya, na rua Al-Rabiya. Vi a massa verde de entusiastas baathistas com metralhadoras escrutinando a cara das pessoas. Evitamos o grupo lamacento, passando por trás de um trator reboque abandonado na calçada. Dei uma olhada no Al-Tubji e, apesar da brisa fria, os clientes estavam do lado de fora e gritavam uns com os outros jogando dominó.

Meu irmão e eu nos sentamos no mesmo lugar em que me sentara pela última vez com Hamza. O garçom colocou sobre a mesa duas *istikanas* de chá. Sem rodeios, surpreendi meu irmão no momento exato em que ele levava a *istikana* à boca, só para ver sua mão estremecer: "Abdallah, por que você matou o alfaiate hoje de manhã perto do posto de gás?".

Ele hesitou, mas a inocência ainda pairava na sua expressão. Teria sido muito difícil aceitar qualquer acusação contra ele, se não o tivesse visto matar o alfaiate com meus próprios olhos. Como desmentir o que eu vira?

Ele não bebeu o chá. Devolveu a *istikana* ao pires sobre a mesa e me respondeu com espontaneidade impressionante: "Eu? Matar? Tomo cuidado até pra não pisar nas formigas... Matar? Eu? Como? E por que eu mataria?".

Eu joguei na cara dele outra acusação que me saiu aos tropeços de tanto ódio: "Hoje de manhã, eu te vi roubando o porta-joias da minha esposa e descobri que foi você quem roubou o tapete Al-Kachan e o espremedor de frutas. Também vai negar isso?".

"Se eu não te amasse tanto, acharia que você era meu inimigo, e não meu irmão", disse com voz doce, cheia de tristeza, dor e melancolia. "Num piscar de olhos, eu virei assassino e ladrão. Só Deus sabe o que vem depois..."

Os olhos de Abdallah, brilhantes, se desfizeram em lágrimas — era de partir o coração. De chofre, levantou-se, saiu correndo, e eu o vi desaparecer por entre as pessoas e as casas. Permaneci onde estava, desconcertado. Não sabia ao certo o que fazer. A escuridão cobrira o mundo e as lâmpadas se acenderam, mas a escuridão que tomou conta de mim resistia a qualquer lampejo de luz.

Mais tarde, levantei-me e saí com passos hesitantes na escuridão. Tive certeza absoluta de que havia cometido um erro, despertado o monstro adormecido. Sem dúvida alguma, meu irmão iria informar o ruivo de Dolai. Eu senti pela manhã que ele obedecia e executava todas as ordens dadas por aquele homem, mesmo que fosse preciso matar seu ente mais querido.

Fui muito imprudente ao acusá-lo de forma precipitada. Agora que ele sabia que eu descobrira seu segredo, os dois não iam me deixar viver. Para onde vou fugir, santo Deus? Já estava a caminho de casa ou da minha própria morte, mas não havia outro lugar em que podia me refugiar senão na minha casa. O que tiver que ser, será.

Voltei para casa e encontrei Abdallah dormindo. Entrei no meu quarto e disse a minha mulher que parasse de lamentar o sumiço do porta-joias e não falasse disso com ninguém.

Fui até a casa do ruivo, em Dolai, e vi uma porção de adolescentes da idade do meu irmão entrando e saindo; reparei também em uns sujeitos mais velhos, apesar de estarem em menor número. O estranho era o entra e sai de mocinhas e senhoras carregando sacolas e utensílios domésticos. Me dei conta, então, de que o ruivo se camuflava com o comércio de velharias, comprando e vendendo utensílios usados.

Nos dias seguintes, ouvi falar de assassinatos em diversas regiões da Cidade de Al-Hurriya. O mais repugnante deles aconteceu em Al-Dabachi, quando uma mãe encontrou o filho crucificado no berço com a chupeta ainda na boca. Parece que o assassino a colocara ali depois de crucificar a criança — como um toque final à cena do crime.

Naquela mesma terça-feira, no dia do crime da crucificação, eu voltei para casa tarde da noite. Minha mãe correu para me perguntar sobre meu irmão Abdallah, que não tinha chegado em casa ainda, o que não era comum. Me lembro de ter dito a ela que não se preocupasse, era possível que estivesse com os amigos ou no trabalho e, sem dúvida alguma, retornaria cedo ou tarde. Sugeri que fosse dormir, mas ela continuou lamentando, resmungando e xingando. E assim continuou por dias enquanto procurávamos por meu irmão adolescente nos hospitais, nas delegacias, na secretaria de segurança, no Instituto Médico Legal e em qualquer lugar que pudesse dar conta de seu paradeiro. Mas ele tinha desaparecido. Sumira do mapa como Hamza, apesar da pouca semelhança entre eles.

O mundo escureceu diante dos meus olhos quando me dei conta de que meu nome estaria na lista de perseguidos do ruivo. Minha morte estava decretada, com hora marcada no relógio ideológico daquele homem. O que me restava senão esperar por ela?

Certo, então. Se eu era um homem morto de acordo com o relógio que pulsava no braço do ruivo, não poderia me comportar como um cadáver sem sentimentos, sentidos, coração e consciência?

Hoje era quarta-feira e talvez no relógio do destino faltassem dez minutos para o Dia do Juízo Final. Pouco antes do pôr do sol, sob o céu nublado e o vento frio — que misteriosamente queimava sob os meus pés e subia até a cabeça —, eu levava comigo um aquecedor a óleo Aladdin. Atravessei a avenida 2, imaginando que carregava comigo o corpo de um tigre prestes a vir ao mundo desde as entranhas dos dias que virão.

Não olhei para o café Al-Kadahin, nem reparei nas filas de ônibus amarelos aglomerados no coração da cidade, nem prestei atenção à multidão de pessoas que saíam da desolação de suas casas. Com a serenidade de alguém invisível, embarquei no longo caixão amarelo, que logo me vomitou diante dos ônibus da avenida 3 e fez o retorno para voltar à avenida 2. Atravessei a avenida próxima à mesquita Al-Farouq e subi novamente no caixão amarelo rumo à região de Dolai. Fui assaltado por rostos conhecidos e, dentre eles, se achava o de Hamza, o do alfaiate, o de meu irmão sanguinário, o de minha mãe, o de minha esposa e o de Izzat Al-Douri, cercados por tantos outros rostos anônimos. Eles me atacaram de uma vez, misturados, sobrepondo-se uns ao outros.

O ônibus estava quase vazio e me sentei no meu lugar favorito — o banco da penúltima fileira. Peguei no bolso esquerdo do casaco uma tira de pano branco e a rasguei ao meio em duas partes iguais. A primeira, amarrei em volta da mão direita e a segunda, na esquerda. Do bolso direito, tirei um pedaço de arame fino e enrolei ao redor do pano branco da mão direita. Desci perto do *souq* em direção à panificadora Al-Rassul. Caminhei devagar ao cair da noite até chegar na rua da casa assombrada onde eram despachadas as sentenças de morte. O aquecedor ficava cada vez mais pesado na mão direita, mas não podia mudá-lo para a esquerda, temendo que o fio de arame arrebentasse — eu já havia passado da panificadora.

Cheguei. O portão grande de ferro verde ainda estava entreaberto e a rua, vazia. Olhei pela fresta estreita e o vi, austero, sentado à mesa de pingue-pongue, como de costume. Empurrei o portão devagar e entrei com a astúcia de um tigre que esconde as garras. Não me sentei, como meu irmão Abdallah, na pequena cadeira de ferro diante dele, mas levantei o aquecedor importado na sua frente para que conferisse a mercadoria de perto

— sobretudo, porque a luz da varanda era bastante fraca. Com a habilidade profissional de quem executara o movimento dezenas de vezes, coloquei o aquecedor a óleo Aladdin diante do ruivo e, como um relâmpago, já estava atrás dele desenrolando o arame da mão esquerda. Em meio a um transe e quase sem enxergar, eu o enforquei. Sem sentir o ardor do seu sangue que molhava o pano e a minha mão. Sem me dar conta de que o tinha degolado, cortando até a artéria. Sem nem mesmo ouvi-lo chutar o aquecedor e derrubá-lo no chão. Não ouvi suas arfadas de terror. Foi o choque do enforcamento inesperado que o matou. Ele jamais imaginou que existisse uma pessoa com coragem suficiente para matá-lo. Como se estivesse acima da lei dos mortais e muito distante da morte, como se os minutos de seu decesso não existissem no relógio do destino atado ao seu pulso. Ele tinha certeza de que aquele que decreta a morte não pode morrer.

Voltei à consciência depois de sentir a palma arder com um ferimento causado pelo arame. Só nesse momento o vi, passada a cegueira que me acometeu. O homem estava caído sobre o chão ao lado do aquecedor, com os olhos esbugalhados, chocados de pavor, mas sem pedir misericórdia. Limpei a mão ensanguentada na calça cáqui dele e corri até o portão de ferro verde. Tranquei-o com o ferrolho sem nem saber se a casa estaria vazia — estupidez que me pareceu depois como tentar fugir por um beco sem saída.

Vi uma entrada arqueada que levava a um grande salão que se parecia com uma mesquita. Havia um *mihrab* e um *mimbar* pequeno de madeira com uma pilha bagunçada de tapetes de oração e uma mesinha com dezenas de cópias do Corão. Reparei em cinco portas de madeira que davam para os quartos, cada um deles com cama e sofá de cores específicas, como aposentos nupciais, preparados e decorados com imagens e quadros que evocavam o paraíso. A mobília exalava um perfume de outro mundo que nunca sentira na vida. Mas eu não dava importância a toda essa pompa, ostentação e perfumes. Buscava por algo que não sabia o que era, uma coisa que se revelaria a mim e desvendaria os mistérios e enigmas daquela casa ornamentada com talismãs.

Subi as escadas de cimento e encontrei o mesmo estilo de quartos, mas não fui imprudente o suficiente para subir até o terraço. Entrei nos cômodos em busca daquela coisa desconhecida, mas foi em vão. Fiquei com medo de que alguém batesse à porta ou chegasse algum visitante sanguinário como meu irmão Abdallah. Decidi abandonar tudo e sair pra rua, de volta ao mundo real. Desci as escadas tão rápido que escorreguei, e teria caído não fosse o corrimão de ferro em que me agarrei. Vi sob as escadas uma porta trancada com as chaves penduradas no cadeado. Abri a porta apressado e fui assaltado pela seguinte visão: vários tipos de armamentos e munições em cartuchos, maços de dinheiro, um enorme livro de registro e um telefone fixo verde junto a varetas de incensos, *miswak*, caixas de perfumes de almíscar e âmbar, entre outras coisas amontoadas em cima de outras menores e mais valiosas. Enchi os bolsos com maços de dinheiro e enfiei outros mais no cilindro do aquecedor Aladdin. Peguei uma pistola preta grande carregada e coloquei-a no cinto. Embrulhei o grande livro de registro e saí pela entrada arqueada até o portão de ferro verde, e então finalmente cheguei à rua.

Carregava o aquecedor com a mão ferida ainda escorrendo sangue que se misturava ao sangue do ruivo. Peguei meu lenço azul e enrolei na mão direita enquanto caminhava com a mesma calma com que andara meu irmão Abdallah depois de assassinar o alfaiate. Quando já havia passado pela panificadora de Al-Rassul, fiz sinal para um táxi conduzido por um senhor de óculos com lentes muito grossas. Pedi que parasse em frente à porta da nossa casa. No caminho, conversamos absortos sobre os bons tempos antes do boicote. Eu sabia muito bem que os bons tempos não passavam de mentira, pois nosso país sempre esteve e permanecia na palma da mão do Ifrite.

Abandonei o mundo e seus problemas e me debrucei sobre os códigos do enorme livro de registro escrito pelo ruivo na tentativa de os desvendar. "Um registro do Juízo Final." Abandonei o trabalho em Chorja, perto da igreja Virgem Maria, e não me importava mais com o destino dos meus amigos donos de barraca ou ambulantes. Abandonei minha esposa, meu pai, minha mãe e toda a gente, para me trancar no quarto e ficar ali, dia e noite, vagando entre os labirintos do registro.

Fiquei apavorado com os monstruosos símbolos que olhavam para mim da pantanosa obscuridade das entrelinhas, anunciando promessas de destruição. Decifrei as iniciais do meu irmão: *A. J. M.* → *Afeganistão.*

Era o nome do terceiro dos meus irmãos com a menção das doações e presentes que ofertara à vitória dos *mujahidin*. Entre eles estavam o espremedor de frutas, o tapete Al-Kachan e as joias da minha esposa. Reparei também numa seção intitulada *Purificação do Caminho da Retidão* — purificação de pedras, ervas daninhas e sujeira. Havia o desenho de cinco vassouras, entre elas uma para o alfaiate — o que queria dizer que Abdallah, meu irmão, já havia cometido cinco crimes. E a desgraça codificada se revelou no fato de que o alfaiate era irmão do ruivo. Solucionei esse enigma depois de uma profunda incursão na interpretação dos símbolos, analisando as indicações e desvendando os signos. Parecia que o ruivo já havia dado início à purificação do caminho da retidão de toda a sua família e arrancado as ervas daninhas que nasceram entre seus quatro irmãos e onze sobrinhos — dentre eles, a criança crucificada na madeira de seu berço com a chupeta na boca, morta pelo próprio ruivo. Após dissecar algumas linhas e desvelar algumas palavras, descobri que o ruivo tinha sido expulso de sua família e tribo. Queria que todos o obedecessem e cumprissem suas ordens, pois eram as ordens do próprio Deus, e eles o expulsaram depois de perder as esperanças de que um dia pudesse se curar dessa doença pestilenta que é a perversão religiosa.

O homem tinha a intenção de sentenciar irrevogavelmente todos os seus irmãos e parentes da lista, arrancando-os do caminho da retidão. Todos os assassinatos seriam realizados de acordo com a vontade soberana de Deus. Era a santa execução divina, escolhida com extremo zelo para que fosse estabelecido o reto Califado.

Li muitas siglas de três letras para nomes desconhecidos com setas apontando em direção ao Afeganistão. Meu irmão estava estudando em universidades jihadistas, e eu me perguntei, um tanto confuso e hesitante, que tipo de lição se ensinava nesses lugares, em que se formavam e que tipo de diploma se obtinha.

Descobri, por acaso, o que significavam aqueles quartos paradisíacos e enigmáticos com sofás, camas e perfumes adocicados que exalavam da mobília. Desvendei esse enigma quando caiu uma folha de caderno de entre as páginas do registro com descrições do paraíso, dezesseis símbolos para virgens do paraíso e os nomes dos participantes da festa de um casamento que seria consumado naqueles quartos. A festa aconteceria numa data próxima e acredito que era uma maneira de seduzir os adolescentes ao paraíso terrestre a fim de acender um desejo pelo paraíso celestial.

Mergulhei de cara no lamaçal daquele registro, submergindo entre as linhas, sinais, enigmas e símbolos. Estremeci de pavor ao descobrir que o ruivo era apenas um entre centenas de homens como ele espalhados pelas cidades e bairros de norte a sul do país — todos trabalhando noite e dia pra arrancar as ervas daninhas e limpar o caminho da retidão, extirpando dele pedras e lixo. Todos eles recebiam as ordens do califa, recebidas por ele diretamente de Deus. Agiam por sujeição e devoção a Deus pra que se estabelecesse o Califado, o Estado de Deus.

Estremeci e, sem respirar, mergulhei outra vez no registro aterrorizante. A cada página virada, sentia sangue jorrar por entre as linhas nebulosas. Sentia o cheiro dos corpos exalando do papel, fantasmas que escapavam da tinta do registro em busca de seu assassino desconhecido. Em que cilada tinha me metido?

Estava atolado num labirinto de sangue, numa selva de ossadas. Lia aturdido, com os olhos inundados de lágrimas, sentado no meu quarto sobre uma bomba que explodiria a qualquer momento.

* *Conto escrito originalmente em árabe.*

O PRONTUÁRIO DE JASSIM

SINAN ANTOON

Hospital Al-Rachad

1. JASSIM VAI PARA CASA

Os americanos, não sei bem o porquê, me libertaram. Acho que estavam procurando ADM. Invadiram o lugar como caubóis de faroeste — caubóis com cavalos de ferro. Mas havia um pequeno detalhe, não havia AD — apenas M! Médicos! E já não eram muitos; o número se reduzira ainda mais nos últimos anos. Tinham fugido, abandonando o lugar e o país em bandos por causa do embargo. Ao menos, foi o que ouvi dizer. De todo modo, os americanos arrebentaram o muro com um caminhão, pensando que o local fosse um campo militar ou um depósito de armas. Mas perceberam na hora que não era nada disso, então atravessaram outro muro. Eu não vi nada. Estava dormindo.

O desgraçado do Abu Hinich, o velho banguela da cama do lado, foi quem me acordou. "Eles chegaram! Os americanos chegaram!", gritou. Ele vinha repetindo isso fazia algumas semanas, desde que os bombardeios começaram. "Porra, me deixa em paz", respondi a Abu como sempre.

"Eles chegaram!", ele insistiu. "As pessoas estão fugindo!"

A última parte me chamou a atenção. Eu tinha ouvido muito barulho e gritos distantes, mas considerei que era parte da frequente trilha sonora dos meus pesadelos. Eu não tenho sono profundo, mas na noite anterior tinha dormido como uma pedra graças ao sonífero que ganhei nas cartas dos caras da ala vizinha. Eu me sentei. Havia algo de errado. A ala estava praticamente vazia, exceto por Garo, o engenheiro armênio que olhava para fora, parado na janela. Corri pra ver que diabos estava acontecendo.

Alguns dos pacientes perambulavam por ali como ovelhas apavoradas, mas percebi que tinha gente de fora também — porque não vestiam aqueles uniformes ridículos azuis. Uns arrastavam camas e cadeiras para fora das outras alas, enquanto outros tentavam arrancar o ar-condicionado das janelas.

"Bárbaros desgraçados", Garo murmurou.

"Eles estão destruindo tudo", eu disse.

Abu Hinich se juntou a nós na janela e apressou-se em me dizer: "Eu te falei. Eles chegaram".

"Os americanos já foram", Garo nos informou no seu tom de voz imperturbável.

"Vamos dar o fora daqui, porra", sugeri.

Garo disse que não daria um passo. "A gente vai morrer. Eu não vou pra lugar nenhum por enquanto."

"Você está louco?", eu gritei.

Então lembrei que ele *era* louco; do contrário, não estaria ali. O cara tinha ido pra Califórnia estudar engenharia no final dos anos 1970 e foi maluco o bastante pra voltar durante a guerra contra o Irã. Herdou não só a empresa da família — uma fábrica de gelatinas — mas também a psicose, por isso tinha acabado ali.

"Bem, eu vou cair fora. Você vem, Abu Hinich?"

Abu ficou ali mordiscando o dedo indicador com as gengivas desdentadas. Não sei por que perguntei; no final das contas, ele seria um peso. Eu estava perdendo tempo. Corri de volta até o armário perto da minha cama, tirei a calça de moletom e vesti a minha única calça jeans. Estava um pouco larga; a comida ali era uma merda e eu tinha perdido muito peso. Coloquei minha jaqueta de couro preta e calcei o tênis. Eu tinha algum dinheiro guardado na cueca que consegui no baralho e enfiei algumas notas dentro do bolso da jaqueta. Era o suficiente pra voltar pra casa. Eu tinha decorado o endereço — dei uma bisbilhotada no meu prontuário enquanto o psicólogo que deveria se ocupar de mim se distraía atendendo as ligações da esposa tagarela. Ele deixou a pasta aberta e eu li: *rua 43, Hayy Al-Khalij, casa 13*. Pensei em pegar meu prontuário antes de ir embora.

Catei todos os meus pertences do armário (algumas cuecas, camisetas e uma *ghutra*) e joguei numa sacola plástica, inclusive o moletom que havia tirado.

"Minha gente, boa sorte", disse a eles.

"Pra você também, irmão", Garo respondeu sem se virar. Talvez não tivesse me levado a sério.

Abu Hinich só tirou os dedos da boca e acenou.

Não havia guardas na porta. Depois que já estava no jardim, vi três homens se aproximando da nossa ala. Um dos médicos de plantão, um jovem sulista, gritava com os saqueadores e dizia aos guardas que trancassem a outra ala. Então eu corri pro escritório principal da administração. Passei pelo tenente alto que fazia seu ritual diário (pulando pra cima e pra baixo, cantando músicas de guerra dos anos 1980) como se nada tivesse acontecido. Vi uma criança de chinelos sair pela porta principal carregando uma luminária grande. Os três homens tentavam passar um sofá gigante de couro pela porta. Olhei pela janela e vi que os armários já tinham desaparecido e os arquivos estavam todos espalhados pelo chão. Ouvi tiros vindos do setor feminino. Corri pro portão principal, mas estava trancado.

Os saqueadores entravam pelo leste, então corri nessa direção e vi a abertura na parede.

2. O PRIMO JASSIM VOLTA PARA CASA

Ouvi batidas na porta, me levantei e afastei a cortina só um pouquinho. Era um homem de uns trinta e poucos anos, com cabelos pretos curtos e bigode, vestindo jaqueta de couro. Meu pai estava dormindo no sofá.

"Quem é?", ele berrou quando o sujeito bateu de novo.

"Sei não, um homem de jaqueta preta", respondi.

Ele pegou a arma no armário perto da TV e veio ver por si mesmo. "Santo Deus, ele voltou", murmurou.

"Quem?"

"Seu primo maluco."

"É esse daí?", perguntei apontando pra porta.

"É. Vai avisar sua mãe. Tranca a porta do corredor e não vem aqui a menos que eu te chame", meu pai respondeu com ar aborrecido.

Fui até minha mãe e contei pra ela. Eu estava assustada. Fiquei atrás da porta do corredor e encostei o ouvido na madeira gelada pra escutar. Ouvi meu pai cumprimentando o primo com uma alegria forçada. Eles começaram a falar sobre as fotos da parede. Meu pai perguntou se ele estava com fome ou sede. Não consegui entender a resposta, mas ouvi meu pai gritar: "Madiha, Umm Madiha! Cadê você? Vem cumprimentar Jassim e traz um chá!".

3. JASSIM VOLTA PARA CASA

Um homem gordo, com a barba por fazer, usando pijama azul-claro e com uma arma na mão direita, abriu a porta.

"Jassim! Que surpresa! Bem-vindo de volta, filho", ele disse.

Parecia um tanto nervoso, mas nos abraçamos e ele beijou meu rosto — com um bafo horroroso, por sinal. Perguntei quem ele era.

"Tio Abbas." Percebendo minha confusão, continuou: "Não se preocupe, sei do seu problema. Vamos, entre, por favor. É muito bom ter você de volta".

Olhei pra arma que ainda estava em sua mão direita e a senti contra as costas quando nos abraçamos.

"Está muito perigoso ultimamente. A gente nunca sabe", Abbas comentou, se desculpando.

Tirei os tênis e os deixei à porta, esperando que ele me indicasse o caminho. Ele me conduziu até o que parecia ser uma sala de estar. Fiquei me perguntando por que o desgraçado nunca tinha ido me visitar, nem uma vez sequer.

"Então, eles te liberaram?", perguntou.

Eu menti: "Sim, disseram pra todo mundo que não estivesse em estado grave pra ir pra casa. Não têm muita comida nem suprimentos".

"Ah, entendi", Abbas murmurou.

Não sei se ele acreditou.

"A gente se mudou poucos meses depois do acidente pra cuidar da casa. Você ainda não se lembra de nada?"

"Não."

Na parede em frente ao lugar onde me sentava, havia quadros com fotografias da família pendurados logo abaixo de uma foto de Saddam em traje civil. Me levantei para olhá-las e perguntei: "Você tem alguma foto dos meus pais e irmãos?".

"Sim, temos um álbum em algum lugar. Foi muito triste, você sabe."

Ele se aproximou e apontou para uma imagem da esposa com os três filhos, dois dos quais já estavam casados e moravam com os próprios filhos. A menina Madiha, a caçula, ainda vivia ali. Eu assenti, mas não consegui exibir qualquer interesse genuíno.

"Pegaram ele?", perguntei, voltando para o sofá.

"Quem?"

"O desgraçado que assassinou minha família."

Ele hesitou um pouco antes de responder. "Não, não pegaram. Bem, você está com sede? Deve estar."

Antes que eu respondesse, ele gritou para que a esposa e a filha viessem me cumprimentar. A mãe, quase uma cinquentona, corpulenta, vestia um véu, embora não houvesse muito que valesse a pena cobrir. Ela nem me estendeu a mão, apenas disse: "Graças a Deus pelo seu retorno".

A filha, Madiha, tinha cabelos pretos ondulados, grandes olhos castanhos e lábios deliciosos. Os seios já estavam desabrochando sob a blusa verde que vestia. Estendi a mão para cumprimentá-la e ela nem olhou na minha cara. "Olá", eu disse. Mas ela não respondeu. As duas saíram e, depois de quinze minutos, Madiha voltou carregando uma bandeja de chá. As mãos tremiam tanto que o tilintar só parou quando ela colocou a bandeja no centro da mesa. Era o frio? Ou ter um primo com amnésia era tão assustador assim? Mas acho que não era só amnésia, era depressão também. Quando se vai para Al-Rachad, nem que seja por uma semana, você já é considerado insano. Eu fiquei lá por oito anos. Mesmo que você chegue são, eles vão te deixar louco por segurança.

O resto do dia foi muito estranho — longos intervalos de silêncio constrangedor interrompidos por conversas sobre política, na maioria das vezes. O que os americanos estavam planejando fazer? Pra onde Saddam foi? Meu tio contou que queriam ter me visitado e até foram uma ou outra vez, mas os médicos disseram que ver a família afetaria meu tratamento de maneira negativa. Eu ri ao ouvir a expressão.

"Que tratamento? Aquilo era mais uma tortura psicológica", eu disse.

"Sinto muito."

Bem, ele provavelmente estava mentindo. Eu tinha a sensação de que era um canalha. Com certeza temia que eu começasse a cobrar o aluguel deles ou pusesse todo mundo pra fora. Mas eu não ia fazer nada disso. Pelo menos, não agora. Eu precisava pensar e descobrir uma maneira de colocar minha vida de volta nos trilhos.

A esposa era uma cozinheira decente. A berinjela tabsi que preparou estava deliciosa. Era a minha primeira refeição caseira desde a internação. Bem, na verdade... era a melhor refeição da minha vida, já que não conseguia me lembrar de porra nenhuma antes disso. Eu dormi no quarto de hóspedes, num colchão confortável, e me masturbei pensando na boca de Madiha me chupando.

4. JASSIM FICA EM CASA

Na manhã seguinte, quando acordei, eles já tinham ido embora. Simples assim — o carro não estava mais na garagem. Fiquei sem entender nada. Eu era tão assustador assim? Talvez ele tivesse reparado na maneira como eu olhava pra filha e ficado com medo de eu engravidar a menina. Deixaram alguma comida enlatada na despensa e a geladeira vazia. Lembrei que ele me disse que esvaziaram a geladeira e tiraram da tomada porque não havia eletricidade. Deixaram muita coisa, mas levaram o gerador. Bem, não saberia dizer se era deles ou da minha família.

Passei os dias seguintes em casa, ouvindo as notícias de vez em quando. Tinha achado um radiozinho e umas pilhas. Ninguém sabia o que havia acontecido com Saddam. Caos e saques imperavam por toda parte.

Encontrei um álbum numa caixa no depósito e estudei as fotos, mas precisava de alguém pra me dizer quem era quem. Fui até o quarto que certamente era o de Madiha. Ela deixara algumas roupas, dentre elas peças íntimas. Dormi na cama dela. Tinha um cheiro gostoso. Peguei uma de suas calcinhas pra bater uma punheta.

5. JASSIM SAI DE CASA

Depois de três dias, a comida acabou e tive que sair de casa. No dia em que voltei, tinha visto uma panificadora e algumas lojas a uns cinco quarteirões dali. Hoje estava tudo fechado, mas tinha certeza de que a panificadora estaria aberta. As ruas estavam relativamente cheias e vi uma aglomeração de uns dez homens na porta da panificadora. Esperei e comprei dois sacos de pita. Aproveitei pra comprar queijo e carne enlatada na mercearia ao lado. Na volta, ouvi alguém gritar meu nome. Olhei e vi um homem, mais ou menos da minha idade, sentado no banco do motorista de uma 4x4 preta. Ele parou o carro e desceu. Estava vestido todo de preto e tinha cabelos escuros bem curtos, barba bem aparada, olhos penetrantes cor de café e um sorriso largo.

"Jassim, é você, não é?" Dei um passo atrás, mas ele se aproximou e me abraçou com força. "É o Zayn, cara! Rapaz, estou te procurando desde que voltei."

"Desculpa, mas não..."

"A gente estudou junto", Zayn disse. "A gente ficava de bobeira e jogava futebol o tempo todo. Então é verdade o que dizem sobre... a amnésia e... o que aconteceu com a sua família?"

"É."

"Meus pêsames, cara. Deve ser barra. Bem, não se preocupe, vou te contar tudo o que precisa saber sobre mim", ele disse, rindo. "Vem comigo, eu te dou uma carona."

Eu ia dizer que minha casa não era longe, mas aceitei. O carro estava limpo e conservado. Havia uma fita verde amarrada no retrovisor e um adesivo com a cara de um clérigo de turbante no painel, em que se lia: BRIGADAS ISLÂMICAS DO IRAQUE em letras quase imperceptíveis sob a imagem. Zayn reparou que eu olhava a imagem e perguntou:

"Você não se lembra nem do mártir, né?"

"Não", respondi.

"Este é Al-Hassani; Saddam executou o cara ainda na década de 1980", Zayn explicou. "Na mesma época em que executou meu pai, deportou nossa família e nos jogou do outro lado da fronteira, alegando que a gente era descendente de iraniano. Mas agora o filho da puta está desaparecido." Fez uma pausa e, um momento depois, veio a pergunta inevitável: "Então é verdade que você estava internado no hospício?".

"Sim, eu tive um colapso nervoso e não conseguia me lembrar de nada."

"Putz! E quando saiu?"

"Semana passada. Mas me fala um pouco sobre a gente", insisti, querendo preencher um pouco mais as lacunas da minha memória.

"Bem, eu era seu melhor amigo. A gente estudava na mesma escola, ficava de bobeira e jogava futebol o tempo todo. Cara, eu não acredito que você não lembra de porra nenhuma. Tem certeza de que não está fingindo essa coisa de amnésia pra não ir pro exército ou qualquer coisa do gênero?"

Não respondi, e ele pensou que eu tinha me ofendido.

"Desculpa, cara. Eu estava só zoando."

"Sem problemas."

Mesmo depois de vinte e três anos, ele ainda se lembrava onde ficava a nossa casa. Parou o carro em frente ao portão e eu o convidei para tomar um chá.

Ele me contou como, certa noite, os baathistas pegaram sua família e os levaram até a fronteira, depois de separá-los do pai. Passado algum tempo, descobriram que ele tinha morrido na prisão. Sua casa foi confiscada e transformada numa base local do partido Baath. Zayn, a mãe e os dois irmãos ficaram em um acampamento do lado iraniano, perto da fronteira, durante três meses, até que foram levados pra outro acampamento e, finalmente, pra uma habitação precária na periferia de Teerã. A mãe se casou com outro homem, uma figura influente da oposição iraquiana — e também um filho da puta sádico que batia em Zayn e seus irmãos. Ele se matriculou numa escola de Teerã, aprendeu persa e depois se voluntariou para entrar nas brigadas e participou do treinamento militar deles — seu bilhete da sorte pra sair da miséria. As brigadas tinham entrado no Iraque pelo sul e, poucos dias antes, tinham alcançado o norte de Bagdá. Zayn estava hospedado em um hotel em Al-Jadiriyyah, mas planejava retornar pra casa da família ali no bairro após reformá-la.

"Aqueles baathistas covardes fugiram, mas vou encontrá-los", ele jurou. Tomou o último gole de chá e se levantou pra sair. "Escuta, eu tenho que ir, mas estou muito feliz de ter te encontrado. Aqui está o telefone do meu hotel, se precisar de qualquer coisa." Ele pegou um cartão comercial do hotel e escreveu o número do quarto.

"Mas as linhas estão cortadas", eu o lembrei.

"Cacete, esqueci. De qualquer forma, fique com ele. Mais cedo ou mais tarde, elas serão reestabelecidas. Eu volto amanhã ou depois. Você precisa de alguma coisa?"

"Não, obrigado."

6. JASSIM TEM UM TRABALHO

Zayn voltou dois dias depois trazendo chawarmas e latinhas de Pepsi. Sentamos pra comer e, com a boca cheia, ele perguntou:

"Quais são seus planos?"

Pensei na questão por um segundo, mas não encontrei qualquer resposta. "Não tenho planos ainda."

"Quer me dar uma ajuda e ganhar um dinheiro?"

"Claro! Mas como?"

"Eu preciso de alguém de confiança."

"Pra fazer o quê?"

"Pra me proteger e ficar do meu lado", Zayn disse. "Temos um monte de negócios ainda não finalizados."

"Que tipo de negócio?"

"Caçar os ratos baathistas que estão escondidos."

"Mas e a polícia e as forças de segurança?"

"Caralho, você só pode estar de brincadeira!", ele ralhou. "Não tem polícia nem segurança agora. Sem falar que são todos criminosos."

"Então, você vai sair caçando os baathistas um por um?", eu perguntei. "Como?"

"Não todos, só os mandachuvas. A gente tem uma lista."

"E aí?"

"Aí é só deixar o Anjo da Morte entrevistar cada um deles", disse sorrindo e apontando pra arma que portava. "Eu vou arrumar uma pra você, é claro."

"Eu não sei usar isso."

"Muito fácil. Em meia hora você aprende."

"Mas por que eu?"

"Por que você? Porque, de certa forma, eu confio em você. Você é o candidato perfeito. Sem passado. Bem, desculpe a sinceridade, sem *acesso* ao passado. Sem laços afetivos. E tenho certeza de que vai dar o troco por eles terem assassinado sua família."

"Eu ainda não tenho certeza de quem foi."

"A gente vai descobrir", Zayn me garantiu.

Comi o último pedaço de beterraba em conserva que acompanhava o chawarma e tomei um gole da Pepsi gelada. "Ok, conte comigo", eu disse.

"Maravilha! Você começa como *freelancer* por umas duas semanas e depois eu te apresento pro meu comandante e a gente oficializa as coisas."

Desde que tinha voltado para casa, era a primeira vez que me animava com alguma coisa. Eu já estava entediado de ficar sentado sem fazer nada. Ainda não tinha ideia do que iria fazer da vida.

Antes de sair, Zayn me deu cinco notas de cem e disse: "Toma um adiantamento. A gente vai conseguir um par de sapatos resistentes e confortáveis e roupas novas pra você também".

7. JASSIM É TREINADO

No dia seguinte, Zayn me buscou e dirigimos por meia hora em direção ao sul, pela rodovia Al-Qanat. Fiquei surpreso por não precisarmos parar em nenhum ponto de controle americano. Ele me disse que foi exatamente por isso que fomos por aquele caminho: "Eu tenho uma permissão especial que me dá passagem nos pontos de controle deles. Vamos conseguir uma dessas pra você também", completou Zayn.

Ele fez uma curva acentuada à direita, em direção a uma estrada de terra, e passamos por alguns pomares. O lugar que escolheu pro treino era perto de onde seu tio tinha uma fazenda com uma pequena casa.

"A gente vinha aqui nas férias. Ficava andando à toa ou jogando bola. Eu dei uma geral há alguns dias e não tem ninguém, só uns vira-latas. A casa está abandonada."

"E onde está seu tio?"

"A última vez que tive notícias, estava na Síria", disse Zayn. "Levou a família pra lá no final dos anos 1990."

Ele estacionou o carro na frente da casa, sob duas palmeiras altas com as folhas mais baixas já murchas. Três pencas de tâmaras secas balançavam de uma delas. Ele foi até a traseira do carro, abriu o porta-malas e pegou uma bolsa de couro. Alguns pombos alçaram voo da casa, que parecia deserta. A maioria das janelas estava quebrada e a porta da frente tinha desabado.

"Não vamos entrar", Zayn explicou. "O local fica ali atrás, nos fundos da casa."

Eu o segui enquanto ele fazia a volta pela esquerda. Dava pra ver o interior da casa através das janelas quebradas — e tinha uns grafites nas paredes: *Raad é uma bichona... Tayaran Liga dos Campeões... filho da puta... Real Madrid... eu comi sua mãe... guerra...*

Havia um grande espaço aberto nos fundos da casa que dava para o rio. Zayn colocou a bolsa no chão e pegou uma garrafa plástica cheia de água; deu uns trinta passos em direção a uma amoreira e posicionou a garrafa no tronco. Voltou e pegou uma arma da bolsa.

"Esta é uma Beretta 92", Zayn disse, empolgado, como se me apresentasse a um amigo. Fez um breve resumo sobre cada uma das partes, como carregar e descarregar o pente, a melhor postura pro disparo e como anexar o silenciador e atirar.

"Vai em frente, experimenta", disse, me passando a arma.

Errei o alvo nas primeiras duas vezes, mas na terceira acertei e a garrafa voou longe.

"Cara, você está indo muito bem. Muito firme. Tem certeza de que nunca atirou?"

"Pode ser que sim. Não sei dizer."

Nós rimos.

"Ok. Tire o silenciador e atire. É bom escutar o som pra apreciar a potência que você está carregando", Zayn comentou. "Mire no tronco da amoreira."

Eu fiz dois disparos seguidos. Eram ensurdecedores.

"Continue e esvazie todo o cartucho."

8. JASSIM TRABALHA

Zayn tinha uma lista com nomes e endereços dos "camaradas". A gente dirigia por um bairro, estacionava perto de uma casa e esperava até que o alvo saísse. Eu via como Zayn fazia: dois tiros na cabeça e outros dois no peito depois que o sujeito caía. Então íamos embora. Foram duas semanas até que eu mesmo acabasse com um sujeito. Um professor universitário. Foi bom.

9. O PRONTUÁRIO DE JASSIM

Enquanto Jassim entrava no ritmo e ajudava Zayn a finalizar a lista, os funcionários do hospital Al-Rachad conseguiram o suporte de uma milícia local recém-formada para proteger o prédio. Os danos estavam sendo avaliados e as janelas reparadas. Alguns dos pacientes retornaram voluntariamente enquanto outros foram levados de volta pela família. O mundo lá fora estava muito caótico. A uns 25 quilômetros dali, nas periferias de Bagdá, um menino andava no meio de pilhas de lixo que havia sido descartado pela primeira vez em semanas. Ele encontrou um papel e tentou ler as primeiras linhas: *Jassim Hamza Khidir... Data e local de nascimento: 9 de novembro de 1969, Bagdá... amnésia... executou a família inteira.* O garoto o jogou fora e continuou procurando por alguma coisa de valor. Uma de suas três cabras comeu o papel.

* *Conto escrito originalmente em inglês.*

SABOR DE REMORSO

AHMAD SAADAWI

Distrito de Batawin

O quarto de Jubran era asfixiante devido ao fedor da mobília velha e das camadas de cheiros intensos e adocicados do narguilé que ele fumava durante seus rituais noturnos de bebedeira solitária. Tinha um aspecto degradante e fúnebre, próprio de alguém que vive com uma depressão cada vez pior com o passar dos anos, isolando-o dos parentes e vizinhos à sua volta. Será que Yasser, seu irmão mais novo, poderia realmente explicar o comportamento e humor dele?

Não costumava visitar a casa de Jubran com frequência. Nem no instante em que ouviu a notícia de sua morte, foi capaz de amá-lo. Jubran tinha uma natureza perversa e dominadora e uma língua ferina. Yasser sofreu muito na mão do irmão na infância e adolescência. Só conseguira se livrar de suas lembranças quando alugou uma casa na região de Batawin, no centro de Bagdá, onde passou a viver com a família. Jubran permanecera com a esposa e as filhas na casa grande da família, cercados por paredes úmidas e pisos quebrados.

Num gesto de compaixão, Yasser vasculhou suas lembranças na tentativa de encontrar vestígios do último encontro com o irmão mais velho, mas não conseguiu recordar nada de importante. Depositados no fundo da memória, encontrou apenas algumas frases entrecortadas que pareciam murmúrios e o rosto de Jubran El-Said, triste e cheio de rugas — a face de um homem ganancioso e obstinado, a quem o passado, nos últimos tempos, não trazia qualquer satisfação.

Yasser se lembrou de uma conversa curta a respeito de bebida. Jubran estava sentado de frente para o irmão numa cadeira de madeira, inclinado sobre a mesinha quadrada que havia encostado na parede do quarto. Ele colocou duas pedras de gelo num copo de araq e mexeu um pouco antes de dar uma golada, enquanto uma canção de Saadi Al-Hili tocava no gravador velho sobre a mesa. Não queria ouvir Saadi Al-Hili naquela situação, e sim seu irmão caçula que, depois de anos vivendo sem rumo, havia se tornado um oficial de polícia e trabalhava no departamento de investigação criminal. Disse a Yasser que não sentia remorso e que isso o perturbava e afligia sua alma. Mencionou erros cometidos durante a vida, embora não tivesse confessado detalhes ao irmão.

"Por que você não sente remorso?", Yasser perguntou.

"Não sei... Talvez tenha alguma coisa de errado com a minha alma ou na minha mente. Não me sinto normal."

"Não, você é normal. Só bebe muito, nada mais."

"A bebida não faz a gente sentir remorso. Mas agora já me acostumei a beber, mesmo sem remorso."

Yasser sentiu uma tristeza repentina ao se lembrar dessa conversa e simpatizou com o irmão que destruíra a própria vida e causara desgosto a todos, embora fosse tarde demais. Talvez Jubran não soubesse lidar bem com a vida ou fosse só um coitado. Yasser repetia sem parar essas palavras na mente enquanto caminhava pelo quarto fedido. Examinava as coisas a sua volta e, apesar da luz do dia que invadia o cômodo, apontava a lanterna para tudo. Aproximou-se do corpo do irmão e não conseguiu tocá-lo, ainda que ver cadáveres não fosse novidade para ele. Olhou para a garrafa de araq no centro da mesa, ainda fechada, e para o prato de mezza com pepino e iogurte. Não parecia que Jubran tivesse dado início à sua noitada. Partira para a morte sem uma última bebedeira. Observou o copo perto do braço esbranquiçado estendido até o meio da mesa e próximo da cabeça com cabelos desgrenhados. Percebeu um pó cinza no fundo do copo. Examinou os arredores e viu um papelzinho amassado debaixo da mesa. Desamassou o papel, encontrou restos de uma substância preta e considerou de pronto que fosse a mesma coisa do fundo do copo.

O laudo do Instituto Médico Legal declarava que Jubran tomara uma substância herbal rara composta por várias plantas venenosas. Para o médico que examinou o corpo, o mais provável era que ele tivesse se suicidado.

Yasser guardou a informação do suicídio para si, preferindo comunicar à família que Jubran Al-Hajj havia sofrido um infarto — uma notícia que muitos esperavam, dado o tanto que ele bebera nos últimos anos. Consumia três quartos de uma garrafa de araq Al-Asriya todas as noites, apesar das muitas tentativas da família de convencê-lo a diminuir essa dose letal. Morrera por causa da bebida. Era uma conclusão razoável e a mais convincente.

O suicídio de Jubran permaneceu uma preocupação pessoal para Yasser, e ele não a compartilhou com ninguém, nem mesmo com os amigos mais chegados. Não contou a Tahsin, seu irmão do meio, com quem Jubran partilhava a administração de uma oficina mecânica, na rua Xeique Omar, próxima ao bairro Batawin. Tahsin também tinha problemas com Jubran por conta da propriedade da oficina. Yasser achava que os irmãos eram dois gananciosos, de modo que ficava difícil saber qual dos dois tinha razão.

Durante o funeral, Tahsin parecia muito à vontade. Não transparecia nenhum sinal de consternação ou tristeza no rosto pela morte do primogênito da família. Para Yasser, Tahsin parecia muito feliz por se livrar de Jubran, o estorvo. Embora nos últimos meses ele tivesse perturbado menos Tahsin e mais a própria mulher e as filhas. Passava a maior parte do tempo em casa na bebedeira e muitas vezes acordava com uma ressaca que o fazia se arrastar numa letargia até metade do dia.

Yasser foi a única pessoa que continuou triste pela morte do irmão, passados alguns meses do funeral. A própria família de Jubran, sua esposa e filhas, não perdeu muito tempo com o luto. Na sexta semana após a morte do marido, a mulher derrubou a parede da frente de um dos cômodos da velha casa, na rua 7, e o transformou em loja. As filhas se sentavam ali por horas, até tarde da noite, vendendo cigarros, chicletes, doces e algumas miudezas de que a vizinhança geralmente precisava.

Tudo contribuía para que a imagem de Jubran Al-Hajj desaparecesse da cabeça de Yasser pouco a pouco. Além disso, estava muito ocupado com o trabalho, onde lidava com histórias mais terríveis sobre retaliações, vinganças e assassinatos misteriosos cometidos em Bagdá desde a entrada das forças americanas na cidade, em abril de 2003. A morte, em toda sua variedade, se tornou um lugar-comum.

A preocupação com a banalidade da morte, que atingia a todos inesperadamente, foi deixando de lado o mistério da morte de Jubran Al-Hajj. Depois de algumas semanas de reflexão e tentativas de examinar as poucas provas disponíveis da existência de um crime, Yasser não conseguiu qualquer evidência convincente. Contudo, algo aconteceu que reavivou o interesse na história do possível assassinato do irmão.

Chegou às mãos de Yasser alguns relatórios sobre mortes trágicas semelhantes, com uso da mesma substância venenosa que havia matado Jubran. As vítimas, em sua maioria, tinham idade avançada; algumas eram mais velhas que Jubran Al-Hajj e nunca houve nenhum jovem entre elas. "Seria uma onda de depressão suicida por parte de homens mais velhos? Talvez por causa do clima caótico de guerra?"

"São crimes... e não sabemos até onde essa história chegará", disse o oficial superior de Yasser, observando os relatórios de autópsia de sete corpos descobertos nas últimas semanas. Praticamente todos os casos se assemelhavam ao de Jubran: as vítimas foram achadas mortas sobre a cama ou à mesa com uma bebida. Um deles foi encontrado morto à porta de casa — pelo visto, tentara bater à porta, embora os efeitos da substância venenosa o tivessem impedido.

Yasser, com a cooperação de dois assistentes, liderou as investigações entre os familiares dos assassinados em busca de pistas sobre a origem da substância venenosa. A maioria ignorava a existência do tal pó. Apenas um homem contou à esposa a respeito da substância e a duração do seu efeito; contudo, não disse de onde a havia trazido.

A senhora morava sozinha, numa casa em ruínas perto da sinagoga, no centro de Batawin. Tristonha, conversava de maneira lacônica, sem qualquer desejo de falar com estranhos, mas Yasser insistiu até que ela se lembrou de algo interessante:

"Ele dizia que queria sentir remorso. Disse que era um remédio para que sentisse remorso."

"E por que queria sentir remorso?"

"Ele tinha conflitos no passado de que nunca quis me falar", ela contou.

Yasser deixou a senhora na escuridão de sua casa destruída, mergulhada em suas memórias, e saiu para a rua com seus dois assistentes e um sentimento incontrolável. Sentia que tinha nas mãos uma chave: a morte do marido daquela mulher se parecia com a de Jubran Al-Hajj, e havia ocorrido pelo mesmo motivo: o desejo de sentir remorso. Tinha a chave, mas não sabia onde encontrar a porta que ela abria. Arquivou todos os relatórios da investigação, que declaravam a causa da morte como suicídio com bebida venenosa. Mas para Yasser, a questão não tinha terminado — não até a tarde em que se encontrou com Hanun Al-Saher.

Jumaa El-Nuri era amigo de infância de Yasser. Um moço inteligente e aventureiro, que todos esperavam que tirasse proveito de sua esperteza para conquistar boa posição social e condições financeiras. Correu alguns riscos em negociatas malsucedidas até que caiu no vício do álcool e foi morar num quarto deplorável do motel Al-Saada à espera de um milagre. Apesar do furacão político que passou pelo país, transformando completamente o Iraque depois de abril de 2003, El-Nuri não mudara absolutamente nada.

Durante o dia era atendente numa empresa de entregas e passava as tardes bebendo preguiçosamente no quarto ou em serões com o vizinho do quarto ao lado, Hanun Al-Saher — que não se encontrava em situação melhor —, um homem de mais de cinquenta anos, que teve uma das pernas amputada na altura do joelho devido a uma doença que o acometera durante os mais de dez anos em que passou na prisão. Fora libertado repentinamente, por conta do anúncio da guerra americana contra o regime iraquiano. Na época, o regime se sentiu pressionado a, sob justificativas misteriosas, abrir as celas e esvaziá-las antes da invasão.

Quando Hanun saiu da prisão, soube que sua família havia se espalhado e que seu único filho emigrara do Iraque. Não lhe restou nem mesmo a casa onde tinha vivido por longos anos. Todos contavam histórias sobre Hanun, pois ele nunca demonstrou qualquer reação ao que encontrou ao ser solto. Ficara sabendo de tudo ainda na cadeia: sua família havia se dividido entre mortos e emigrantes e ele não encontraria no mesmo lugar a casa em que fora criado.

A acusação que o condenou a tantos anos de prisão fora a de cooperar com desertores do serviço militar. Fabricava amuletos e preparava encantamentos para eles que os protegeriam da polícia militar e dos membros do partido Baath incumbidos da segurança na cidade e de capturar soldados desertores. Na época, a reação ao caso foi horrenda e desproporcional, levando Hanun a ser responsabilizado pela deserção de muitos soldados. A sensação de poder escapar com a ajuda dele supostamente impulsionara o aumento dos desertores em potencial. Muito rapidamente, os bares da rua Abu Nuwas e os clubes noturnos na rua Saadun foram se enchendo de jovens dissidentes da guerra, que batiam seus copos em vez de atirar nos inimigos. Hanun tornou-se, então, um sujeito muito perigoso. Mesmo alegando não ter responsabilidade sobre a deserção de um soldado sequer, as autoridades possuíam provas suficientes para condená-lo à prisão perpétua.

Sua fama o antecedeu na prisão, e, assim que chegou, achou-se rodeado de presidiários curiosos para saber o que aquele homem excepcional poderia lhes oferecer. Pediam-lhe que os ajudasse a fugir, fazendo um amuleto que impedisse o guarda de os ver escalando os grandes muros de concreto e passando pelo arame farpado. Hanun não queria dar a justificativa real que os impossibilitava de ter o que queriam: se tivesse tal poder, por que permaneceria um só minuto com eles? Um dos presidiários mais velhos veio e sentou-se à sua frente como se fosse uma deidade ou um homem santo de muita autoridade, e lhe falou em tom inspirador: "Eu estava a sua espera. Você não entrou na prisão em vão. É a resposta das minhas súplicas a Deus".

Para esse homem, Hanun Al-Saher era um enviado de Deus; também o era para os outros, mesmo o guarda e o cozinheiro da prisão. Todos esperavam uma solução de suas mãos, muito embora ele não possuísse qualquer coisa que pudesse oferecer, exceto fazê-los acreditar numa vida fora da prisão. Esse delírio seria a solução na ausência de outras opções mais realistas. Talvez fosse uma boa saída, principalmente para os sentenciados a um longo período de encarceramento.

Jumaa Al-Nuri ficou muito tempo absorto enquanto contava sobre Hanun Al-Saher a seu amigo Yasser, e era nítido que se sentia atraído e impressionado por essa personalidade.

"Você pode perguntar pra ele quem matou seu irmão", disse Jumaa, sem esperar qualquer reação de Yasser sobre a sugestão.

Jumaa não raro era prejudicado por causa do caos que era sua vida. Ficara com a mente confusa e acreditava em lendas e mentiras de videntes, mas por que seu amigo oficial de polícia acreditaria nessas coisas? Apresentar questões ligadas a processos criminais aos videntes era, no mínimo, ridículo.

Yasser estava sentado no quarto de Jumaa sob as lufadas de ar morno criadas pelo ventilador de teto que se movia com violência. Olhava para um pequeno aquecedor a óleo, cujo fogo começava a enfraquecer e apagar por causa do vento, enquanto Jumaa tirava de lá a chaleira e servia o chá em duas *istikanas*, sem parar de falar:

"Ele está aqui no quarto ao lado. As pessoas vêm atrás dele todos os dias. Ele já era conhecido na prisão antes de chegar lá e, depois que saiu, recuperou bem rápido sua reputação. É impossível uma pessoa como ele só mentir; senão, de onde viria sua popularidade?"

"As pessoas acreditam em qualquer coisa", disse Yasser. "Prever o futuro, desvendar segredos da vida das pessoas e toda essa história de ocultismo me parecem mais um truque."

"Vamos cumprimentá-lo, antes que passe o calor do meio-dia e comece a chegar gente."

Seu irmão foi morto por alguém próximo a ele.

A sentença proferida por Hanun Al-Saher ocupou os pensamentos de Yasser por muitos dias. Jumaa Al-Nuri tinha se oferecido para apresentar o assunto a Hanun, não obstante a resistência de Yasser, na tentativa de descobrir quem havia matado Jubran. Hanun já conhecia a história e não pensou muito tempo antes de fazer sua interessante declaração: "Jubran foi morto por alguém próximo a ele".

Yasser não podia ignorar a declaração, embora, do seu ponto de vista, não houvesse nela nada de racional. Pensou que certamente a culpada seria a esposa do irmão. Ela teria colocado veneno no copo do marido naquela noite e feito ele dar seu último suspiro silenciosamente sobre a mesa. Mas também poderia ter sido seu irmão do meio, Tahsin, querendo se livrar de Jubran para tomar posse da oficina.

Foi até a casa de Jubran Al-Hajj, sentou-se com a cunhada e começou uma nova conversa investigativa. O quarto de Jubran fora transformado num depósito de móveis, além de outras mudanças feitas nos demais cômodos; um detalhe ou outro retocado no restante da casa dera-lhe um ar mais vivo que antes. A esposa, uma pobre coitada, não apresentou qualquer informação nova. Enquanto falava, Yasser a olhava nos olhos insistente e sentia que era sincera. Não fizera nada ao marido, exceto sofrer com seus ataques de nervos e a opressão que lhe impôs durante toda a vida. Mas não o odiava. Como odiaria o pai de suas filhas?

A coisa não foi mais bem-sucedida com Tahsin. Não havia nada de novo. O ódio não levava propriamente ao assassinato, não com tanta facilidade.

Lá fora, o tempo mudava. O calor do verão diminuía rapidamente para dar lugar à noite menos sufocante. Hanun Al-Saher e Jumaa Al-Nuri bebiam ao som da voz melosa de Saadi Al-Hili. Diferentemente das noites anteriores, Hanun estava menos comedido e conversava com muita animação, contando piadas e rindo de qualquer palavra de Jumaa.

Hanun contou a Jumaa que, nos últimos dez anos, teve medo da morte, mas que agora não tinha medo de mais nada. Tudo o que tinha era o ar que respirava. Não esperava mais que o pé amputado voltasse ao lugar, nem recuperar o tempo que ficara para trás, com toda sua juventude e força. Não sentia mais desejo pelas mulheres e o próprio corpo definhava pouco a pouco. Muito provavelmente morreria dormindo naquele motel paupérrimo, mas isso não o perturbava ou tirava sua paz de modo algum. Mais do que nunca, estava pronto para a morte.

"Por que está dizendo isso? Estávamos cantando e rindo agora há pouco, o que mudou seu humor?", Jumaa perguntou.

"Nada. Meu humor não mudou. Não é nada. Eu só estou sendo sincero com você. Não estou triste. Continuo muito bem-humorado."

"Sério?"

"Eu tinha medo de morrer antes dos meus inimigos."

"Você tem inimigos?"

"Tinha. Não eram muitos, mas agora se foram todos", Hanun respondeu.

Para Jumaa, o amigo Al-Saher estava muito bêbado. Havia bebido muito mais do que o normal e falava compulsivamente, então não pareceu apropriado interrompê-lo ou deixar o quarto enquanto não terminasse a conversa. Disse a Jumaa que conhecia as pessoas que escreveram o relatório de segurança que o condenara à prisão. Dois deles eram homens do partido do governo, moradores do bairro de Batawin. Depois de anos, conseguira descobrir o nome do oficial que o investigou e do juiz que o condenara à prisão.

O juiz, já velho, havia morrido antes que pudesse se vingar. O investigador foi afastado da função na campanha de baathização, mas voltou depois de um acordo político que restituiu um grande grupo de oficiais menores a suas funções. Esse oficial também morrera antes que Hanun Al-Saher chegasse a ele. Um carro-bomba explodiu ao lado do seu veículo, enquanto estacionava em frente à divisão de segurança, e seu corpo voou aos pedaços. Quanto ao homem do partido que participara da redação do relatório que colocou Hanun na prisão, um grupo de jovens o atacou à noite. Eram filhos de suas vítimas. Crivaram-no de balas e seu corpo foi encontrado ensanguentado na manhã seguinte, jogado na frente da grande igreja armênia perto da praça Al-Tiran.

O outro membro do partido, aquele que realmente passara a informação e que Hanun Al-Saher odiava mais do que ninguém, era o antigo vizinho de Hanun. Ele se lembrava dos dias em que jogavam dominó nos cafés do bairro, ou ajudavam a tirar os botijões de gás dos carrinhos dos vendedores ambulantes. Considerava-o um amigo, ainda que não conversassem muito, e não compreendia por que ousara escrever um relatório sobre Hanun ter cooperado com desertores do exército. Talvez tivesse ciúmes ou inveja, ou mesmo desejasse sua jovem esposa. Sim: queria ter se casado com a esposa de Hanun, por isso o tinha mandado para a cadeia. Apesar disso, depois não se casou com ela. O nome deste partidário baathista era Jubran Al-Hajj. Não foi morto por ninguém; contudo, Jubran sempre trouxe no íntimo o desejo de que alguém realizasse essa missão. Que alguém puxasse o gatilho e explodisse sua cabeça com um só disparo, livrando-o desse seu sentimento angustiante e da falta do desejo de viver.

Hanun Al-Saher tinha certeza absoluta do destino do oficial de segurança que o investigou e do juiz que o condenou; quanto aos dois baathistas, nunca soube nada sobre eles. Não sabia se eram dois ou um, nem se realmente havia um relatório partidário por trás de seu encarceramento.

Certa tarde, antes de Jumaa Al-Nuri se mudar para o motel Al-Saada, Jubran Al-Hajj entrou no quarto de Hanun repentinamente. Cumprimentou-o e se sentou diante dele, como qualquer cliente que quer tirar a sorte ou pedir um amuleto de proteção contra a inveja, ou para trazer o sustento ou ficar a salvo de balas perdidas, entre outras questões que preocupavam a maioria das pessoas em Bagdá. Hanun precisou de um bom tempo para reconhecer o sujeito sentado à sua frente. Assim que descobriu ser Jubran Al-Hajj, tratou-o como amigo. Cumprimentou-o com dois apertos de mão e um sorriso, sem que Jubran lhe sorrisse de volta.

Parecia ser uma pessoa que não sabia o que era sorrir havia muito tempo. Tinha o rosto petrificado e uma aparência desprezível. Não lembrava em nada seu aspecto nos anos 1980. Elegante, bem barbeado, cabelos escuros — sempre usando perfumes caros e sapatos italianos. Agora era apenas um esqueleto em ruína, cuja aparência se aproximava à de um mendigo.

Ficou ali absorto numa longa conversa, na qual Hanun descobriu que seu antigo vizinho caíra em tremenda desgraça e estava à beira da loucura. Jubran contou-lhe sobre os assassinatos de seus correligionários cometidos na região. Sem pensar muito, passou a falar da vida longa de seu avô e de seu pai. Haviam passado dos cem anos quando morreram, e ele temia que fosse hereditário, pois não gostaria de chegar a essa idade. Não tinha mais o que desejar da vida e até a bebida havia deixado de ser prazerosa. Havia apenas se tornado um velho que queria morrer, por isso o procurou.

"Eu mandei um monte de gente para os *fronts* de batalha no exército popular, escrevi centenas de relatórios que levaram pessoas à forca. Provoquei muitas desgraças. Por que ninguém se vingou de mim?", Jubran se perguntou diante de Hanun Al-Saher, que não sabia o que responder, principalmente com relação ao desejo de morte. "Eu queria sentir remorso. Chorar pelos crimes perpetrados com as minhas próprias mãos. Mas parece que sou desgraçado demais até pra isso. Sou o próprio satanás. E confesso que sentia certa satisfação com tudo isso. A coisa era prazerosa. O poder e o controle produzem uma sensação maravilhosa. Uma pessoa normal diria algo parecido?"

Essa última pergunta fora dirigida a Hanun Al-Saher, mas ele se manteve em silêncio, esperando que Jubran terminasse de falar.

"Eu acho que é um caso do seu interesse, porque fui eu quem te mandou pra cadeia. Eu que escrevi o relatório correligionário, com a ajuda de outro camarada do partido. Nós dois o mandamos pra cadeia pra cumprir quinze anos. Você vai me odiar agora ou não?"

Jubran viu surgir sinais de perturbação no rosto de Hanun, que não esperava que houvesse outros na sua lista de vingança, e eis que o monstro surgia diante dele. De acordo com sua lógica de muitos anos, deveria se vingar de Jubran. Era sua oportunidade, mas como faria isso? Era apenas um velho amputado, não tinha arma para atirar em Jubran Al-Hajj e não conseguiria enforcá-lo com as próprias mãos. Mesmo que conseguisse, provavelmente sua força não seria suficiente para matá-lo. O que será que o maluco queria? Talvez estivesse mentindo e só quisesse uma pessoa para matá-lo, nada mais, e tenha escolhido Hanun de maneira aleatória.

"Ou me mata ou me faz sentir remorso", Jubran exigiu.

"Como vou fazer você sentir remorso?"

"Faça um encantamento ou me dê uma poção mágica, qualquer coisa. Me dê um remédio. Me faça chorar muito ou me sentir culpado."

"Isso não é possível. Não há nada que possa induzir o ser humano ao choro que não surja dele mesmo, de seu íntimo."

"E se este íntimo estiver vazio, o que se faz?"

"Não sei. Ainda não acredito que você tenha escrito o relatório partidário. Não há ninguém que tenha escrito um e depois aparecido pra confessar."

"Você tem que acreditar. Não tenho prova alguma do que digo, mas sou seu principal inimigo. E você tem que me odiar e, pelo menos, tentar se vingar de mim. Tomara que tente hoje à noite, ou agora mesmo, se preferir."

"Não sei. Estou cansado, e esta noite só queria beber."

"Eu bebo também, embora eu não sinta mais prazer com isso. Posso te acompanhar?"

"Como quiser."

Os dois beberam até a meia-noite, então Hanun deu a Jubran uma erva venenosa. Disse-lhe que ela o mataria em instantes assim que a bebesse com água. Jubran o agradeceu muito e voltou para casa feliz. Viu que sua esposa havia preparado a mesa e comprado para ele uma garrafa de araq Mastiky inteira, do armazém de Abu Iduard Al-Massihi, na rua comercial de Batawin. Ela havia preparado o jajik e colocou Saidi Al-Hili para tocar. Servia o marido como uma escrava. Esperava que ele se sentasse à mesa, se certificava de que ele não precisava de mais nada e então ia dormir. Jubran misturou a erva venenosa escura com a água no copo e a bebeu. Levou alguns minutos até que se sentisse sonolento, fosse por conta da bebedeira com Hanun Al-Saher ou pela substância venenosa. Apoiou a testa na mesa, estendeu o braço sobre ela, e então submergiu no coma mortal.

"Se você não merecer o remorso, a substância te matará. É um teste perigoso." Foram as últimas palavras de Hanun Al-Saher para Jubran Al-Hajj. E ao que parecia, Jubran não mereceu o remorso.

Hanun narrou a história inteira para Jumaa Al-Nuri, que escutava perplexo, mas também acrescentou alguns detalhes fantasiosos. Ele não contou a Jumaa Al-Nuri que desconhecia que os dois homens do partido Baath teriam escrito o relatório e disse que havia enviado uma espécie de djim ao juiz para o enforcar na cama. Fizera algo parecido com o oficial de investigação, jogando-lhe uma maldição que o paralisou atrás do volante do carro para não sair dali até um carro-bomba explodir ao seu lado. Contou também que continuava atraindo seus inimigos, todos aqueles que o haviam torturado na prisão ou apenas o esbofeteado nas salas de interrogatório e na detenção, ou cuspido na sua direção. Contara-os e eram ao todo oito homens. Aproximava-se deles por telepatia e designava um djim a cada um para lhes dar a erva venenosa. Tal erva oferecia o remorso para quem o merecesse e matava os que não eram dignos. Apenas um homem passara no teste e se tornara um pranteador que passava a maior parte dos seus dias na praça Xeique Abd Al-Qadr Al-Gilany. Quanto aos outros sete, indignos de remorso, restou apenas a morte.

O último homem era Jubran Al-Hajj, e agora Hanun Al-Saher sentia que sua vida havia terminado. Não imaginara que a vingança se concluiria tão rápido.

“Você não pensou em nenhum momento que eles talvez não merecessem a morte?”

“Mas não matei ninguém. Eles se mataram. Não tinham no íntimo qualquer desejo de remorso.”

“Você deu a eles a substância venenosa que os matou, então assassinou a cada um deles. Não sente nenhum peso na consciência por isso?”

“Não. Por que sentiria peso na consciência? É a justiça”, Hanun argumentou.

“Eu sinto um peso na consciência apenas por me sentar e ouvir essa história.”

“Por quê?”

“Hanun, você é um criminoso e eu tenho que te denunciar pra polícia. Sei que seria traição, já que é meu amigo e meu vizinho neste motel. Mas, se eu não te denunciar, vou me sentir culpado por te proteger. Pode ser que você cometa outros crimes.”

“Não. Primeiro, porque não sou um criminoso. Segundo, porque essa história já acabou. Estou te dizendo que acabou.”

“Você já me envolveu, Hanun. Não deveria ter me contado nada. Estávamos rindo e cantando com Saadi Al-Hili, bebíamos araq Zehlawi e vinho, só isso. Por que foi tocar nessa história macabra? Como eu vou dormir agora?”

“Eu te dou uma erva pra te ajudar a dormir.”

“Não, não quero nada de você.”

Jumaa Al-Nuri ficou aflito ao extremo, convencido de que o homem com quem bebia havia tanto tempo era um psicótico. Mas não se tratava de um psicótico comum. Ao que parecia, o seu caso era o da mais extrema loucura, daqueles que se ocultam num tipo de personalidade que aparenta ser normal e calma.

Passados dois dias da investigação que Yasser fizera com a esposa de seu irmão mais velho, a sobrinha mais nova foi visitá-lo. Era a mais audaciosa de todas as filhas de Jubran Al-Hajj. Sentou-se com o tio na sala de estar e, antes de beber o suco que a mulher de Yasser colocou diante dela, disse a ele que sabia como seu pai havia morrido. Não queria contar a ninguém por temer um escândalo.

"A situação envolve ervas psicodélicas... afrodisíacas", disse a menina destemida, mas sem olhar nos olhos do tio. Em seguida, contou que o pai sofria de algo que não eram nem pensamentos suicidas, nem desespero ou depressão. Ele era uma pessoa normal que apreciava uma vida simples — sobretudo os serões à mesa bebendo. Contudo, a esposa o pressionava por causa da dificuldade de ter uma ereção e a falta de desejo sexual. Então, insistiu que fosse até um homem conhecido na região por vender ervas que ajudavam no tratamento de impotência sexual: Hanun Al-Saher. Ela havia ouvido falar dele e de suas habilidades entre as mulheres na região. Como o lugar não era distante, e para acabar com a insistência da esposa, Jubran Al-Hajj foi até Hanun Al-Saher, o mago, que lhe deu a substância herbal que bebera naquela noite e, em vez de tratar de seu problema sexual, o matou.

"Seu irmão foi morto por alguém próximo a ele."

Yasser lembrou-se do que Hanun Al-Saher havia dito e percebeu que o homem falara a verdade. Sim, a esposa estúpida o havia matado, mesmo sem intenção. Por fim, a questão estava resolvida, pelo menos para Yasser, pois, de acordo com o relatório de inquérito criminal, o caso já estava encerrado havia semanas. Apesar disso, gostaria de ter mais certeza. Então foi até

Hanun Al-Saher para lhe perguntar sobre a substância que havia matado seu irmão.

Como de costume, entrou no quarto do amigo, Jumaa Al-Nuri, que pareceu surpreso com a visita. Não ficou à vontade e tinha uma expressão tensa e aflita, o que chamou a atenção de Yasser. Após momentos de conversa fiada, sobre o tempo ameno, como o verão havia terminado rapidamente, as notícias, as vítimas dos ataques terroristas, o novo governo de transição e as prisões de jovens acusados de terrorismo por americanos, Jumaa calou-se por um instante e então convidou Yasser para fumar narguilé. Yasser recusou. Jumaa virou-se para o braseiro de carvão, tirou os carvões de cima, escolheu uma pedra em brasa grande e a colocou sobre o fornilho do narguilé. Deu várias tragadas fortes na piteira até se formar uma fumaça densa e branca.

Yasser contou para o amigo os desdobramentos que ocorreram no caso de seu irmão morto. Depois de permanecer calado por tempo suficiente, ocupado com o narguilé, Jumaa reuniu coragem para contar ao amigo o que acontecera com Hanun Al-Saher dias antes. Yasser ficou muito surpreso, e agora tinha certeza de que aquele psicopata havia matado seu irmão e tantos outros da mesma maneira. Mas ainda precisava de um plano para provar as acusações.

Antes do pôr do sol, os dois foram até o quarto dele e encontraram pessoas sentadas ali, esperando conseguir encantamentos, feitiços e poções. Quando o quarto se esvaziou de todos os clientes, Yasser disse que queria sentir remorso. Por trás das costas dele,

Jumaa fez um sinal a Hanun Al-Saher, que compreendeu que seria melhor se livrar do sujeito antes que ele fizesse um escândalo.

"Esta substância herbal é como um teste. Se você não for digno de remorso, ela te matará."

"Como vou saber se sou digno ou não de remorso? Eu não quero morrer."

"Você tem que estar pronto pra enfrentar a morte pra conseguir o remorso que deseja."

"Sim", respondeu Yasser, pegando um embrulho de papel que continha a substância herbal de coloração escura. Ao sair dali, dirigiu-se de imediato ao laboratório criminal para analisá-la e descobrir sua compatibilidade com as substâncias encontradas em posse dos sete homens, assim como no fundo do copo de Jubran.

Jumaa sentou-se com Hanun Al-Saher ao anoitecer e, ao perceber que não chegariam outros clientes, serviu-lhe um copo com uma bebida nova.

"O que é isto?", perguntou Hanun. "Tem um gosto estranho."

"É mao-tai, uma bebida chinesa."

"Onde você conseguiu?"

"Meu chefe me deu uma garrafa."

Eles beberam o mao-tai e então Jumaa olhou para o velho mago e decidiu dizer algo que o angustiava. Hanun, percebendo nesse olhar uma intenção, perguntou-lhe:

"Está acontecendo alguma coisa?"

"Sim, estou esperando você ficar bêbado."

"Vai ter que esperar sentado."

"Você sabia que Yasser, o moço que o visitou hoje, é um oficial da polícia e levou a sua erva pra ser analisada no laboratório?"

"E por que ele faria isso?"

"Por que talvez seja veneno? Que idiota beberia uma coisa sem saber o que é?"

"Somos todos idiotas. Essa vida é uma grande emboscada."

Continuaram conversando e pouco a pouco foram ficando ébrios.

"Eu já te falei, pra mim, a vida acaba agora. Já me vinguei de todos os meus inimigos e isso era o mais importante. Agora, a morte pode chegar a qualquer momento que será bem-vinda."

"Isso é conversa de louco. Só os idiotas se fartam de viver."

"Falamos muito sobre estúpidos esta noite. E você é um deles."

"Eu realmente sou um idiota. Desperdicei minha vida inteira com coisas inúteis, não fiz nada honroso."

"Se é assim, então não fale dos estúpidos."

"Você não quer que eu fale dos estúpidos para que não importune o maior deles: você."

"Você tem remorso de alguma coisa, Jumaa?", Hanun perguntou, de chofre, com os olhos brilhando como se estivesse a ponto de chorar.

"Sim, tenho remorso de toda a minha vida. A minha vida inteira foi erro sobre erro."

"Muito bem."

"Por que quer saber?"

"Porque, quando você foi buscar carvão pro narguilé, eu coloquei a erva na nossa bebida. Na bebida chinesa."

"O que está dizendo?"

"Bem, você nunca tinha bebido antes, nem eu, então não conhecíamos seu sabor até agora, quando o bebemos pela primeira vez. O sabor da mistura do pó do remorso."

"Você é louco. Como faz uma coisa dessas?"

"É a minha única lição pra você. Eu não sinto remorso e não pareço ser capaz disso. Estou muito orgulhoso do que fiz. E não quero ir pra cadeia outra vez por causa do seu amigo investigador. As torturas que sofri lá foram suficientes. É provável que eu não acorde do sono pela manhã. Mas você, você tem certeza do seu sentimento de remorso. Amanhã, será outra pessoa. Saúde!", disse Hanun, o mago, antes de tomar o último gole que ainda restava no seu copo.

* *Conto escrito originalmente em árabe.*

PARTE 2: ONDE ESTÁ A VERDADE?

BAGDÁ EM CONTRATEMPO

SALAR ABDOH

Gejara

Eu já estava cansado das figuras que precisavam dos meus serviços. O problema é que elas eram as únicas neuróticas o suficiente para me pagarem por eles. Ou era um marido que desconfiava da esposa, ou uma esposa que desconfiava do marido. Raramente havia uma situação que fugisse desse lugar-comum. Eu teria que fechar as portas se dissesse a verdade a elas: "Se você suspeita de algo, é provável que exista alguma coisa mesmo".

Essas pessoas não podiam acreditar que havia uma agência de detetive particular nesta cidade. Imaginavam-se em um filme. E, na tentativa de me agradar, sempre comentavam a mesma coisa: "Você já leu Raymond Chandler e Dashiell Hammett? Eu amo...". E sempre nesta ordem: primeiro Raymond, depois Dashiell — nunca o contrário. Era uma maneira de dizerem que entendiam o meu mundo. Tão estúpido. E porque eu não queria dar uma aula sobre as milhões de sentenças adicionadas ao ofício desde que esses senhores escreveram o que escreveram, simplesmente propunha minha exorbitante diária, mais as despesas extras robustas, e os via digerir o valor enquanto fingiam refletir antes de concordar. Eu não tinha muita concorrência no meu ramo por aqui.

Imagine minha surpresa no dia em que apareceu um cara que falava persa com sotaque árabe. Saquei de imediato: era um militar rebelde. Estava aposentado e pronto para se esquecer de todos os cadáveres que havia visto na vida.

"O que te trouxe a Teerã?", perguntei.

"Isto", o militar respondeu em voz baixa, colocando uma foto ampliada na mesa.

Era o tipo de imagem que se via quando Saddam atacou o Irã, nos anos 1980: um muro cheio de nomes e propaganda política incompetente. VIDA LONGA A SADDAM HUSSEIN. NOSSO LÍDER, PAI E AMIGO. O PRESIDENTE DO CORAJOSO POVO IRAQUIANO. Sob a dedicatória havia meia dúzia de nomes.

Eu olhei para o homem. "Seu nome é...?"

"Abu Habiba."

"Você lutou na guerra do nosso lado, eu presumo."

"Eu lutei contra Saddam", ele disse. "Se é o que quer saber."

"Brigada Badr?", perguntei.

Ele confirmou com a cabeça. "Por dezessete anos. Voltei pra Bagdá quando esse maldito finalmente foi derrubado."

Havia muita fadiga na voz dele, muitos anos perdidos e um tremendo desgosto em mencionar a morte do inglório ditador. Tanto cansaço poderia trazer apenas desgosto. Os olhos de Abu Habiba perambularam um pouco e, por fim, pousaram na minha janela que dava para a avenida Karim Khan. Eu tinha alugado aquele escritório modesto pela localização central, mas tudo que se podia ver dali eram os carros cruzando a ponte e soando suas buzinas.

"Fiz uma pesquisa a seu respeito", admitiu. "Você já esteve no Iraque. Conhece bem Bagdá?"

Quando não houver razão para mentir, diga a verdade. Demanda menos esforço. Eu conhecia Bagdá bem o suficiente. Na década passada, a família de um iraniano desaparecido em combate duas décadas antes me contratara para ir até lá e procurar pelo menino desaparecido. O *menino* seria mais velho que eu agora se, por acaso, ainda estivesse vivo.

Foi em 2006, e Bagdá era um pesadelo que você não desejaria a seu pior inimigo. Os americanos perdiam feio para a insurgência todos os dias. Cada bairro era um campo de batalha. Uma vez, numa via lateral à rua Umreidi, encarei a morte. Depois disso, nunca mais passei perto dali. Por quê? Porque, quando meu motorista e eu viramos a esquina, quase batemos de frente com um Stryker americano com a arma apontada para um prédio a dez metros de nós. Chegar com o carro num tiroteio prestes a ocorrer entre os americanos e a milícia Sadr rendeu uma boa história, mas, naquela época, era a pior coisa que podia te acontecer em Bagdá.

Quero dar um panorama completo daqueles momentos para você entender por que eu não estava interessado em voltar, mesmo depois de dez anos: o blindado de aparência bestial estava parado em ponto-morto; aí, a torre de tiro se virou devagar na nossa direção e nos vimos bem no centro da linha de fogo. O vento levantava redemoinhos de lixo nas ruas; vidraças quebradas balançavam das molduras podres das casas em ruínas; se um dos lados não te matasse, o calor mataria. Era um momento *Matar ou morrer*, eu pensei. Gary

Cooper ou John Wayne poderiam ter saído daquele prédio com uma espingarda e um revólver. Em vez disso, olhei para o prédio e vi um miliciano do Sadr me encarando como um demônio: "Tão fazendo o que aqui, porra?".

Foi então que eu chamei meu motorista em voz baixa: "Haider!".

Haider estava paralisado.

Estávamos prestes a ser explodidos em uma esquina de Bagdá e ele parecia estar tendo um colapso.

"Haider!" As armas do Stryker estavam apontadas para nós.

Os soldados também pareciam dizer a mesma coisa: "Tá maluco? Isto é um tiroteio. Cai fora!". Então, vi uma gota de suor escorrer pela face de Haider. Ele não estava morto — estava em choque e não conseguia falar. "Calma, irmão. Só dá a ré devagar e tira a gente daqui. Não faça nenhum movimento repentino. Não vire pra lado nenhum. Não implore por nossas vidas. Só dá a ré e volta pelo mesmo caminho que viemos. Só isso... Assim, vamos lá. Devagar. Muito bem, devagar..."

E essa foi a última vez que estive em Bagdá. O suficiente para uma vida. Nem todo o dinheiro do mundo poderia me levar de volta — pelo menos, foi o que pensei. Mas eu estava entediado com os adultérios de Teerã e dez anos já tinham se passado, afinal.

Voltei minha atenção para Abu Habiba. "Eu cobro caro."

"Conto com sua caridade", ele disse.

Bagdá já não era mais a mesma que eu havia conhecido em 2006. Em Karrada, voltei ao Abu Ali e comi um teman wa marag. Os iraquianos punham arroz no pão sírio enquanto pôsteres do imã Hossein e do aiatolá Sistani os observavam. Era um estabelecimento xiita e tinha sido alvejado ao menos duas vezes, que eu sabia. Uma pelos americanos e outra por membros da Al-Qaeda, que foram capturados um pouco mais ao norte, em Diyala. Não pensei que Abu Ali me reconheceria depois de tanto tempo. Mas reconheceu. Ele ainda parecia ser o avô de todo mundo. Barba branca esvoaçante, olhos honestos e um imenso sorriso que transmitia sua fé inabalável.

“Você não encontrou o seu iraniano perdido tantos anos atrás e então decidiu abandonar todos nós!”, Abu Ali gritou com sua voz grave.

Eu amava aquele homem de abnegação contagiante. Você nunca saía com fome do restaurante de Abu Ali, não importava quanto dinheiro tivesse, mesmo se não tivesse nenhum. Ele era um iraquiano por excelência — estoico, confiável, gentil e dado a ataques de raiva que eram pura arte. Você não sabe o que é um ataque de raiva se nunca viu o de um iraquiano — admito, chega a ser bonito. É tão expansivo e intenso que você também deseja ficar com raiva dessa maneira. Transforma você em um crente.

“Meu coração permanecerá sempre em Bagdá. Você sabe disso, Abu Ali.”

Por um instante ficamos nos encarando. Silêncio. Há coisas que são indizíveis. Coisas de que os homens não falam — não num boteco das ruas de Karrada, em Bagdá. Houve uma guerra, certa vez, e eu corri pra ela, porque pensei que, se não fizesse, a guerra terminaria e eu não alcançaria a glória. Eu era um idiota de dezesseis anos. Não demorou muito e fui parar num campo de prisioneiros de guerra iraquiano. Passei doze meses lá, até que os oito anos de guerra entre nós e os iraquianos terminassem, e levou mais seis meses até eu voltar para casa.

De repente, me tornei um herói. Olhei à minha volta e vi todas as mães segurando fotos dos filhos desaparecidos. Qualquer uma gostaria de ouvir boas notícias de um menino como eu. Elas queriam ouvir que eu tinha visto seus filhos no campo de prisioneiros ou, pelo menos, que os tinha visto morrer. A pior coisa é não saber. Você olha nos olhos de uma mãe e deseja poder apresentar uma prova cabal, mas não pode. Talvez seja por isso que aceitei o caso do desaparecido em combate dez anos antes. Estava tentando compensar todas as boas e más notícias que não pude oferecer antes.

Aprendi árabe no campo. Aprendi que alguns guardas eram uns sádicos filhos da puta e outros ofereceriam a um garoto de dezesseis anos a comida do próprio prato se soubessem que não iam se encrencar. Voltei para casa, terminei o secundário, entrei na faculdade e comecei a ler livros e a assistir filmes apenas em inglês. Depois de um ano, larguei a faculdade. Aquele ano no campo tornou impossível permanecer sentado quieto. Você poderia pensar que seria o contrário, mas não. Por que eu comecei a ler apenas em inglês? Passado um tempo, fiquei sem opções de romances policiais traduzidos para o persa. Não havia quase nada disponível. *Dashiel Hammet... Raymond Chandler...* Juro que queria arrancar a cabeça dos meus clientes quando me perguntavam se eu tinha lido algum deles.

Estavam cutucando uma ferida, mas pelas razões erradas. Após dez anos tentando trabalhar com tudo que se pode imaginar, anunciei a abertura da agência de investigação. Minha mãe chegou à conclusão de que eu finalmente perdera o juízo. Ela andou assistindo alguns programas de TV estrangeiros e disse que aquilo tudo era estresse pós-traumático.

Passados dois meses, um cara da municipalidade apareceu e disse: "Quem você pensa que é pra abrir uma... quê? Agência de detetive?". Ele riu na minha cara. "Você nunca esteve nem na polícia."

Havia alguma lei que dizia que eu tinha que ser policial antes de me tornar um detetive particular? O cara não tinha a resposta. E, afinal, eu era um herói, não era?

"Você precisa de uma licença", ele falou.

"Mas existe esse tipo de licença aqui?", perguntei.

"Não", ele replicou. "Mas eu posso fazer uma pra você, se quiser."

Acertamos um valor que eu daria a ele e à municipalidade, e assim começou minha carreira como detetive particular em Teerã.

E agora, de volta a Bagdá, Abu Ali me perguntou: "Como você pode deixar seu coração num país que quase te matou e te jogou na cadeia?".

"Ah, Abu Ali, na minha opinião, um homem não bate continência pra um distintivo, mas pra quem está atrás do distintivo. Meu coração permanece aqui, no Iraque."

Ele sorriu. "Mas o que te traz aqui, além do seu coração e do meu teman wa marag, é claro?"

"Eu tenho um caso que está me inquietando", eu disse.

"Todos não deviam te inquietar?"

"Não. A maioria deles é história de ciúme, tédio e ganância. Este... ainda não sei bem. Está me consumindo."

"Vamos dar uma olhada."

Eu coloquei na mesa as várias fotos que Abu Habiba me entregara depois da primeira reunião. Não é muito do meu feitio compartilhar detalhes do caso que estou investigando, mas aquilo era Bagdá, e não meu território. Eu precisaria de toda ajuda que conseguisse. E podia confiar em Abu Ali.

Ele olhou para mim intrigado. "Por que você está correndo atrás de escritos num muro de uma guerra que acabou há quase trinta anos?"

"Um homem me procurou em Teerã."

"Iraquiano?"

Confirmei com a cabeça e contei a história — ou o quanto eu tinha entendido dela pelas fotos e pelo que disse Abu Habiba. Um ano antes, uma série de assassinatos começou em Bagdá. As vítimas eram estranguladas, tinham o pescoço torcido e o rosto derretido com ácido, eram carregadas com explosivos e detonadas, queimadas, fatiadas. A lista ia longe. Nos últimos trinta anos, não faltavam casos de assassinato em Bagdá, mas esses eram diferentes. Havia um *modus operandi*. Era o trabalho planejado de um *serial killer*. Em cada episódio, ele (eu só podia presumir que fosse um homem) deixava um cartão de visita: a foto de uma parede grafitada com nomes de soldados iraquianos, que deixaram sua marca ali. Um dos nomes sempre pertencia à vítima. O assassino já tinha registrado treze até o momento e fazia questão de que seu trabalho manual fosse descoberto.

“E a polícia?”, Abu Ali perguntou.

“Abu Ali! Você sabe melhor do que eu quantas bombas foram detonadas em Karrada só no último mês. Quantos mortos? Sessenta? Cem? Duzentos? Mesmo que a polícia de Bagdá tivesse recursos pra correr atrás de um *serial killer*, o que não tem, eu duvido que teriam estômago pra isso agora.”

Abu Ali olhou para fora. Havia uma barricada a uns cinquenta metros no fim da rua. Havia tantas delas por toda Bagdá que fariam você achar que aquela era a cidade mais segura do mundo. Uma barricada, no entanto, é um sinal claro de vulnerabilidade. Não impede que nada venha a acontecer. É apenas um elemento decorativo. Um homem-bomba não seria detido por um enfeite.

“Quem trouxe o caso até você?”

“Um homem chamado Abu Habiba”, respondi. “Ele mora nas redondezas do *souq* de Gejara, no distrito da Cidade de Sadr.”

“E este Abu Habiba viajou daqui até Teerã pra te levar este caso? Por que ele se importa tanto?”

Me dei conta de que não tinha resposta para a pergunta mais óbvia do mundo.

Abu Ali se levantou para atender alguns clientes e eu continuei olhando para fora. No café vizinho, o Pequeno Anwar servia nada menos que nove copos de chá ao mesmo tempo. Anwar podia verter o chá de olhos fechados; podia servir de pé, de ponta-cabeça ou com os braços atados ao torso e às pernas; podia rolar um copo de vidro na lateral do corpo, colocá-lo no colo e então verter o chá com os dentes. Uma rede de TV de Dubai fez um documentário sobre ele e, um dia, assistindo TV a cabo em Teerã, eu vi que o Pequeno Anwar de Karrada havia sido atingido em um bombardeio. Lá estava ele ali de novo, com metade do rosto queimado, mas não parava de sorrir. Lançou quatro copos de chá para o alto e habilmente os pegou com a bandeja, segurou-a atrás das costas e serviu o chá com a outra mão — sem derramar uma gota sequer. Não tem como não amar esse país e sentir sua dor. É por isso que os americanos nunca tiveram a menor chance aqui.

Durante as duas semanas seguintes, tentei encontrar um padrão em que o assassino pudesse se encaixar. Não foi difícil perceber que todas as vítimas eram fiéis apoiadores de Saddam Hussein. As mensagens nos muros deixavam isso muito claro. Quando você se deparava com coisas do tipo *Saddam é o martelo e nós somos os pregos — comando da Polícia de Tikrit: Ali Al-Marsouli, Luay Al-Toogh, Najmeddin Al-Bakr*, tinha certeza de que aqueles homens não foram obrigados a irem para a guerra. Sem dúvida alguma, na época, deviam ter recebido todo tipo de gratificação do partido do regime de Saddam, o Baath — e que Deus tenha tido misericórdia de quem lutou contra eles. No entanto, Luay Al-Toogh morrera. Foi assassinado no distrito de Mansour, um bairro sunita — embora nem seu nome, nem o lugar onde fora morto me dissesse algo relevante. Havia um homem, de outra foto, morto em um bairro de xiitas convictos, Hayy-Ur. Eu não conseguia descobrir se o assassino atraiu as vítimas para esses lugares — embora achasse que não — ou que tipo de acesso ele teria para transitar em bairros tão diferentes. Havia uma terceira questão também: de onde vieram as fotos?

Enquanto pensava no meu quebra-cabeça, também me familiarizava com o lugar onde estava vivendo. Abu Habiba me instalara perto da sua casa, em um apartamento de frente para o *souq*. Minha janela tinha vista aérea de Gejara, e dali eu assistia ao quarteirão ganhar vida pela manhã. Todos se conheciam por ali. Eu estava mais próximo das barracas que vendiam utensílios domésticos de plástico vindos do Irã e roupas e sapatos da Turquia. Abu Habiba me visitava todos os dias e tomávamos café da manhã com pão e creme fresco, ovos cozidos e chá. Ele me perguntou apenas uma vez se eu estava progredindo com a investigação. Exceto por essa ocasião, me deixava em paz e ia visitar uma das duas esposas — que viviam em lados opostos do *souq*. Certa vez, me levou a uma mecânica de que era sócio, nas entranhas da Cidade de Sadr, onde cemitérios de carros e oficinas mecânicas se espalhavam por dezenas de quarteirões em todas as direções. Dois de seus filhos estavam lá — caras com aparência de durões que sorriram e tentaram seu melhor para falar em um persa confuso.

Ficou evidente que estar em Bagdá era também uma oportunidade de simplesmente fugir de mim mesmo. Eu me perdia nos ruídos daquela cidade resignada. No ano anterior, duas clientes em Teerã me disseram sem rodeios que queriam dormir comigo. Talvez pensassem que, se os maridos podiam ter casos extraconjugais, elas também tinham o direito. E haveria melhor parceiro que o sujeito que você contratara para descobrir a verdade? Eu me odiava por dizer não e da mesma forma me odiava por pensar que deveria ter dito sim. Os negócios estavam dando cada vez mais certo nos últimos anos, mas comecei a ir para o escritório acompanhado por uma espécie de temor — de que, em algum momento, acordaria e teria que encontrar um "trabalho de verdade". Talvez minha mãe estivesse certa e eu sofresse de algum trauma da guerra e do encarceramento. Em Bagdá, havia tantos homens que estiveram na guerra ou ainda estavam em guerra que soava no mínimo ridículo pensar sobre essas coisas. Era como questionar por que você não recebera ainda a sua sobremesa quando todos ao redor não faziam uma refeição decente havia dois meses.

Eu precisava falar com alguém de confiança e retornei a Karrada para encontrar Abu Ali. Assim que entrei na rua, pressenti algo esquisito. Em pouco tempo, estava diante do que restara do restaurante. A casa de chá ao lado, onde Anwar trabalhava, também era só um esqueleto de escombros incendiados. Não fazia sentido perguntar o que acontecera. Eu não estava acompanhando os noticiários e ninguém precisava me dizer — apenas mais um bombardeio em Karrada. Meu rosto possivelmente me traía de alguma forma, pois alguém das redondezas se aproximou e disse: "Ele não resistiu. Não desta vez".

"Quem?", perguntei.

"Abu Ali."

"E o Pequeno Anwar?"

"Não sobrou nem o mindinho."

Fui embora.

Por que tinha ido para Bagdá? O dinheiro que Abu Habiba me pagava mal cobria as despesas de viagem e as refeições. O que achei que encontraria ali? A resposta para uma guerra que nunca deveria ter lutado trinta anos antes? Entrei no café Ridha Alwan e pedi o famoso bunduq da casa. Escritores e famosos da televisão estavam sentados em diferentes mesas, ignorando tudo — ou melhor, "se importando" com tudo. Não havia qualquer sinal de que a algumas quadras dali Abu Ali não existia mais. Como essas pessoas conseguiam seguir adiante? Eu nunca pude entender.

No meu segundo bunduq, coloquei as fotos na mesa e as examinei centenas de vezes. Eram fotos de um livro — era a primeira vez que me dava conta. Embaixo, na borda do canto direito de uma delas, havia traços apagados do número da página: 77. Isso foi negligência e amadorismo da minha parte. Como não tinha visto antes?

Na manhã seguinte, em vez de perguntar a Abu Habiba a respeito do livro, comecei uma busca entre os vendedores de armas do *souq* de Maridi, em Sadr, que durou vários dias.

"Por que você vem sempre aqui se nunca compra nada?", me perguntou o cara que negociava peças de AK e tinha uma barraca na esquina da rua de armamentos. Parecia um boxeador peso-médio que sabia que nunca conseguiria lutar com os grandões. Ele nunca venderia uma pistola Glock por 2.500 dinares, e tinha que se contentar com uma barraca de peças de AK recondicionadas num canto meio escondido do mercado.

A primeira coisa que fiz foi comprar várias culatras, pentes e trilhos de montagem lateral com ele. Paguei o dobro do que me pediu e, quando suas sobrancelhas franziram e ele se aproximou, como quem não quer nada — a ponto de eu sentir o cheiro da cebola que tinha comido no almoço —, eu disse: "Tenho algumas fotos aqui e gostaria que desse uma olhada".

O negociante de peças de reposição confirmou as minhas suspeitas — os assassinatos mal tinham sido notificados. Disse que saberia se tivessem sido e que eu não tinha razões para não acreditar na sua palavra. O mistério se transformava. Por que Abu Habiba estava tão determinado a encontrar um assassino que não importava pra ninguém? A bem da verdade, a maioria dos moradores de um lugar como o *souq* da Cidade de Sadr teria aplaudido as mortes dos lacaios de Saddam.

No dia seguinte, passei pelo Tigre e pela antiga rua Mutanabbi. O célebre quarteirão do mercado de livros fervilhava de novo. Na última vez que estivera ali, era um dos lugares aonde não se deveria ir. Eu não teria outra palavra para descrever a cena a não ser comovente — ver livros nas banquinhas e lojas nas calçadas daquele ponto de Bagdá — depois de lidar com a morte de Abu Ali. Mas eu não estava ali para fazer turismo literário. Comecei por uma ponta da rua e desci até o final, mostrando as fotos para cada livreiro que encontrei. A maioria apenas balançou a cabeça sem perder um segundo comigo, e eu não tinha dinheiro suficiente para comprar alguma coisa de cada um só para que se compadecessem e dessem outra olhadinha nas fotos.

Eu voltava em direção ao café Chabandar quando um moço com um inesperado rabo de cavalo e suíças diabólicas observou demoradamente as fotos e então olhou para mim e falou: "Sim, são de um livro. Mas não de um impresso aqui ou que você vai encontrar na Mutanabbi. Eu vi um exemplar, no ano passado, na feira de livros de Teerã".

"Poderia encomendar para mim?", perguntei.

Ele respondeu que sim.

Abu Habiba folheava o livro. O título dizia tudo: *Memórias de um bairro*. Um fotógrafo iraniano havia tirado as fotos assim que Khorramchahr fora libertada. A única coisa que sobrou na cidade portuária foi um monte de grafites dos soldados iraquianos que a ocuparam por mais de um ano e meio. Eu marcara as páginas que tinham relação com os assassinatos em Bagdá. Não precisava ser um gênio para descobrir que o assassino havia escolhido como alvo os homens que escreveram seus nomes nos muros de Khorramchahr e que estavam registrados naquele livro.

Abu Habiba tirou os óculos e suspirou. "Você acha que foi o fotógrafo que matou esses homens?", perguntou.

Eu sorri, quase constrangido com a falta de sinceridade da pergunta. "O livro saiu quase um quarto de século atrás. Foi publicado novamente há dois anos. O fotógrafo... morreu há mais de uma década."

"Então..."

"Abu Habiba, quando você renovou seu passaporte pela última vez?"

"Há dois anos. Por quê?", perguntou com certa confusão no olhar.

"Pode me trazer seu passaporte amanhã de manhã?"

"Por quê?", questionou, seco.

"Eu quero ver seu visto iraniano", respondi.

"O que quer provar com isso?"

"Quero ver quantas vezes você esteve lá nos últimos dois anos", eu disse. "E saber se por acaso visitou livrarias ou a feira de livros."

"Está suspeitando de mim?", agora em tom ofendido.

"Não... sim."

A bandeja do nosso rotineiro café da manhã estava entre nós, e podíamos ouvir os barulhos do *souq* lá embaixo. Pássaros cantavam em um terraço vizinho, onde uma mulher estendia roupa. Eu conseguia ver a silhueta dela do lugar em que estava sentado. Vinha atirando palavras ao vento sem qualquer certeza de que a suspeita pudesse ser minimamente verdadeira. Mas então, em um instante, me dei conta de que sim. Talvez fosse pela maneira como Abu Habiba reagira — uma combinação de dissimulação, curiosidade e algo semelhante ao prazer de ser descoberto. Era um momento estranho, que ficou ainda mais bizarro quando Abu Habiba tirou uma pistola Colt do bolso e a colocou entre nós.

"Como te disse, eu servi por dezessete anos em Badr. Poderia te matar agora por essas acusações. Ninguém ia saber ou se importar", Abu Habiba ameaçou.

"Por que teve o trabalho de ir até Teerã e me trazer aqui? É isso que não consigo entender. Você tem uma cópia do livro? Comprou em Teerã nos últimos dois anos?"

"Pra sua informação, eu tenho sim uma cópia do livro", ele respondeu, se levantando. De um minuto para o outro, me pareceu muito mais alto, imponente e perigoso, mas ao mesmo tempo um tanto vulnerável e desorientado. Eu não sabia se sentia medo ou pena dele.

"Abu Habiba, o que está acontecendo?", perguntei, meio desnorteado.

Ele pegou a arma e saiu, me deixando com um longo dia pela frente numa Bagdá que parecia muito menos amigável do que uma hora antes.

Na manhã seguinte, quando Abu Habiba voltou com o nosso café da manhã, eu já tinha feito as malas.

"Reservei uma passagem para o voo da meia-noite."

"Eu não posso te deixar ir", ele murmurou.

"Eu não tenho ideia de por que estou aqui. Tenho uma empresa pra cuidar em Teerã."

"Aqui!" Ele jogou outra foto no chão entre nós. Eu peguei. Página 92. Ele nem tentou esconder o número da página desta vez. Dois nomes apareciam na foto: *Mahdi Kadhim* e *Osama Ben Zayd*. Abaixo havia também uma sentença sem sentido que dizia: *O caminho do mártir do povo de Faluja sob o calor.*

Olhei nos olhos dele. "Qual deles você matou?"

"Hum?"

"Qual dos dois?", eu repeti.

"Mahdi... Mahdi Kadhim. Que sua alma queime no inferno." Ele falava como um médium.

Peguei minha mala e tentei passar por ele, mas ele me segurou pelo braço. "Você não quer saber onde aconteceu? Foi ontem, depois que eu saí daqui."

"Eu não dou a mínima pra onde e quando Mahdi Kadhim foi morto! Estou indo", respondi, exaltado.

"Eu o matei na cidade de Al-Tib, no distrito hospitalar. Foi um belíssimo trabalho. Ele foi até lá para examinar os olhos. Então, comecei justamente com os olhos."

Tentei me soltar, mas ele era muito forte. Foi quando percebi o quanto os ombros de Abu Habiba eram largos e musculosos. Ele tinha o hábito de apertar uma pinta no nariz. Fez isso naquele momento e aproveitei para lhe dar um chute. Acertei sua pélvis, mas ele nem se mexeu.

"Eu não posso te deixar partir. Você precisa pegar esse assassino", implorou.

Ou era um sonho ou eu tinha perdido o juízo. Na rua, lá embaixo, a música familiar do carro do gás tomou conta do bairro. Eu me sentei.

"O que quer de mim, Abu Habiba?", perguntei, cansado e de saco cheio.

"Você precisa me capturar. Por favor."

"Ninguém liga pra esses assassinatos", eu disse. "As pessoas estão preocupadas com os bombardeios em Sadr, Karrada, Bab Al-Charqi, Zayouna. Você mal conseguiu sair no noticiário. Quer aparecer no jornal? É isso?"

"Não. Eu não quero aparecer no jornal. Não quero saber de noticiário. Eu quero..." Abu Habiba não prosseguiu, apenas ficou sentado em silêncio. Alguns minutos devem ter se passado antes que ele explodisse: "Eles mereciam morrer! Eu fiquei exilado por dezessete anos. Por dezessete anos bebi o cálice da amargura das mãos de Saddam Hussein e seus homens".

"E como sabe que esses homens que você matou estavam a serviço de Saddam? Pode ter matado gente inocente. Homens que podem ter sido recrutados na época, mas nunca quiseram estar ali."

"Eu sei quem eram. Pesquisei. Não saí atrás de qualquer um. Eu tenho arquivos. Trabalhei no Ministério do Interior durante seis anos depois que retornei. Trabalhei no da Defesa também."

Ele soava tão razoável. Como se trabalhar no Ministério do Interior o absolvesse dos seus crimes. Eu não sabia o que fazer. Estava na corda bamba. Qualquer desequilíbrio e deixaria de ser um confidente para me tornar uma ameaça; aí bastaria ele pegar a pistola e me matar. Mesmo que eu tentasse tirar a arma dele, de que adiantaria? Aquela era a sua cidade. Todos ali no *souq* deviam ser seus primos de primeiro, segundo ou terceiro grau.

E, pra ser honesto, eu não me importava. Eu não me importava se ele matasse mais cinquenta daqueles homens. Gente como eles tinha me colocado numa cilada que me rendeu um ano numa prisão. Eu fui um adolescente estúpido que nunca deveria ter se voluntariado para a guerra. Mas eles tinham atacado a gente, não? Homens como Abu Habiba lutaram ao nosso lado, e agora ele tinha esse impulso que não conseguia controlar. Eu o entendia. Entendia sua dor. Eles destruíram Khorramchahr e, quando saíram de lá, havia apenas cachorros selvagens abandonados em uma cidade que fora próspera — cachorros e rastros de urina de homens como Mahdi Al-Kadhim e Osama Ben Zayd. Por que Abu Habiba não deveria matá-los? Que os matasse! Pensei em ajudá-lo a fazer o trabalho ainda mais rápido, com mais eficiência — embora ele parecesse estar se virando muito bem por conta própria.

Ficamos ali só conversando. Falamos de carros, dos filhos e dos netos dele. Falamos da guerra, do meu confinamento, dos anos que ele passou lutando para salvar o próprio país. Falamos de política, do separatismo sun-xiita. Falamos dos curdos. Falamos das mulheres. Falamos dos modelos de armas e celulares que preferíamos. Falamos do meu trabalho de investigador particular. Falamos do caos em que Saddam deixou Khorramchahr depois de os iranianos finalmente o terem botado para correr de lá. Falamos de como Saddam havia sido um desastre total. Falamos do desastre que o sucedeu: a saber, os americanos. Falamos de Beirute e Istambul, duas cidades às quais éramos afeiçoados. Falamos da vida após a morte, e de Deus, e do significado do martírio do imã Hossein, que a paz esteja com ele.

Quando o muezim fez o chamado para a oração do meio-dia, Abu Habiba se levantou para lavar as mãos e se preparar. Eu fiz o mesmo, porque não queria que se sentisse sozinho. Oramos juntos. Eu poderia tê-lo pegado ali, enquanto fazia a oração. Estava atrás dele, nada me impedia de pegar a arma, que ele colocara de lado, e dar uma coronhada na cabeça dele. Mas não dei. Em vez disso, fiz minha oração. E, assim que terminamos, nos sentamos de novo, um de frente para o outro.

"Então foi por isso que você me chamou aqui, para compartilhar seu segredo?", perguntei.

"Não", ele respondeu.

"Por que, então?"

"Preciso que você faça algo pra mim."

"O quê?"

"Você tem que me parar. Por favor. Me impeça de fazer o que estou fazendo", pediu em tom de desespero.

"Acha que está cometendo um crime?"

"Não. Não um crime."

"O quê, então?"

"Eu não tenho certeza se Deus aprova tudo isto." Falava agora com suavidade e lentamente.

"Posso te garantir que não. Ele não aprova suas ações. Então por que você continua matando?"

"Por que não consigo me controlar", sussurrou.

"Jogue fora todos esses arquivos do Ministério. Você tem uma família grande e bonita, Abu Habiba. Tem netos que te adoram. Passou dezessete anos na selva, mas agora está finalmente em casa. Por que vai pôr tudo a perder?"

"Ninguém se importa com esses mortos", ele murmurou. "Eu posso continuar o que estou fazendo."

"Então por que estamos tendo esta conversa?"

"Eu quero que alguém me pare."

"Como?"

Ele pegou a arma e a empurrou pra mim.

"Eu não posso te matar, Abu Habiba. Você sabe disso."

"Por que não?"

"Porque não tenho o hábito de matar meus clientes."

"Eu não sou um cliente. Eu sou um assassino."

Era como conversar com uma criança. Eu peguei a arma, me levantei e coloquei-a de volta na frente dele, no chão. "Você terá que parar a si mesmo. Eu não posso fazer isso por você."

Seus olhos estavam molhados de lágrimas. Ele precisara sair de sua zona de conforto pra encontrar um cara como eu. Percorrera um longo caminho até o país vizinho. Eu ainda não sabia como me encontrara, mas tinha me achado e o resto não tinha a menor importância agora. Nada fazia sentido. Por que o café de Abu Ali tinha virado cinzas enquanto eu estava ali? Por que não no ano anterior ou cinco anos antes? Eu não tinha sorte quando vinha para o Iraque. Ser um prisioneiro arruinou a minha juventude, e ir ali a trabalho sugava toda a minha energia e me lembrava todas as vidas desperdiçadas por Saddam — inclusive a vida de Abu Habiba, a minha vida, e até mesmo a vida daqueles jovens americanos uniformizados, enviados até ali para morrerem ou enlouquecerem.

Assim que fechei a porta ao sair, ouvi um sussurro: "Por favor, meu amigo, seu voo é só daqui a dez horas. Fale comigo até lá. Eu não quero continuar fazendo isso. Vou ter que prestar contas diante de Deus".

"Espero que preste contas a alguém — Deus será suficiente!", eu pensei.

Acredito que nem sempre será assim, mas em 2016, o ano da minha narrativa, peguei um voo no aeroporto internacional de Bagdá após passar por nada menos que sete pontos de controle. O primeiro nem era no aeroporto propriamente dito, estava a alguns quilômetros. Em algum momento, simplesmente fiquei farto. Meu coração não estava em paz. Quantos outros homens Abu Habiba mataria? O ponto crucial é que me vi tomando o lado dele de novo; não me importava muito com quem ele assassinara, mas sim com ele mesmo. Eu me peguei refletindo sobre sua sanidade. Conhecera alguns caras de Badr na minha época. Homens bons e soldados competentes. Eles tinham abandonado todo conforto, por anos e anos, assim como Abu Habiba, para lutar contra um monstro que tinha Stálin como modelo. Finalmente o tinham derrotado, mesmo que tivesse sido uma vitória estranha e indireta, já que fora realizada com os americanos, que reduziram o país a uma merda de uma bomba de extração de petróleo. Para o bem ou para o mal, foi o que aconteceu! E Abu Habiba, esse assassino em série, vovozinho cinquentão... eu não poderia deixá-lo à mercê de seu sofrimento. Realmente me preocupava com ele. Estava do lado dele, não das vítimas. Fodam--se as vítimas!

Peguei um táxi até Gejara. Eu estava quase feliz ao voltar. Era como se traísse os iraquianos e Bagdá, e a memória de homens como Abu Ali e o Pequeno Anwar, se saísse dali daquele jeito. Havia muitas questões mal resolvidas, não só o caso de Abu Habiba. Tinham mais a ver comigo: eu vinha carregando um peso desde os dezesseis anos, amor e ódio por um povo contra o qual lutara e que me aprisionara. Eu era jovem demais naquela época para saber que sofria, mas agora era maduro o suficiente para ver o sofrimento de Abu Habiba. Tinha que fazer alguma coisa pelo Iraque e por Bagdá — e deveria ser na surdina — e só então tomar o meu rumo. Não sabia o que poderia fazer, mas tinha a esperança de que, no momento certo, a resposta me ocorreria.

Ouvir novamente o ruído incansável dos ambulantes de frutas em Jamila me deu uma sensação de êxtase, e me senti melhor ainda ao me dar conta de que tinha no bolso as chaves do apartamento em Gejara. Quando abri a porta, ele ainda estava lá. O quarteirão inteiro, como de costume, estava sem eletricidade. Abu Habiba não tinha ligado as luzes de emergência, mas uma vela iluminava seu queixo por baixo, e ele levava uma faca grande na mão.

"Eu sabia que voltaria", ele disse.

"O que está planejando fazer com essa faca?"

"Esta é a noite."

"Abu Habiba, ontem à noite também parecia ser 'a noite'. Você não poderia se controlar um pouco?" Enquanto eu continuava essa conversa ridícula, me perguntava em que página do livro de fotografias estaria a próxima vítima.

"O homem desta noite... você sabe o que ele faz? Arrecada comida e remédios para os homens que estão lutando no norte agora", Abu Habiba contou. "Finge ser um de nós. Mas conheço a história dele... eu tenho os arquivos. Sei o que ele fez há trinta anos."

"Deixa pra lá", eu pedi.

"Ele nem está neste livro de fotografias. Mas conheço a história dele. É uma praga entre nós."

"Meu caro, ouça: você vai ter que eliminar metade dos homens da face da terra se continuar assim. Ninguém é perfeito. Às vezes, as pessoas fazem coisas de que nem sempre se orgulham."

"Mas este homem... vai acertar suas contas hoje à noite", Abu Habiba jurou. "Ele está aqui — nem precisamos dirigir."

Percorremos o labirinto do *souq* na penumbra. As pessoas fechavam os comércios e iam à mesquita para a oração da noite. O som irritante dos geradores elétricos irradiava-se por todos os becos. Homens cumprimentavam Abu Habiba e ele respondia. Abaixei a aba do boné o máximo possível, esperando não ser reconhecido na luz baixa. Como sempre, o forte cheiro de diesel dos geradores me deixava nauseado e imaginei como teria sido se eu e Abu Habiba tivéssemos lutado lado a lado três décadas antes, durante a guerra, em vez de termos nos encontrado só agora — tarde demais para reparar qualquer dano e ampararmos um ao outro.

Os fundos do *souq* davam para uma área onde homens assavam masgouf sobre meia dúzia de chamas. O peixe fez meu estômago roncar. Se eu desistisse e voltasse, ainda faltavam seis horas para o meu voo. Mas continuei seguindo os passos deliberados de Abu Habiba. Deixamos os peixes para trás e passamos por outra mesquita pequena e mais lojas e barracas fechadas, até chegarmos a uma área quieta onde os faróis de uma caminhonete em ponto-morto iluminavam um pequeno prédio do governo, com uma pilha de lixo próxima ao muro. Caixas de tâmaras, bananas, maçãs, pão sírio, cebolas, tomates, frango congelado e carne vermelha — se via tudo isso na caçamba da caminhonete.

"Este homem finge ser um de nós — ajudando nossos irmãos no norte a lutar contra a escória do Daich", Abu Habiba sussurrou. "Mas ele não é um de nós. Mudou de nome. Mudou tudo para se transformar em outra pessoa e pensou que poderia se livrar do passado. Mas tenho o arquivo dele, tenho comigo. Eu já te disse."

"Onde ele está?"

"Ele vai sair."

Eu me senti ilegítimo. Já me sentira muitas coisas ao longo da vida, mas nunca isso. Nem mesmo quando abri a agência de investigação sem a menor ideia do que fazer. "E se você estiver errado?"

"Não estou. Eu o testei", Abu Habiba respondeu, confiante. "Eu disse a ele que sabia quem ele era. Disse que deveria me trazer dinheiro nesse horário, senão o denunciaria. Disse que deixaria uma cópia do arquivo dele em um cofre pra ser aberto pela polícia e pela minha família caso acontecesse alguma coisa comigo. Ele está assustado. Me disse para encontrá-lo neste lugar deserto." Abu Habiba parou por um segundo para ouvir os barulhos à nossa volta. "Aqui", falou, me entregando sua pistola. E ordenou que me escondesse no escuro.

Agora eu me sentia tão disparatado quanto me sentira quando o atirador americano apontara sua arma para nós dez anos antes. Não tinha certeza do que fazer. Então esperei. Não demorou muito pro nosso homem surgir. Era menor do que imaginei. Baixo e magro, com um xale jogado sobre o braço. Enxugou com ele o rosto enquanto observava Abu Habiba.

"Eu não fiz nada de errado", o baixinho anunciou.

"Não nos últimos tempos", Abu Habiba disse, com ar sarcástico. Nunca o ouvira falar nesse tom.

Esperei por um esforço da parte do homem no sentido de convencer Abu Habiba de que os tempos mudam e as pessoas também — qualquer coisa, qualquer coisa pra sair daquela emboscada e impedir que Abu Habiba matasse de novo. Eu estava torcendo pra ele livrar a própria cara e livrar todos nós daquela situação. Mas ele apenas ficou parado por um minuto, depois enfiou a mão direita no bolso do casaco. Abu Habiba avançou rapidamente para cima do homem, e eu permaneci calado. Não vi a faca ou o golpe. Ele parecia estar soerguendo o homem com a lâmina da faca cravada na sua carne. Abu Habiba torceu a lâmina ainda mais fundo quando me aproximei, e o homem gemeu de forma quase inaudível.

"Isso é por todos os mártires que esperaram por esta noite", Abu Habiba sibilou, empurrando o homem até ele cair no chão.

O carro ainda estava em ponto-morto. Eu me senti exposto. Corri para o veículo e desliguei o motor. Estávamos submersos na escuridão. Ouvi as gargalhadas distantes dos homens que ainda assavam peixes. A arma de Abu Habiba estava na minha mão. Voltei até ele — que estava ajoelhado sobre o morto. "Aqui!", eu disse, tentando devolver a pistola. Ele apontou a lanterna do celular para alguma coisa. O homem tinha um envelope no bolso.

"Dinheiro. O filho da puta estava tentando me dar dinheiro. Pegue!" Ele jogou o envelope com as cédulas na minha mão e no mesmo momento ouvi um som entre o gargarejo e a tosse. O celular caiu no chão, mas a lanterna permaneceu acesa, iluminando nossos rostos. Fiquei momentaneamente cego.

"Abu Habiba, precisamos dar o fora daqui. Pegue o celular e vamos embora."

Nada. Fui atingido pelo medo por um instante, então cheguei onde Abu Habiba deveria estar. Ele estava lá, mas na horizontal, com a arma ao lado. Peguei meu celular e liguei a lanterna. Ele tinha cortado a própria garganta — as duas carótidas, ao que parecia. Era o tipo de trabalho limpo e profundo quase impossível de fazer corretamente. Mas, se fizesse, a vítima não teria a menor chance. Dizem que lá no norte as mulheres do Daich foram ensinadas a fazê-lo com os dentes. Eram chamadas "mulheres mordazes".

Escutei alguns passos, mas distantes, e não vinham na minha direção. Abu Habiba permanecia prostrado, e ainda havia um gargarejo... de qual dos dois? Não saberia dizer se vinha do homem ou de Abu Habiba. Aproximei os ouvidos. Nada. Como alguém poderia se cortar assim? Com toda certeza, não foi treinando! Permaneci imóvel, no deserto dos meus pensamentos, sem sentir quase nada, exceto que talvez fosse hora de finalmente deixar Bagdá. Abu Habiba não me deu qualquer aviso, nem tempo suficiente para considerar que fosse capaz de se matar com tamanha ferocidade. Será que só queria que eu fosse testemunha do que ocorrera ali? Ou que eu estivesse ali para fazer seu ato final parecer genuíno? Enfiei o envelope no bolso, então peguei o xale que o homem vestia e o enrolei nas mãos. Rolei os dois corpos um contra o outro e minha mão roçou em algo espesso embaixo da camisa de Abu Habiba. Sabia o que era — o dossiê sobre o homem. Seria muito difícil acreditar que uma única faca matara os dois numa briga. Mas Bagdá precisava de seus heróis, e Abu Habiba seria um naquela noite.

O detetive particular em mim queria saber algumas coisas: primeiro, como Abu Habiba sabia que eu voltaria? Segundo, se eu não tivesse voltado, será que ele teria levado a cabo seu assassinato suicida? A vez de cada um estava programada ou era um ciclo de vingança tardia em que eu seria o último em pé? Havia muitas varáveis e, como era Bagdá e todos os pontos de controle da cidade não significavam absolutamente nada se a sua hora tivesse chegado, preferi deixar minhas perguntas para outro dia. Mesmo que esse dia nunca chegasse.

Fui até a caçamba da caminhonete e peguei uma caixa de tomates e de bananas. Joguei as frutas sobre os cadáveres com a faca e a arma. Meu modo desajeitado de produzir uma cena de briga, suponho. Eu tinha que me livrar do xale branco ensanguentado em algum lugar a caminho do aeroporto. Ou, mais provavelmente, antes do próximo ponto de controle — havia tempo suficiente até o meu voo, à meia-noite. E se, por acaso, me trouxerem de volta até ali pra explicar o que acontecera (eu duvidava, já que Abu Habiba precisava se tornar um herói), eu me limitaria a dizer que alguns de nós conheciam o tipo de dor que demanda algumas mortes até que a pessoa realmente se dê por satisfeita.

* *Conto escrito originalmente em inglês.*

REALIDADE TEPT EM AL-QADISSIYA

HADIA SAID

Distrito de Al-Qadissiya

Para Jalil e Sumer

PRIMEIRO DIA

Ele disse que viria amanhã. Reiterou mais de dez vezes por telefone, WhatsApp e por meio daquele maldito advogado. Pediu que confiasse nele — eu bem que queria. Não tem outro jeito, preciso confiar, não só nele, mas em cada um dos demônios que exigem sua fatia do bolo.

Sei muito bem que o bolo é todo meu, porque fui eu quem trabalhou, correu para lá e para cá e se desgastou para fazê-lo do nada. Não, do nada, não. Desculpe. De um buraco e de pedregulhos na terra. E, então, ergui a fundação da casa, as paredes e, por fim, o teto. Depois de construído o térreo, seguiu-se o primeiro andar. Tudo com o suor do meu trabalho e da pobre da minha irmã Nabiha, já falecida. Ela juntou cada dinar de seu paupérrimo salário e eu exauri a força dos meus braços, meu tempo e minha saúde e... e o que mais?

Fazer o quê... o importante é que ele virá e colocaremos um ponto-final no último capítulo dessa comédia — e então a casa em Al-Qadissiya voltará para as mãos de seus verdadeiros donos. Sim, sim, sim, vocês forasteiros que roubam de parentes. Invadiram a casa como moscas depois que ela se tornou um paraíso, e nos fizeram fugir. Não como pássaros migrantes, mas como ratos assustados. Deus me guarde! Nunca fui um rato. Todos sabem que resisti firme até minha avó dizer: "Vá, não tenha medo. Eu tenho a escritura da casa e ela vai direto para as mãos de Nabiha e para as suas". Confessou sussurrando, enquanto morria no quartinho do térreo, ao lado da escada que dava para o piso superior, que sabia toda a verdade, que minha mãe e meu tio paterno não tinham direito sobre um só tijolo de nossa casa em Al-Qadissiya, muito embora todos vivessem nela. A casa abrigava meus irmãos e parentes — fossem pobres, gananciosos ou vigaristas —, que vinham sempre que ficavam desempregados e sem dinheiro, ou brigavam com a esposa, ou arrumavam confusão com gente suspeita afiliada ao partido.

Pareciam uns fantasmas sob o brilho do rosto de Nabiha, nas noites de brisas breves de verão, quando a luz pálida do candeeiro do jardim pairava ao redor de seu rosto e cabelo. Em tempos difíceis, após as incontáveis brigas de família, ela se transformava num anjo que vinha do mais remoto horizonte. Sorria, engolindo o choro, e murmurava palavras amáveis: "Meu irmão, *fadwa*, eu daria a minha vida por você, não se preocupe".

Não acredito que trinta anos tenham se passado. Fui o último a sair de Al-Qadissiya depois da morte da minha mãe e da fuga dos meus quatro irmãos e do meu tio com a esposa. Fomos para a casa da minha tia materna, na região do canal, e em seguida para o Curdistão. Fugimos num caminhão dirigido pelo meu primo — um empreiteiro que transportava areia e asfalto para cumprir o acordo de pavimentar a estrada entre Bagdá e Mosul. Não me importava como passaria a vida depois disso. Os seres humanos têm mais de uma vida. Não quero dizer com isso uma neste mundo e uma em outro, como tagarelam alguns dos meus irmãos e entes queridos que se tornaram xeiques escatologistas e, sobretudo, minha esposa — uma *hajja* que me servia vinho e os mezes que eu mais adorava.

Fazer o quê? Agora estou em outro tempo. Mas estou no lugar onde comecei, que é o mais importante. Não me importo mais com o tempo, pois é certo que já perdi o vigor e a saúde da juventude, mas me tornei Amin. Todos eles se transformaram em camaleões e se espalharam como câncer; contudo, Nabiha e eu permanecemos inamovíveis como o chão de Al-Qadissiya e as estrelas do céu de Bagdá. Após a sua morte e a minha partida, Nabiha se tornou uma estrela a brilhar em todos os céus que tive sobre minha cabeça. Ela está mais próxima de mim do que minha mãe, minha esposa, do que o mundo inteiro.

Fazer o quê? Agora estou em outro tempo. Esperei trinta anos por um homem que faz parte da minha história, e tenho muito a fazer antes da sua chegada. O mais importante é conseguir a chave e a escritura da casa — que desapareceu sem ninguém notar, exceto eu, exceto Nabiha, que se foi e me deixou.

Ah, minha avozinha, você imaginava tudo o que nos aconteceria antes de seu último suspiro naquele quartinho? Acho que não. Seus últimos suspiros chegaram até mim e Reem como suspiros de amor. Enquanto você suspirava e Reem chorava, fui tomado por um desejo intenso. Eu me agarrei a Reem e pousei uma mão em seus ombros. Então a levei até o seu seio, e ela sorriu de canto e se mexeu, se afastando como quem teme seus desejos ocultos. Ficamos calados enquanto Nabiha passava entre a cozinha e o quarto. Ofereceu comida à minha avó, cuja expressão se transformava na de uma criança por um momento, até empalidecer e virar um fantasma que me assustava. Seus suspiros aumentavam e vinham em minha direção. Aproximei o rosto e temi que ela me levasse junto para o lugar aonde iria. Mas apenas me falou: "A escritura da casa está no meu peito. Pegue. Pegue. Antes que sua irmã entre e me lave o corpo".

Sim... peguei a escritura da casa. Transei com Reem naquela noite, como se fosse nossa noite de núpcias. No dia seguinte, acordei atordoado. A tristeza jorrava de uma região que eu sabia exatamente como conter e sufocar. Meus demônios e pesadelos não me possuiriam de novo, exceto se eu permitisse, em diferentes tempos e lugares.

Sim... eu os sufoquei assim como quando fiquei sozinho com minha avó para pegar a escritura da casa de Al-Qadissiya. Mas, por Deus, não apertei o pescoço dela — como dizem os meus demônios e como dizia Reem com raiva, durante nossas brigas que se estenderam por trinta anos.

Wallahi! Juro que minha mão não tocou a boca da minha avó. Foi a mão da minha esposa, Reem, que limpou a baba dela, quando começou a se transformar numa espuma nojenta. Nem eu nem Reem sufocamos minha avó, como eu via nos meus pesadelos, principalmente agora, pegando as chaves da nossa casa de Al-Qadissiya do buraco que eu conhecia muito bem — na raiz da romãzeira —, onde o mais habilidoso estrategista jamais poderia descobri-la. Havia um primeiro buraco a certa distância, e ao lado dele uma cavidade; minha mão mergulhou lá para dentro e virou três vezes até encontrar o papel alumínio que embrulhava a chave. Ela abria a porta secreta dos fundos. Duas mulheres que sabiam de sua existência e a tinham visto já haviam passado para o paraíso altíssimo, e a terceira me observava de longe.

Eu sabia que as fechaduras das portas tinham sido trocadas mais de cinco vezes nesses trinta anos, quando os ladrões do partido dominante ocuparam a casa, seguidos pelos ladrões das milícias sectárias e, por fim, os ladrões do mercado imobiliário e os rapazes do serviço de inteligência. No final, a casa acabou em posse de um corretor partidário do regime. O chefe dele o recompensara deixando-o morar ali. Agora, ele gostaria de devolvê-la aos donos legítimos, após se arrepender sinceramente — disse que havia descoberto o que era o bem nesta transitória vida terrena.

Era uma da tarde, sob o clima de outubro que sopra a brisa gentilmente e umedece a poeira. Ainda tenho pela frente mais de 24 horas antes de encontrar nossos amigos e, diante de mim, estendem-se os trinta anos de ausência da minha Al-Qadissiya. Onde estão os amigos, vizinhos do bairro, minha mãe, Nabiha e Reem? Como cheguei até aqui? Que decisão tomarei amanhã?

Ele me ofereceu uma escolha: vender a casa para um parente dele — que me pagaria o valor em dinheiro assim que eu entregasse os documentos de posse — ou me acompanhar para informar às autoridades minha escolha de não vender e voltar a me estabelecer aqui...

Ya Ilahi... será que vou ficar em Al-Qadissiya? Será que Reem realmente voltaria para vivermos juntos — depois das circunstâncias que nos abateu e nos obrigou a fugir e a migrar de um país a outro? Quem poderia me aconselhar agora — após a partida da minha mãe e Nabiha e a indecisão de Reem entre me seguir, me esperar ou me deixar? Na última ligação, ela disse que viria. Sussurrou: "Deixe que a casa de Al-Qadissiya volte para nós e voltaremos um para o outro".

Será que ela vai voltar mesmo? Não conheço mais ninguém aqui. Não sei nem como cheguei do aeroporto até onde estou sentado, sob a romãzeira empoeirada. Fiz a mala de banco e o maço de cigarro está no chão com o resto do sanduíche e a garrafa de água na sacola plástica. Olho de um lado para outro, temeroso, como se fosse um invasor ou bandido.

Depois que o motorista de táxi virou da praça Al-Nassur na direção da Umm Al-Tabul, meu coração começou a bater mais alto que a voz dele. O homem pediu que eu mostrasse a entrada depois que passamos pelas barricadas dos oficiais militares à nossa esquerda. Eram as mesmas casas? Algumas pareciam ruínas, de onde espinhos e arbustos avançavam sobre a rua. As esculturas da praça Al-Nassur pareciam os gigantes horripilantes que eu imaginava quando trazia à mente a Torre de Babel misturada com as histórias sangrentas do Iraque.

O táxi chegou ao cruzamento expresso principal, que conectava Al-Hatharia e Al-Qadissiya. Eu estava hesitante ao guiar o motorista; pedi que entrasse à direita e vi que íamos em direção a Al-Hatharia. Me perdi entre suas casas que mantinham o brilho, apesar dos muros velhos. Tinham o frescor de árvores e arbustos que se estendiam por sobre os portões dos jardins, cobrindo o chão e o restante dos muros altos. Me perdi em toda essa beleza e nas memórias, que se sobrepunham umas às outras, de quando visitávamos um de nossos amigos ricos ali.

Quando me dei conta de onde estávamos, amaldiçoei satanás e disse para o motorista que voltasse na direção de Al-Qadissiya. Entramos na rua da loja de Abu Kamil — que me disseram ter sido destruída com Kamil e toda a sua família — e passamos pelas casas de nossos vizinhos sabeus e cristãos: a família dos meus amigos Al-Rassam e Al-Nahat Fakhry, e a família das amigas de Nabiha, as filhas de Umm Layla, Suwaad, Jamila e Layla. Quem moraria ali agora? Os netos de Abu Kamil moraram na casa por muito tempo, depois a venderam e emigraram para a Grã-Bretanha e os Estados Unidos. As filhas de Umm Layla foram viver com os tios na Dinamarca. Quem disse que o tempo e espaço eram a mesma coisa? Não, *habibi*. O tempo está na sua cabeça e o lugar pertence a este mundo perecível. Nasce, se reproduz e morre. E este é meu lugar, que me expulsou, mas o seu tempo na minha cabeça é como um grito e um pulso. O tempo é alma e o lugar, corpo; corpo que perece e corpo que nasce.

Nesse momento, o carro parou em frente à casa de Al-Qadissiya, que se encaminhava para a aniquilação. Para mim, era uma tumba, e a romãzeira, com sua vegetação volumosa pintada de verde e amarelo desbotados, a lápide. O telhado estava sujo, os limoeiros perderam a fragrância e estavam cobertos de terra. Paguei a corrida ao taxista, que agora custava milhares de dinares — em outros tempos, eu teria pagado menos de dez do aeroporto até ali.

Os tempos eram como ruínas na minha cabeça, exceto esse novo tempo em que entrava agora, como o diretor que prepara o palco para o último ato da sua peça antes de pedir que fechem as cortinas. Mas o que aconteceu comigo menos de uma hora após minha chegada estava nas mãos de outro diretor, de quem ouvi a voz antes mesmo de ver o rosto, enquanto me atacava aos gritos, pelas costas: "Você é filho do *hajji* Al-Karim? O que veio fazer aqui, seu traidor?".

E, antes que pudesse me virar, uma barra de ferro acertava minha cabeça com violência e eu caía entre o pavor, a náusea e a inconsciência.

SEGUNDO DIA

Não era minha primeira viagem à Bagdá, embora fosse a primeira a Al-Qadissiya. Vim e voltei algumas vezes nos últimos cinco anos, desde que surgiu um lampejo de esperança de recuperar a casa. Mas a negociação com os primos para que assinassem o documento de concessão de Nabiha — que provava meu direito sobre a casa — ocorreu uma vez em Mosul, outras vezes no Curdistão, e as últimas duas na região de Karadat Maryam — na primeira casa que meu avô paterno possuiu e que foi herdada por tios e netos até passar a ser propriedade de um deles. Ele era funcionário do conselho supremo do governo vigente e havia me prometido um final feliz, com a recuperação da posse da casa. Então, eu poderia vendê-la ou mantê-la para os meus filhos e netos, como ele mesmo disse. Em todas as minhas visitas a Bagdá, não tive coragem de me aproximar de Al-Qadissiya, como se houvesse um *ghoul* prestes a me atacar. Eu vivia um pesadelo dia e noite, manifesto numa espécie de nostalgia e resignação de que não conseguia me livrar. De vez em quando, chegava até metade do caminho, na rua Al-Rachid, passando pela praça Bab Al-Charqi, mas retornava — de táxi ou com o primo do meu pai — para a ponte suspensa, em direção ao bairro Mohandissin. Dali, eu ia para Al-Harathia, depois saltava como se picado por uma aranha e gritava: "Não! Não, meu irmão, vamos voltar. Pelo amor de Deus!".

Eu ficava perplexo com isso saltando entre minha cabeça e meu coração. "Você é Amin ou outra pessoa?", me perguntava meu primo, que me levava de carro nessas visitas entre procedimentos rotineiros de exportação e importação que não mudaram nada nesse tempo todo, com exceção da cara dos fiscais e dos seus capangas.

Ele dizia então: "Você é Amin, uma flor de pessoa. Um empreiteiro honrado, que nunca barganha. Pessoa culta e amigo de intelectuais e artistas da elite. É o sábio da família, como dizem, e conhecedor de todos os seus segredos. O último a partir depois que o país foi tomado pelos baathistas, no final dos anos 1970. Aquele que manteve os registros da família e o símbolo da sua existência através das gerações, a casa de Al-Qadissiya. Todos te reconhecem como um guerreiro, à sua maneira, disposto a proteger suas convicções e que nunca foi tentado pelos desejos de influência e riqueza. Teria medo do fantasma da velha casa agora? Teria medo de uma família extinta? Onde ela está, meu caro? E do que você tem medo? É tua casa e teu direito. Ocuparam-na, sequestraram-na, mas não conseguiram o direito de posse sobre ela". O primo continuava seu discurso, com elogios excessivos — que me agradavam, não vou negar — e eu me sentia vulnerável diante dele. Mas minha fraqueza durava só alguns momentos antes que me voltasse para os meus demônios com firmeza: "Não, não, meu caro. Eu não quero a casa de Al-Qadissiya. Melhor esquecermos o assunto".

Mas ficou claro para mim que eu não esqueceria, e que meu desejo de tê-la de volta era cada vez mais forte do que meu desejo de vendê-la. Eu sabia que o valor que ela me renderia alegraria meus três filhos e suas esposas e filhos com uma riqueza com a qual nunca sonharam. Todos eles vivem graças à assistência dos países em que se refugiaram — Inglaterra, Suécia e Alemanha. Separaram-se de mim e me acusaram de os ter renegado. Minha filha se casou e mora na Inglaterra, seu irmão tornou-se médico na Alemanha e meu terceiro filho vive entre os países da América Latina como guia turístico e conhece várias línguas do mundo, menos o idioma do próprio país, com exceção de *Hallu ayny* (Olá, querida).

Meus filhos não tinham ideia de que sua mãe arruinara nossa vida. Eu informei a todos sobre minha decisão de não pedir asilo em outro país e comecei a viajar com empreiteiros árabes para a Ásia e o Golfo. Me recusei a desistir do meu passaporte iraquiano, me recusei a me juntar a eles. Reem permaneceu comigo por um período, mas descobriu que a maternidade era mais forte e se juntou aos filhos.

Fazer o quê? Apesar de ter preferido os filhos, Reem e eu ainda tivemos nosso próprio tempo, distante deles e de todos os lugares. Assim que ela disse que poderíamos finalmente voltar e reviver o tempo agradável e terminar a vida juntos, recobrei a energia que faltava para dar um jeito na situação da casa de Al-Qadissiya. Quando tivéssemos a casa de volta, viveríamos nela ou pegaríamos o dinheiro para comprar outra casa em outra região de Bagdá de que Reem gostasse, como Al-Arasaat Al-Hindiya, ou então partiríamos para o Curdistão e moraríamos lá. Na última vez que nos falamos por telefone — enquanto viajámos por países diferentes, ela a leste e eu a oeste —, eu disse a ela que não tivemos tempo de viver juntos desde a destruição de Al-Qadissiya. Por que não morrer juntos agora? Ela havia compreendido o sinal e deu a entender que estava voltando a Bagdá.

Eu estava consciente de que dizia tudo isso como se tivesse memorizado uma lição que me exigia muito para aprender. Ainda estava sob a romãzeira, tentando sair do torpor. Será que estava num pesadelo? O dono da voz que me chamara de traidor arrastava a barra de ferro e me rodeava depois de ouvir a minha história com a nossa casa. Permaneceu em silêncio por um longo tempo e desejei ter despertado completamente desse pesadelo. Mas ele começou a cantarolar com uma voz que me soava muito bonita, apesar do meu ódio por ele:

A romãzeira pendula sobre mim
O limoeiro prometeu me ajudar
Já não quero o branco e o belo
Quero voltar pra minha gente já

Meu Pai, o que aconteceu comigo? A voz dele reverberava cada vez mais alto, repetindo o trecho e me levando às lágrimas e aos soluços. Gostaria que continuasse cantando e parasse de andar em círculos em torno de mim. Queria ver seu rosto, mas não conseguia erguer o olhar — talvez eu temesse descobrir quem era e me assombrar. Continuava a vê-lo como um daqueles fantasmas que infestavam meus pesadelos. O que ele queria? Por que eu lhe contara todas aquelas coisas? Que relação ele teria comigo, Reem, meus filhos e a casa de Al-Qadissiya? Não ousei responder. Será que ele tinha uma arma? E onde estaria a barra de ferro que ele desceu na minha cabeça? O que mais ele queria saber?

Ele me surpreendeu respondendo com uma voz rouca e dura: "Nada. Não quero saber nada além da sua relação com o incêndio do hospital Al-Yarmouq".

Incêndio do hospital Al-Yarmouq? O que fica atrás da casa de Al-Qadissiya? Isso foi no último mês de agosto — ou seja, dois meses antes da minha chegada. Que relação eu teria com o incêndio? E qual seria a relação do fantasma que me interrogava agora com o incêndio? Ainda não conseguia ver o rosto dele, embora não estivesse encapuzado. Tudo bem que tinha uma *ghutra* na cabeça e vestia jeans e camiseta de algodão, mas não conseguia ver o seu rosto nem saber sua estatura. Seus passos e agilidade diziam que era um homem com cerca de trinta anos. Seu calçado, um tênis sujo, revelava o ambiente de onde vinha — como dizia minha esposa Reem sobre os sapatos. Então era interiorano, da classe média que se desenvolvera entre Bagdá e os beduínos urbanos. Ele não sabia que éramos os habitantes "originais" que fundaram a alta cultura de Bagdá. De todo modo, isso não importava. Ele estava segurando o ferro com força e me tratou como suspeito — mesmo após uma ausência de trinta anos, nunca fui acusado de partidarismo ou movimentação política. Cada uma das facções achava que eu era de outra, embora todos me considerassem um aliado potencial. Eles me tratavam como um estranho sempre que faziam acordos conspiratórios e conciliadores. Ele não queria ouvir, então voltou a cantar. *Ya Ilahi...* como podia o meu executor ter uma voz tão melódica?

Mãe, não olhe pra mim
Desista de olhar
Do que desejo me tornar
Não tem como escapar

A voz, os passos, as feições e a linguagem corporal me fizeram lembrar de um amigo dos tempos da juventude, Fakhry. Era um menino do bairro. Será que era seu filho? Fakhry, sempre que terminava seu terceiro copo, cantava:

Vocês, oprimidas
Caminhem para Kadhim
Para junto do Senhor das senhoras
Na sua tristeza ponham fim
A romãzeira pendula sobre mim

Ele repetia os versos e acrescentava: *Não há esperança... não há...*

Não havia qualquer esperança. Você tinha razão, meu amigo. Eu tinha que esperar até entender o que você e eu tínhamos a ver com o acidente do hospital Al-Yarmouq. Claro, ouvi falar do acidente. Como todos, também chorei pela morte de onze crianças recém-nascidas. Ele gritou para mim: “O quê? Certo, certo, você chorou, mas não perdeu um filho! Ele não morreu. Não se desfez como um fio de lã. Eu procurei a mãozinha dele, os dedinhos, as sobrancelhas, até mesmo um fiozinho de cabelo. Você sabe como é o cabelo dele? As unhas? Disseram que o fogo havia devorado tudo. Devorou-o e poupou a mim e à traidora que aguarda minha sentença, enquanto vivo nesse estado de completa loucura, como você vê".

Calou-se e eu fiquei ainda mais ansioso. O filho morto. A esposa infiel. Incêndio. Qual a minha relação com isso tudo? Como ousaria perguntar? O que eu perguntaria? "Meu irmão, Deus te dê forças, mas eu queria entender para ficar tranquilo."

Ele gritou: "O que quer entender? Esta casa, a sua casa. Passamos um ano nela. Pagamos mais de meio milhão, pois disseram que havia um espírito extraordinário aqui que fazia as mulheres engravidarem. Não sabíamos por que as pessoas do bairro espalharam essa história, mas diziam isso desde... desde... havia mais de vinte anos. Diziam que uma *hajjiya*, uma mulher virtuosa, morreu aqui, e a nora estava demorando para engravidar, mas ficou grávida depois de passar um único mês na casa. A *hajjiya* morreu e a vizinhança espalhou a história. Eu cheguei em Al-Qadissiya mais ou menos dois anos atrás. Morava com parentes na região de Al-Dura. Fiz das tripas coração para pagar a quantia depois de ouvir a história da casa de Al-Qadissiya. O corretor me deu um quarto pequeno na casa e disse que era o mais caro, pois o espírito da *hajjiya* apareceu ali. Só pra você saber, ele trancou todos os outros quartos e alugava esse de vez em quando por um dia. O importante é que alugava para um único morador ou uma família de cada vez. Quer dizer, ele não fez da casa uma pensão. Eu tive sorte, pois minha esposa engravidou após passarmos dez meses nesta casa.

Antes disso, eu havia ficado longe dela um ano inteiro por conta do serviço militar. Quando voltei, nos sentávamos, como você, sob esta romãzeira... cantávamos, chorávamos e clamávamos a Deus. Íamos até o Wali Al-Kadhim e apresentávamos nossos votos. O que quer que eu diga? Eu não tinha palavras para expressar minha alegria quando soube que ela estava grávida e quando deu à luz no hospital Al-Yarmouq. Voltamos a Al-Dura imaginando que a criança permaneceria lá por três dias, pois havia sido um parto complicado. Foi o que disseram. O que importa é que houve um incêndio e perdemos nosso filho. Mas o mais intrigante é que ele deveria estar no quarto de prematuros, onde todos os bebês sobreviveram. Eu estava confiante de que ele estaria bem, assim que ouvi a notícia. Ri quando me lembrei que ela disse que o espírito da *hajjiya* a agraciara, pois ela engravidou depois que fizemos sexo pela primeira vez. Eu não a havia tocado antes dos sete meses anteriores ao parto — ou seja, antes de voltar do serviço militar. Como é que a criança não estava no quarto de prematuros?

Um lapso. Ela disse que foi um lapso deles e não dela. Mas depois eu pensei que ela carregava um filho de mais de sete meses. Enquanto estava viajando, eu a deixara com a família em Al-Dura. Ouvi uma história de que um rapaz vinha encontrá-la sob a romãzeira. A ideia ficou passeando pela minha cabeça quando alguém me disse que achou que eu havia voltado de viagem, porque tinha visto um carro estacionado aqui, e ela sentada no jardim com um homem que se parecia comigo. Mas eu sei que ninguém visitava minha esposa, e sei ainda que a família dela pensava em casá-la com um parente por conta dessa demora para engravidar — por minha causa, e não dela, claro. Ainda que o médico dissesse que meus espermas eram ativos, mas poucos, não ficou comprovado que eu era estéril.

Bem, muito bem, então como aconteceu de meu filho prematuro estar com os nascidos de parto normal? E por que não se deu tanta importância ao caso? Esse menino era meu filho ou um bastardo? Não sei. Estou quase enlouquecendo. Era você que vinha aqui atrás da minha esposa na minha ausência? A dúvida está me matando. Sei que você já é grisalho. Mas, se não for você, pode ser que seja o corretor, que desapareceu, inclusive. Por que ele desapareceu? E como vou acreditar que esta casa abençoa o esperma, e que o acontecido é mais que uma história que se espalhou ao longo dos anos, e que todos aqueles que nascem nela são protegidos pelo espírito da *hajjiya*, como dizem? E que ela continua vagando e aparece vez ou outra no jardim sob esta árvore? Ouvi dizer que aparece às vezes como uma menina atraente e muito sedutora sob as romãzeiras dos jardins de algumas casas, entre Al-Qadissiya, Al-Harithiya e Al-Mansour."

Suspirou de dor e continuou como se confidenciasse a si mesmo um segredo: "A *hajjiya* fez todas as mulheres conceberem e todos os filhos estão bem, exceto o meu. O meu filho, que pode ser que seja um bastardo. Desse jeito, o que posso fazer além de chorar por ele?".

Fiquei chocado. Como aquele jovem tinha perdido o juízo daquela maneira? Minha antipatia por ele aumentava cada vez mais e acabei murmurando: “E qual a minha relação com tudo isso? Essas histórias que você conta, meu irmão, como essa da *hajjiya*...”.

Ele gritou comigo, me ameaçando com a barra de ferro: “Não me confunda, pare de fingir. Você conhece o amante dela ou é empregado do corretor que desapareceu — porque pedi para me devolver o dinheiro do aluguel do ano seguinte, que paguei adiantado. Ou é parte da gangue que ateou fogo no hospital e ganhou centenas de milhares de dinares. Quanto foi a sua parte? Dizem que vocês não valem nada. Vamos, me devolva o valor do aluguel de forma amigável ou reconheça o seu papel nessa desgraça causada por essa casa de Al-Qadissiya. Pois, se não fosse você nem o espírito da *hajjiya*, sua esposa, eu não teria chegado a este ponto”.

TERCEIRO DIA

“O espírito da *hajjiya*. O espírito da *hajjiya*. O espírito da *hajjiya*.” Delirando, eu segurava a chave e, com passos inseguros, me dirigia ao corredor dos fundos da casa, que levava, por sua vez, a um pequeno corredor secreto em que entrávamos por um buraco escondido por cactos. Ninguém nunca soube ou notou sua existência. Esse cacto era odiado pelos moradores de Al-Qadissiya, que ficavam doentes só em vê-lo. O cacto lhes lembrava que cada uma das estruturas que levantaram, as mudas de capim azul americano que importaram, as dálias e rosas de Basra e do Curdistão e as mudas de laranjeiras de Baqubah, não podiam encobrir os cactos que nasciam sozinhos na entrada das casas elegantes e à beira das vielas. Mesmo na estação de ônibus e nos caminhos de terra, criados por mãos e pés, que formavam um mapa oculto entre as casas da região e conectavam as pessoas da porta da sua cozinha aos barris de querosene e latas de lixo, nessas casas em que prevalecia o espírito de solidariedade e comunidade. Como acontecia na nossa casa e na casa de Umm Layla e Abu Auf, e na casa dos sabeus, o último elo dessa corrente de casas em que vivíamos antes que Al-Qadissiya crescesse, se expandisse e mudasse sua geografia, transformando-se em Al-Qadissiya 1, Al-Qadissiya 2 e Al-Qadissiya 3. Agora, nem sei mais em que Al-Qadissiya nossa casa fica.

Tudo o que sei é que gostaria de entender que estou aqui, no meu lugar de origem, e descobrindo um novo tempo para mim. Seria esse um outro nascimento, como experimentamos eu, Reem e nossos filhos durante esses trinta anos, ou descobrirei outra morte nos cinco dias por vir?

O homem da barra de ferro — cujo nome, vim a saber depois, era Qassim — se foi, e não ousei perguntar se era filho do meu velho amigo Fakhry. Mas ele garantiu que voltaria amanhã com seu bando. Repetiu várias vezes que cada pessoa aqui pertence a uma gangue, grande ou pequena. Não acreditou que eu viera sozinho — um exilado arrancado de sua história e consanguíneos. Disse que o importante era eu não o trair. Ele esperava de mim cooperação; caso contrário, eu deveria preparar meu testamento. Para ele, não importava a pena que receberia pela minha morte — já tinha perdido o filho e a esposa. O que realmente me impressionou foi perguntar, como uma criança tentando conseguir algo de mim: "Ela me traiu mesmo? Talvez eu esteja sendo injusto com ela, mas... Como? Como?".

E se eu permitisse que morasse na casa, nem que fosse por mais seis meses, ele pediria para ela voltar? Talvez... talvez o espírito da *hajjiya* concedesse à sua esposa a graça de conceber mais uma vez, não havia nada difícil para Deus poderoso e altíssimo. Eu perguntei por que, se ele era temente a Deus, pedia ao espírito da *hajjiya*? Eu disse isso mesmo? Eu o confrontei dessa maneira? Eu o amaldiçoei? Eu o expulsei?

Não sei exatamente. Continuava atordoado. Abri a porta e a imagem do homem da barra de ferro retornou como um *flashback* de um filme, até que me encontrei diante de outra surpresa.

QUARTO DIA

Minha respeitável filha disse que enlouqueci. Me acusou de ser vítima da minha genética, algo de que não posso me livrar. Desde a noite de ontem, desde o momento em que abri a porta do armazém secreto, contíguo à cozinha da casa de Al-Qadissiya, fui tomado por ansiedades e surpresas. E não sei dizer se tudo isso é fruto da loucura de que minha filha me acusa ou se minha ansiedade me levou a descobrir algo em que não posso acreditar.

O homem do hospital de Al-Yarmouq já havia partido, deixando a barra de ferro que testemunhava sua presença. Sim, é o que direi a Reem e a minha filha. Vou mantê-la como prova de que eu não sofro de senilidade e que não sou como o meu velho amigo Magid — o artista maluco que devolveu o prestígio artístico original às praças, museus e exposições de Bagdá. Ninguém acreditava que um empreiteiro como eu pudesse ser amigo de um artista como ele. Sim, minha filha, acredite. Fui seu fiel agente nos acordos com as empresas que proviam os materiais das esculturas e estátuas que enfeitaram a nossa cidade. Eu o ajudei a lidar com os corretores que cometiam pequenos roubos dos empreiteiros que roubavam bem mais, dos responsáveis por instituições governamentais e dos capangas que estavam a serviço dos peixes grandes.

Fazer o quê? Isso tudo é história de um tempo que passou, mas minha filha quis trazê-lo de volta. "Contra a sua vontade e a dos seus comparsas!", ela gritou com raiva. E como o grito dela me alcançava ali dentro de casa, a casa de Al-Qadissiya, com ela em outro continente? Sentada no Hyde Park, em Londres, segurando o seu celular incrível enquanto sua imagem oscilava na tela do meu telefone que ela tanto insistia para que eu trocasse. "Você precisa de um smartphone e dos aplicativos Skype e Viber", dizia, apesar de estar convicta de que eu não queria me urbanizar, exceto pelas roupas.

Não acreditou no que eu contei. "*Wallahi*, eu não minto, filha!" Nabiha jurou que isso não aconteceu. Quando entrei na casa ontem esperando encontrá-la vazia, a não ser por nossas almas e memórias, risos irromperam debaixo dos degraus que levam ao andar de cima. Aconteceu quando eu saí do lavabo que fica à esquerda da porta da cozinha e que dá no jardim. O homem do hospital de Al-Yarmouq havia me dado pelo menos um momento de liberdade. Estava quase fazendo xixi nas calças quando ele se foi e corri agradecendo a Deus por não ter passado essa vergonha. A situação pareceu engraçada quando pensei como contaria esse momento e o que fiz para não molhar as calças... mas não esperava que fosse me distrair da coisa mais importante a fazer assim que estivesse no imóvel: ligar para Reem e contar sobre a minha primeira sensação assim que entrei na casa de Al-Qadissiya depois de tantos anos. Mas sobre quais sensações eu falaria depois do que aconteceu? A risada que começou quase como um sussurro foi aumentando, passos se aproximaram e mãos me envolveram como se quisessem me sufocar. Mas a luz que surgiu depois de alguns momentos foi suficiente para me tranquilizar. Sim, estava bem.

Eram Magid, Ahmad e Fakhry, filhos do bairro e companheiros dos dias bons, em que declaramos a nossa lealdade e amaldiçoamos qualquer separação, migração ou partida. "Os lobos e chacais te pegaram, seu traidor!" E me disseram: "Magid nos contou quando soube da sua vinda. Assim que o táxi te deixou aqui, nos esgueiramos atrás de você e te vimos numa conversa sob a romãzeira que parecia importante. Nos lembramos da entrada secreta de quando éramos pequenos, tentamos passar por ela e entramos. Olha só, não perca seu tempo, nem o nosso — vamos nessa!".

"Pra onde?", perguntei, tentando compreender tudo aquilo.

"Abra o aplicativo novo e você vai saber."

"Aplicativo? Que aplicativo?"

"Aqui no seu celular", disse Fakhry.

Não acreditei que ele tinha um celular. Sempre fora um caipira — de segurança de representante de partido a secretário subserviente de alguma autoridade qualquer de alto posto. Só gostava de camisas floridas e calças verde-pistache. Não mudara nada exceto pela massa grisalha sobre a cabeça.

"Seu miserável, não se arrependeu de nada, apesar desta cabeleira branca", disse Ahmad. "Seu vagabundo!"

Ahmad não me largava. Seu primo, que era um menino de outro bairro, agora era dono de um restaurante em Al-Mansour. De professor de inglês miserável na nossa Al-Qadissiya, nos anos 1970, a homem de negócios — *Machallah!* Agora, ele tinha setenta anos.

"Merece um troféu!", eu disse a Magid, que permanecera calado entre nós. Magid sabia exatamente como se comunicar calado, numa língua particular que ninguém, além de mim, conseguiria compreender, por causa dos nossos negócios com as empreiteiras antes de eu sair de Bagdá.

Fazer o quê? Nada disso importava nem para Reem, nem para minha filha. Ao que parece, tudo o que aconteceu depois do nosso encontro inesperado e tempestuoso não importava para ninguém, exceto para mim. Minha filha não se empolgou quando tentei mostrar o aplicativo que usamos para... para... nem Reem atendeu minha chamada como havia prometido. "O que posso dizer, minha filha? Juro por você e por Nabiha. Veja você mesma. Abra o aplicativo no seu celular e veja, Yaya. Fakhry carregando uma garrafa de araq, Magid escondendo a careca com a mão e Ahmad balançando uma sacola cheia de cerejas e uvas. Corremos até a casa de Umm Layla. Depois, cruzamos a ruela da casa da família Tel Kiyf e saímos pela estrada principal. Não, não era o caminho principal que nos levava ao quartel militar, era a estrada Bab Al-Miah. O carro da Magid estava lá. Seu carro batido com o número dez. O décimo carro de sua vida — ele continua insistindo nesse modelo antigo há mais de trinta anos, como você sabe. Disse que gosta dele. O importante é que entramos e zarpamos direto para o nosso refúgio na rua Abu Nuwas. O que estou falando é que... Bagdá está de volta. Sim, voltamos à tão necessária loucura. Sim, sim, *wallahi*. Tiramos nossos ternos e ficamos só de camiseta e short, como antigamente. Exatamente como no passado. Bem, mas nosso mergulho de duas horas nas águas do Tigre durou apenas dois minutos. Eu torci a perna e engoli a dor, temendo que me ridicularizassem. Mas descobri que Magid fez xixi nas calças, Ahmad perdeu as calças e Fakhry gritou como uma criança. O que mais tenho para contar...? Você não vai acreditar. Abu Nuwas continua firme, minha filha, se vê a estátua dele de longe. Parece que cortaram apenas a cabeça. O pedestal ainda está lá. O rio continua lindo. Sim, as margens estão sujas, mas a grama está brotando. *Wallahi*, eu vi brotando. O café Ajaj espalhou suas cadeiras nas margens e ao lado delas acenderam fogueiras para assar masgouf. O que mais...? Tenho certeza de que Reem vai concordar em voltar. E você — Deus te abençoe —, ainda está se punindo ou punindo a mim com esse distanciamento?"

QUINTO DIA

Voltei do passeio pela Abu Nuwas sozinho e abandonado. Os três mosqueteiros — amigos de uma vida inteira — se separaram depois do último gole de araq e do último grão-de-bico. Me vi no escuro, dentro da casa de Al-Qadissiya. Cortaram a energia elétrica. Minha filha disse que conhece essa região, Bagdá e mesmo o nosso país melhor que eu. Me ligou pela manhã para saber se eu estava bem depois de terem cortado a linha ontem. Mas o seu jeito de se importar é me repreendendo, irritada comigo. Respondi de modo acusatório e bravo: "Chega de tanto julgamento, o que você sabe desse lugar? Era uma criança quando morava aqui. E pelo jeito ainda é. Você não cresceu aqui como eu e suas tias. Cresceu nessas capitais artificiais sem vida. Nessa urbanização desalmada. E agora quer me julgar por sentir saudades, fraqueza e nostalgia? Eu não tenho direito de ter a minha alma de volta? De ter sua mãe de volta? De ter a nossa vida de volta? Que aplicativo é esse de que falava enquanto eu te mostrava o rio Tigre e Abu Nuwas? Você se lembra de Al-Zawrah, o jardim que amávamos e onde passamos dias maravilhosos? Você se lembra de quando deu um tapa na cara do tio Magid enquanto ele te carregava feito uma boneca? E do tio Ahmad, que te ensinou sua primeira música em inglês, 'Happy birthday to you', com a pronúncia correta, depois que cantamos de um jeito engraçado? E o tio Fakhry, se esqueceu dele? Como assim, *quem é o tio Fakhry?*". Eu a relembrei das comidas que ele fazia: pacha, kebab e dulma. "Foi ele quem ajudou o seu tio Ahmad a abrir o restaurante em Al-Mansour. Venha ver Al-Mansour e o restaurante agora — é mil vezes mais bonito que Oxford. Esqueceu de como ríamos dele?"

"Fakhry caipira." Ela mesma me lembrou das minhas acusações de que ele não era nada além de um seguidor e um serviçal dos manda-chuvas. Me enfrentou: "*Baba*, não se esqueça de que vocês debochavam dele, o acusavam e condenavam, ao mesmo tempo que pediam sua ajuda para obter licenças ou conseguir acordos oficiais. Isso mesmo, *baba*, você e seus companheiros. Vocês só veem o que querem". Eu disse a ela: "E você, minha filha? O que a senhorita quer que eu veja neste aplicativo que quer que eu baixe?". Ela ficou nervosa, me lembrando a mãe dela e Nabiha: "Sim, *baba*, agora estou vendo Al-Qadissiya, Al-Mansour e Al-Mamun. Vai lá você mesmo ver tudo o que eu vejo daqui. Posso visitar tudo pela realidade virtual. Eu queria que você visse a minha escola... *Baba*, essa é a escola de Al-Hussary, aonde eu ia todos os dias. Queria poder sentir o cheiro, a atmosfera, tocá-la. Quero ver minha avó, me leve até ela. Pega na minha mão e me guia por entre a ruela da casa de Tel Kayf e a ruela da casa dos armênios, depois dos curdos de Salah Al-Din. Eu brincava com as meninas em frente ao jardim das casas. Riscávamos o chão com giz e pulávamos amarelinha. Olha, *baba*, Deus te abençoe! Cadê a escola? Cadê as casas? Olha que imundice, quanto lixo. Olha esses cactos e essa poeira! Está tudo claro pela minha realidade virtual. Estou vendo os esqueletos, *baba*. Cadê as ruas limpas? O cheiro de dama-da-noite e jasmim? Por favor, foque a câmera do aplicativo, me mostre a lama, os buracos nas ruas, a aridez e o fedor do lixo espalhado que — por Deus! — está chegando até aqui. Sim, *baba*, aqui onde estou. No Hyde Park, em Londres".

Abri a boca para responder a minha filha, para fazê-la parar com a insolência e controlá-la. Mas ela desapareceu antes que eu limpasse a garganta. Sumiu como o vento e a luz da tela do celular. Na mesma hora, outra voz me chamou; vinha do quarto menor: “Amin, Amin, cadê a escritura da casa? Onde ela foi parar? Criou asas e voou?”.

SEXTO DIA

O branco não representa a morte, como dizia Magid, nem um coração bondoso. Isso são histórias, meu amigo. O branco é nossa memória da infância. A gelatina perfeita, macia e sem cor. O preto não representa o luto ou o consolo, o preto não é um tapa no rosto do lamento nem a *abaya*. Não é a noite nem satanás, mas a confusão. A loucura. O branco é um ponto de luz no quadro de giz e o preto é a moldura que o protege. O branco é a história liberta — existindo por si mesma, mergulhada nos reinos de Deus. O preto é um ídolo — uma peça de ferro maciço com medidas limitadas. Sem ele, não é possível descobrir o caminho para a glória e o reino de Deus. Magid me deixou entre o branco e o preto, e Ahmad e Fakhry desapareceram com as outras crianças. Fico na casa de Al-Qadissiya sozinho. Vejo no branco minha permanência em Al-Qadissiya e no preto minha saída. Então, repentinamente, vejo no branco minha liberdade distante e no preto o meu sufocamento aqui.

Passaram-se a noite da chegada, a noite do homem da barra de ferro, a noite de Abu Nuwas e a noite da minha filha. Esta é a noite do branco e do preto, que me arrastaram sozinho para o quartinho. Para a escritura. A *hajjiya*! O que sobrou dela na minha memória e no meu coração? Meu Deus, como gostaria de saber. Tudo em mim se rarefez. Estou vazio. Meu coração não contém mais o choro de uma criança, apenas o choro. Onde está meu coração? Minhas memórias? Onde estão os meus passos no espaço e minha alma no tempo? Que espaço? O quartinho? O colchão estendido no chão. As paredes vazias, exceto pelas histórias das imagens rasgadas e as palavras do profeta e de Ali. "*Ya* Ali", a *hajjiya* sussurrava no seu último suspiro. Reem repetia como se quisesse corrigi-la: "*Ya Rabb... ya Rabb*" — Senhor, Senhor. Nabiha recitava sobre a cabeça dela o verso Al-Kurssi. A voz de Reem no telefone trouxe tudo isso à minha memória enquanto eu estava sentado no chão de pernas cruzadas, no quartinho, sem ver, ouvir, sentir ou prestar atenção em nada, a não ser nestes momentos: os suspiros da *hajjiya* e o preço do desejo me devastando e atingindo Reem por contágio. "Estou com saudades", eu disse por telefone. Ela respondeu: "Já somos velhos, não era o que você sempre dizia?".

"O coração não envelhece e o desejo é a única coisa que rejuvenesce à medida que fica mais maduro", sussurrei. Ela riu e sua voz abafou os suspiros da *hajjiya*. "Você diz que seus filhos não querem mais voltar, mas e você?", perguntei. Ela respondeu, como se fosse um dos filhos e não a mãe deles: "E eu? Eu?". Meu filho tomou o telefone dela, como imaginei. Ouvi a voz dele: "Quando vai crescer, *baba*? Não conhecemos nenhuma casa em Al-Qadissiya, nem sua avó, nem nada. Conhecemos o seu trabalho e a conquista do seu suor, agora é hora de reaver o que lhe é de direito. E fique sabendo que um milhão de dinares não compram, hoje, nem um quarto na pior região da Europa. Saiba que o valor da casa é nosso direito também. Meu, da minha irmã, do meu irmão, da minha mãe e seu, é claro".

Eu disse que não queria nada, só esse tempo sozinho no quartinho da minha avó, que não havia milhões que pagassem. E que, no final, eu decidiria sozinho. Sim, repeti. "Independentemente de você e do seu irmão. Vocês dois são como branco e preto."

"O que quer dizer com isso, *baba*?", ele me perguntou.

"Nada", eu falei. "Vocês nunca entenderiam, pois cresceram no vazio, privado de cor, blocos de material e molduras."

"Não fique bravo, *baba*. Meu conselho é que procure um psiquiatra. Acho que está ficando demente", ele me disse. O que eu poderia responder? Desliguei o telefone na mesma hora em que a mão delicada acariciou o meu ombro com um sorriso bondoso, embora pálido, e me tranquilizou. Então, a voz comentou: "Amin, que coisa feia. Não tínhamos combinado que você me pegaria no aeroporto?".

Reem foi ao andar de cima depois de dar sua opinião sobre a casa. "Continua bonita, apesar da poeira e de estar vazia", ela disse. Entendi, por seus passos lentos, que precisava dormir. Não reparei nas suas feições. Elegante e leve, ela tinha olhos grandes e dóceis e o halo em torno da sua figura denunciava que havia mudado. "Eu estava com medo de você não me reconhecer", ela me falou. Ela queria me fazer lembrar dos anos em que ficamos separados, mas coloquei um dedo sobre seus lábios. Ela entendeu que as palavras não tinham mais propósito, e que nosso tempo seria o tempo que nos resta. Reem subiu e me permitiu chorar de alegria com o coração apaixonado. Ela me deixou no quartinho. Minha avó estava estendida ali. Limpa e calma. Seu rosto infantil e radiante sorria para Nabiha — minha irmã murmurou da cozinha que traria uma sopa gostosa, e então entrou com passos graciosos. Seu rosto lembrava o de Chadia, que sorria com os olhos, as maçãs do rosto e os lábios. Sua *dichdacha* longa e os cabelos sempre arrumados brilhavam de tão limpos e cheiravam a almíscar. Num sussurro, me perguntou se eu e Reem fizéramos as pazes. Não queria que minha avó ouvisse essa conversa para não se preocupar. Respondi que não tínhamos brigado, que estávamos brincando. Rindo, ela me aconselhou: "De tanto fingir que brigam, vão acabar brigando de verdade". Balancei a cabeça tranquilo. Deixei-a com a vovó e me esgueirei pela cozinha, pelo corredor de trás, para fumar um cigarro. "*Ya Allah*, um momento de paz", eu murmurei. Reem dormia no nosso quarto no andar de cima. Nabiha estava com a vovó no quartinho. Foi o que nos restou nos últimos anos, após minha mãe morrer e meus irmãos nos deixarem para se casarem e servir no exército. Depois, eles partiram com o surto de emigração no final dos anos 1970; e houve outra migração em massa no país no final da década de 1980; e uma maior ainda no início dos anos 1990. Sim, sim, trinta anos e aqui estamos, completando o ciclo e retornando à essência — ao colo único da vovó. Que linda ela era. Dormia como nos contos de fada. Magid deveria ter feito uma pintura dela ao acordar. Ele disse que voltaria amanhã para saber sobre minha decisão de ficar, me mudar ou sair do país. Para ele, dava tudo na mesma. E então Reem acordaria e nos juntaríamos a Nabiha e à nossa filha na casa de campo, próximo à casa de Al-Qadissiya. Nabiha me esperava agora... "Já vou... já vou."

Tirei uma soneca ao lado da minha avó e acordei quando ela, com seus dedos frios, confiou-me a escritura da casa. Vi minha mão sobre a sua boca e a mão dela com o documento sobre meu peito. Reem se aproximou e pressionou a minha mão. Sussurrou que queria limpar a baba da boca da vovó. Ela começava a ofegar cada vez mais. Estava agonizando. Sufocou-se com a própria respiração, que não tinha cessado. Tínhamos que ter compaixão dela. Ajudá-la. Nos aproximamos mais. A mão de Reem sobre a boca dela e a minha mão sobre a de Reem. Nesse exato momento, minha avó deu seu último suspiro.

Reem e eu estávamos na nossa cama fria no terraço. Fazia frio. Frio. Eu disse a Reem que estávamos em outubro, não no calor de agosto. As brisas da madrugada de Bagdá inflamavam os desejos. "Você está dizendo bobagens", ela falou. Fechamos os olhos. O terraço da casa de Al-Qadissiya estava vazio. Seu chão úmido e limpo. O colchão estendido como quando nossa família morava ali. O cheiro de sabão exalava dos lençóis, fronhas e mantas. Eu estava deitado como uma criança segurando a mão de Reem. Sussurrei a ela que a vovó estava bem e que agora ela dormia, e Nabiha estava na casa de campo. Ninguém precisava de nós. Nossos filhos também dormiam nas suas casas.

O que mais poderíamos desejar senão uma bela noite, a Estrela Polar e o farfalhar das árvores na casa de Al-Qadissiya? "Ah, o que estava dizendo?", perguntei à Reem, esperando a resposta. "Querida, você dormiu?" Eu não queria abrir os olhos e ver que ela estava cochilando. Não queria que ela cochilasse. Esperei até ela abrir os olhos com preguiça e rolar a lágrima que tanto amo. Esperei um sussurro em tom de brincadeira: "Eu te amo, apesar do seu nariz". Cochilei no ritmo da minha espera para ver e ouvir tudo o que queria ouvir e ver. Quem disse que aquele que vê não é como o que ouve? Absurdo. Não porque esteja errado, mas porque quem disse isso não sabe o que ouvimos no silêncio da nossa casa em Al-Qadissiya.

SÉTIMO DIA

Acordei com batidas violentas no portão que balançaram a casa toda. "Já vou. Já vou. Estou indo." Fiquei com medo de tropeçar nos degraus da escada e cair do telhado. Mas achei-me no quarto da minha avó. Talvez eu tenha descido para ver se ela estava bem e caí no sono. As batidas se intensificaram, cada vez mais fortes, mas meu corpo, apesar de magro, não me ajudava a andar mais rápido. Tentei ir em direção à porta da frente da sala e percebi que a batida vinha dos fundos. A porta secreta. Ninguém sabia dessa entrada, exceto... exceto... Quem soubesse dessa porta saberia como remover a tranca falsa e abrir a passagem. Então por que as batidas? Por que as batidas? Em seguida, ficou evidente para mim que o som vinha de longe. Talvez da casa dos vizinhos ou do portão de ferro do jardim. Onde está meu leal cachorro, Tuchka? Meu pastor-alemão que se tornara meu cão de guarda, meu companheiro de bebedeiras, que pulava em Reem, ameaçador, e nas crianças quando me atacavam brincando. Ele me reconhecia como seu líder, mestre e comandante. Por que não latia como sempre ao perceber um estranho se aproximar? As batidas foram ficando mais fortes. Reem não desceu do telhado para preparar o nosso café da manhã, o chá e seu café. Talvez tivesse escapulido até a casa de Bahiya para se sentarem e se queixarem dos esposos e rirem de nós e da vida. Pode ser... mas tinha arrumado a casa ontem, pendurado os quadros de que gostamos e as fotos das crianças. O cheiro do jantar da nossa celebração tinha desaparecido. Onde ela estava? Por que não abria o portão? Sempre foi bem mais rápida que eu com as coisas da casa, as crianças e convidados. Ahhhh... *Alhamdulillah!* As batidas na porta cessaram. Talvez um estranho tivesse errado a casa, ou os meninos do bairro estavam zombando de nós. Talvez Tuchka estivesse bravo comigo. Não sabia, ainda não sei. Me cansei. *Ya Ilahi.* A manhã do último dia chegou com batidas misteriosas seguidas de silêncio absoluto.

Fui até o jardim. E aí voltamos ao ponto zero. A romãzeira, a única testemunha do bairro. Os quadrados de grama americana sucumbiram sob as plantas aleatórias que cresceram e cobriram os jardins. O menor dava a volta na sala da casa e estava cercado por uma pérgula de uvas, e o maior se estendia na parte de trás, margeando a passagem da entrada que levava ao terraço e ao portão da frente. Só havia poeira, cheiro de putrefação e limoeiros tristes, restos de galhos de hortelã que secaram e endureceram e folhas amareladas do que restara dos tomateiros e rabanetes.

O galinheiro se transformara em depósito de ferramentas da casa antiga, além de todos os apetrechos e jogos dos meus irmãos mais velhos e mais novos, e depois dos meus filhos — antes que fugissem e emigrassem. Não importava. Era só arrumar e tudo voltaria ao seu lugar. Eu e Reem cuidaríamos disso quando ela acordasse e descesse para preparar o café da manhã e terminar de arrumar a casa e sugerir um plano para salvar o jardim, como de hábito nos tempos difíceis que vivemos. Sei que ela está envelhecendo. Ela já tinha me dito que não seria como antes, e que não ia mais preparar a mezza para mim depois de ter certeza de que o álcool é *haram*. E me pediu que me voltasse, como ela, ao Único e Grande Deus. Respondi que eu era o mais crente da família. Mais que todos os meus irmãos e filhos, e sobretudo mais que ela. Falei que Deus era meu amigo e que me sentava com ele todas as noites. Conversávamos e trocávamos ideias e opiniões. Não queria ouvi-la responder: "*Audhubillah*, que Deus te perdoe". Eu disse que nossas diferenças nesse ponto seriam uma zona proibida e nenhum de nós ultrapassaria as fronteiras. Quanto aos meus filhos, eu era capaz de convencê-los a se converterem ou a permanecerem neutros.

Caminhei pelo jardim desolado. Esperava que Reem descesse do terraço ou saísse do quarto da minha avó. Parei na abertura da cisterna do banheiro, onde Tuchka se escondeu por três dias após ser atropelado por um carro. Ele ficou em clínicas veterinárias e em meus braços. Fui sua companhia constante. Finalmente ele se retirou para morrer. Passamos uma semana procurando por ele nas ruas da região e em todas as partes do jardim. Não havia rastro, latido ou suspiro. Quando o encontramos, estava dentro do buraco, imóvel, silencioso e honrado.

O que fazer? "Adeus, meu querido e leal Tuchka." Eu recitei a *Fatiha* para a alma dele e voltei para dentro. Queria saber se minha avó estava bem e o que Reem estava fazendo. Acho que estava dormindo muito mais que o normal. Assim que entrei e tranquei a porta secreta, as batidas aumentaram de novo. Batida na porta da frente; batida na porta de trás. Batida na janela; batida no telhado. Batida na casa de campo de Nabiha. Batida no quarto da minha avó. Fiquei paralisado. Eu não tinha forças para atender nenhuma delas. A qual batida deveria responder? Ou ignorava a todas e esquecia? Outra coisa me surpreendeu. Meu celular com o número de Bagdá começou a tocar, assim como o número internacional que usei para falar com Reem e nossos filhos pela primeira vez ontem. Atendi o número de Bagdá e o homem do hospital Al-Yarmouq perguntou: "Meu querido, já se decidiu? Vamos ficar com a casa ou entregá-la?".

Então o advogado falou: "Meu querido, já se decidiu? Vai vender ou registrar a escritura no seu nome?".

E Abu Yasser disse: "Meu caro, eu daria a minha alma por você. Você criou seus filhos e foi viver fora do país. Mas eu não tive alternativa. Tive que ficar. Não tinha outra casa senão a de Al-Qadissiya, o único teto para mim e para meus filhos. Você sabe que meu filho foi destruído pelo Daich, minha filha ficou paraplégica depois de uma bomba americana e meu terceiro filho continua a fazer quimioterapia contra o câncer causado por napalm. O que posso te dizer, meu querido? Aceite esse valor; o advogado disse que você estava de acordo. Vou considerar um favor e não esquecerei. Será uma dádiva que levarei comigo até o dia do Juízo. Esses dinares não lhe farão falta. *Alhamdulillah!* Que você e seus filhos vivam bem nos países que respeitam os direitos humanos. Esse momento é o nosso destino, nós que vivemos como cachorros sobre os detritos dos ladrões do regime, das milícias religiosas e dos negócios. Muito obrigado, mestre. Beijo sua mão e sua cabeça. Até mesmo seus pés. Considere sempre a casa de Al-Qadissiya sua casa. Sua casa, *Wallahi*. Sempre que quiser fazer uma visita ou se hospedar, esta será sempre sua casa. Carregará seu nome e o nome da querida *hajjiya*. Cara, se a alma dela não estivesse pairando sobre nós todos, não estaríamos hoje aqui, nem teríamos filhos e netos. O melhor está por vir, com a permissão e a graça do Altíssimo".

OITAVO DIA

Esse dia não chegou.

As batidas e o toque do telefone prosseguiram.

Meus filhos esperavam o dinheiro da casa de Al-Qadissiya.

O homem da barra de ferro continuava esperando por uma oportunidade de alugar a casa e dar à esposa traidora outra oportunidade de engravidar.

Abu Atfa esperava comprá-la para abrigar sua família desgraçada pela calamidade da fuga, da emigração, das guerras sectárias, dos capangas e do regime.

O advogado aguardava minha decisão.

Eu estava procurando a escritura que Reem e eu escondemos em um lugar secreto dentro da casa, mas não a encontrava. Meu Deus, onde será que está? Gritei para Reem vir me ajudar a procurar. Eu temia esperar demais e perder tempo, perder o documento e perder a oportunidade.

Então me recordei do esconderijo. No quarto da *hajjiya*, minha avó. Lembrei que estava atrás da porta pequena. Lembrei um dia em que descobrimos o buraco e entramos; nos vimos no túnel. Sim, era um túnel que levava ao jardim. Na nossa época, todas as casas continham túneis. Através desses túneis os sabeus, os curdos, os xiitas, os sunitas e os cristãos fugiam de casa, como fugiam os comunistas, os capangas dos líderes dos clãs e os agentes da inteligência traidores.

Escondemos a escritura numa fissura no túnel. Onde é que estava? Não achei. Gritei para Reem vir me ajudar, mas o que chegou a mim foi o eco da minha voz. Temia esperar e perder tempo. Tentei outra vez, e de novo. Estava com medo de perder a fissura e perder o documento. Estendi a mão e encontrei apenas a frieza que parecia fluir das profundezas do túnel. Escorreguei?

Minha mão se estendeu adiante. A frieza aumentava. Estava cada vez mais escuro. Eu me lancei mais adiante. Corri para a cozinha, depois para o jardim, para o galinheiro e para o depósito de ferramentas. Voltei com o martelo. Bati na beira da abertura. Eu a aumentei. Passei a cabeça e bati mais com o martelo e a alarguei ainda mais. Agora eu cabia ali. Estava no meio do túnel.

Era escuro e frio à minha volta e meu coração estava vazio. Caminhei com cuidado. Poucos passos e me deparei com a tábua de madeira que fechava o outro lado do túnel. Eu a levantei e vi um buraco. Comecei a escavar a terra com a cabeça e as mãos. Meus dedos encontraram uma raiz. Levantei os olhos e vi a romãzeira no jardim da casa de Al-Qadissiya fazendo sombra em mim.

* *Conto escrito originalmente em árabe.*

A NOITE DO DESAPARECIMENTO DE SABAH

HAYAT RAIES

Al-Waziriya

No final da década de 1970 e início da década de 1980, a vida em Bagdá era extremamente politizada. Não havia qualquer chance de neutralidade, nem mesmo nas relações amorosas ou nas situações mais íntimas. Nessa época, eu era estudante da faculdade de Letras, que ficava na região de Al-Waziriya.

Tudo funcionava para beneficiar politicamente o partido Baath. O clima era carregado da fobia que só se conhece sob regimes tirânicos — o que eu chamaria de "fobia das forças de segurança iraquianas". Era um sistema em que se temia a todos e não se confiava em ninguém. As pessoas delatavam, se acusavam mutuamente, desconfiando de tudo. Todos se vigiavam. Amigos escreviam relatórios uns sobre os outros; irmão acusava o próprio irmão de traição; esposas denunciavam os maridos, atribuindo-lhes as mais vis acusações políticas, se eles as traíssem. Ouvíamos histórias lendárias sobre como as forças de segurança iraquianas se infiltravam na vida das pessoas.

Certo dia, nossa amiga Nuha entrou no nosso quarto, no dormitório principal de Al-Waziriya, com o coração na mão. Quarto 51 — nunca nos esqueceremos de todos os momentos que passamos aterrorizadas nele. Eu vivia ali com Sabah, a síria, Nuha, a libanesa, e Nawal, a palestina. Nuha pegou a mim e a Sabah pela mão e nos puxou até a varanda para sussurrar que os caras da faculdade a alertaram de que nossos quartos estavam sendo monitorados. Disse que havia equipamento de escuta escondido engenhosa e secretamente nas paredes e entre a madeira das camas e dos guarda-roupas, tudo conectado ao Centro de Inteligência Geral — e que esse equipamento fora desenvolvido por engenheiros russos durante a construção do edifício.

Ficamos aterrorizadas e começamos a recordar nossas conversas, em busca de algo que tivéssemos dito sobre o Baath, uma crítica a alguma situação ou mesmo uma discussão sobre a conduta de políticos e magistrados, ou do próprio regime de Saddam Hussein e sua comitiva, quem sabe algum ataque à sua pessoa. Ficamos num estado de histeria enlouquecedora, entre o riso e o terror, a seriedade e a gozação. Sabah era a mais sensível ao tema. De família síria, fugiram de lá para residir no Kuwait após o irmão Jihad receber uma sentença de morte da corte militar por se opor ao regime sírio da época.

Sabah começou a empurrar a cama pesada até a sacada espaçosa, decidida a dormir lá e fugir do quarto minado de escutas. Tentei dissuadi-la da ideia, dizendo de maneira tranquila: “Talvez seja só uma história, fruto dos exageros e da fobia das forças de segurança que virou uma loucura coletiva”. Nuha, conhecida pela língua insolente e desenfreada, provocou Sabah com a ironia que lhe era característica: “E quem disse que a cama também não está cheia de escutas? Você deveria segurar a língua e parar de dizer que ‘Saddam Hussein governa o país com mão de ferro’, porque aqui, como dizem, até as paredes têm ouvidos”. A brincadeira sobre a cama com escutas foi suficiente para deixar os nervos de Sabah à flor da pele: "É possível que os nossos sonhos sejam monitorados a esse ponto?", gritou ela, histérica.

A maioria dos nossos amigos era gente honesta da faculdade que já havia nos advertido mais de uma vez sobre as conversas de cunho político dentro e fora das dependências do dormitório. Havia baathistas infiltradas entre as meninas da moradia, iraquianas e estrangeiras, incumbidas de recrutar estudantes e vigiar essa ou aquela aluna.

Houve alguns casos de infiltrados que, quando descobertos, causaram muitos conflitos entre nós. Lembro-me do relatório que Khaddouj — uma baathista libanesa responsável por atrair estudantes imigrantes pela conversa, especialmente as do sul do Líbano — escreveu contra uma garota de seu país, Rawiya. De Beirute e de esquerda, Rawiya ironizava secreta e publicamente o principal slogan baathista — Uma única nação árabe com uma missão eterna —, dizendo: "Se há apenas uma única nação árabe, por que as relações entre as nações irmãs Síria e Iraque estão cortadas? São países vizinhos governados pelo mesmo partido, o Baath!". É claro que as coisas chegavam a brigas e trocas de ofensas, e as acusações estavam sempre na ponta da língua. A primeira delas era a traição à pátria e ao partido que nos recebiam e nos proporcionavam educação, moradia e todo o necessário de forma gratuita — embora se soubesse que alguns de nós não haviam entrado na faculdade por intermédio do Baath.

Apesar de tudo isso, o que me causava maior sofrimento era como o partido se valia do acerto de contas entre os estudantes, tanto mulheres quanto homens, para benefício próprio. Éramos muito cuidadosas em relações afetivas com baathistas, temendo que eles se virassem contra nós e nos acusassem, caso o amor acabasse.

Nessas discussões, Da'ad — nossa vizinha do quarto 52, palestina e baathista — gritava: "Meninas, a coisa não é assim também, vocês dão uma imagem negativa pro partido e distorcem a reputação dele. O Baath tem uma moral. O partido nos ensina a ter princípios e moral".

O Baath tem moral. Eu ficava realmente impressionada e não podia deixar de concordar com sarcasmo: "Afinal, o Baath tem moral exatamente como a paixão tem moral". Tentava apaziguar os ânimos enquanto Sabah se oferecia para preparar um bule de chá, a única coisa com poderes mágicos capaz de nos reconciliar. Enquanto bebíamos chá, Sabah pegava na bolsa um maço de cigarros Kents e, com sua generosidade habitual, nos oferecia. Fumávamos com voracidade para que o cigarro absorvesse toda a tensão e a atmosfera carregada de fobia dos relatórios e acusações. Então, repetíamos as mesmas frases com que encerrávamos todas as nossas divergências: "*Ayib*! Não é possível vivermos assim. Somos estudantes, árabes, expatriadas, temos apenas umas às outras. Viemos aqui por causa dos estudos e não para nos partidarizar e nos filiar politicamente". Isso não convencia Khaddouj, a libanesa. Piscávamos umas para as outras de forma infantil e colocávamos toda a culpa no "imperialismo global", que queria nos separar e dividir enquanto o Iraque tentava unificar a nação árabe. E devíamos nos convencer disso pertencendo ou não ao partido.

Nas noites escuras de inverno, com frequência ouvíamos disparos aleatórios, já quase de madrugada. Corríamos com o coração na mão para a varanda, mas não víamos senão a lúgubre escuridão, ocultando a noite sombria do Iraque, misteriosa e mortífera. Pela manhã, ouvíamos alguns iraquianos sussurrando entre si sobre o desaparecimento de algumas pessoas que não deixaram qualquer rastro.

Sabah insistiu em dormir na varanda. Nuha depois a seguiu, provocando: "Eu, se estivesse no seu lugar, me casaria com o tenente Najim Abbas, que é louco por você". E acrescentou, sarcástica: "Assim teríamos vidas protegidas, livres de qualquer suspeita, principalmente porque estamos longe da família e sem ninguém que nos proteja". Então, terminou seu discurso com ironia: "Quem recusaria o pedido de casamento de um oficial iraquiano?".

"Case-se você com ele", gritou Sabah, deitada na cama. "Quer que eu me case com um oficial iraquiano pra te proteger e eu fico atada a ele pelo resto da vida? Quer que eu me case com um militar delator que vai dormir e acordar comigo, e que depois, por qualquer discussão que tivermos, vai apresentar uma queixa secreta contra mim ou talvez contra minha família? Ou que talvez queira dar um sumiço em mim? Eu seria louca por confiar num oficial militar baathista!"

"Se não gosta dele, por que saem juntos?", Nuha perguntou.

"Tá certo, se te deixa feliz, não vou sair mais com ele a partir de hoje. Você sabe como voltei apavorada, morta de medo, no dia em que ele me convidou pra ir na orla do Tigre. Me deu um susto ao tirar a pistola do porta-luvas do carro antes de descermos. Tremi só de imaginar ele apontando aquela arma pra mim... até então, eu só tinha visto armas nos filmes. Ele disse que queria me levar pra um passeio! Quando tudo que eu desejava era estar com um cara simples, caminhando às margens do rio, em segurança, como qualquer pessoa apaixonada que se diverte na rua Abu Nuwas."

Sabíamos que Sabah ficara noiva de seu primo Mohammed antes de vir ao Iraque, mas estava muito hesitante em se casar com ele, porque o moço tinha um nível de educação inferior. Ela nos havia dito que Mohammed interrompera os estudos cedo para trabalhar no comércio com o pai até enriquecer e não passara do primário. Era louco de paixão por Sabah e perderia a cabeça se a visse com outro homem. Mas Sabah cada vez mais se virava contra ele, principalmente quando conversava com os rapazes da faculdade, o que ressaltava a diferença entre os dois.

Sabah era linda, orgulhosa de seus cabelos longos e pretos — que caíam leve sobre os ombros como sua própria sombra. Tinha um humor alegre e uma elegância despojada que despertavam inveja em Nuha. A riquíssima Nuha recebia os mais caros vestidos da família, mas eram de mau gosto.

Mohammed morava com a família no Kuwait e visitava o Iraque com frequência em seu 4x4 preto luxuoso, trazendo presentes para nós todas. Chegava direto no dormitório com caixotes de frutas, enlatados diversos, chocolates Kit Kat, sem falar nos maços de Kents, para a noiva, fumante inveterada. Essa praga já havia se espalhado entre nós, e esperávamos pelos cigarros ansiosamente. Fumávamos com voracidade, sobretudo quando nos reuníamos para passar a noite na ampla varanda em torno da mesa do jantar e do chá, fazendo comparações entre Mohammed e Najim. Conversávamos sobre os novos amores e o destino dos casais no campus — quem havia se separado, brigado e se reconciliado.

Eu instigava Sabah a me contar também novidades sobre Faris — um parente e compatriota dela — sempre que a visitava na Faculdade de Ciências. A noite ia ficando mais interessante a cada detalhe. Com quem ele se sentara e com quem conversara? Qual o motivo da visita? O que tinha contado a ela? Ele se lembrava de mim? Havia me mandado lembranças?

Ela conhecia muito bem meu fraco por Faris, então exagerava e fazia digressões. Eu me deliciava, achando tudo maravilhoso. Era nosso entretenimento favorito e talvez a razão de nosso companheirismo. Sabah criava fantasias para mim de uma relação com seu parente e eu o amava cada vez mais. Nossa amiga Nawal via seus exageros e, às vezes, os reprimia, mas Sabah não lhe respondia e eu não dava bola. "Me conte sobre quem amo, mesmo que seja mentira", dizemos nós, tunisianos. O importante era estarmos felizes para fumar vorazmente, beber um bom chá, desfrutar de nossas conversas noturnas na varanda e ter sonhos promissores mais tarde. Afinal, o amor não é a mais bela das ilusões que vivemos?

Sabah nunca estava feliz com Mohammed a não ser quando ele vinha por alguns dias e nos paparicava. Ele nos convidava para os melhores restaurantes e ficávamos nos cassinos Layaly Baghdah e Layaly Chahrazad até o amanhecer. A pedido meu, Faris era convidado.

Mohammed também fazia questão que Nawal e Nuha fossem conosco, porque elas moraram no Kuwait durante a imigração libanesa, síria e palestina ao país. Mas bastava ele voltar ao Kuwait e Sabah à atmosfera universitária e aos alunos para que ela ligasse para a mãe e dissesse que se sentia encurralada com o noivado arranjado.

Da última vez, Sabah contou à mãe sobre sua relação com o tenente Najim Abbas. Ele queria se casar com ela, e tinha intenções de visitar a família no Kuwait. A mãe havia concordado, com muita relutância, em falar pelo telefone. Mesmo sem demonstrar que o preferia como genro em detrimento do sobrinho, Mohammed, os dois se falaram muitas vezes depois de Najim deixar seu número de telefone com a mãe de Sabah, para que se aproximassem — caso quisesse saber sobre a filha ou se precisasse de qualquer coisa de Bagdá.

Certo dia, para mudar de ares, propus que passássemos a noite num jardim à beira do Tigre, na rua Abu Nuwas, porque havíamos terminado as provas e estávamos perto do fim do ano. Sabah aceitou com a condição de não demorarmos. Todas nós rimos, entendendo a situação, e concordamos em deixar uma mensagem com a supervisora da noite, que ficava mais tolerante nos finais de ano, depois que pegamos a autorização de saída. Sabíamos que Mohammed estava para chegar em Bagdá pela estrada de Basra. Então, pedimos que nos encontrasse na orla.

Sentíamos muita falta do rio Tigre, que lava da alma toda a ansiedade — basta passear pelas suas margens, sentar-se ali e sentir a sua brisa —, e também da rua

Abu Nuwas, que acolheu nossa índole estrangeira desde que chegamos a Bagdá.

Naquela noite, quando chegamos na orla, eu, Sabah, Nuha, Khaddouj e Da'ad procuramos o restante do nosso grupo, que geralmente chegava ao rio antes de nós. Eram rapazes tunisianos, marroquinos, sírios, libaneses, egípcios, palestinos e sudaneses que se espalhavam toda noite ao longo da orla do Tigre, formando um mosaico de cores que não se achava igual fora do Iraque. Nessa época, o país se orgulhava da política de atrair intelectuais e estudantes árabes. Durante o mês de junho, *haziran*, todas as noites escapávamos do dormitório extremamente quente e nos abrigávamos sob a brisa das margens do Tigre, onde passávamos horas maravilhosas em seus belíssimos jardins. Havia também aqueles que estudavam, porque ainda não tinham terminado as provas, acomodados nas mesas e cadeiras individuais com luminárias para leitura e escrita da orla.

Quanto a mim, fiquei à procura de Faris — apesar de não ter marcado um encontro com ele. Fazia quatro dias que não o via por conta de sua ausência repentina e misteriosa da faculdade e por suas atividades partidárias. Já sentia muito sua falta. Mas contava com o acaso e a minha intuição, que me dizia que iria vê-lo naquela noite e já criara na imaginação cenas de um encontro no jardim à beira do rio. Talvez o calor o tirasse de casa, lá no bairro Al-Waziriya, próximo ao nosso dormitório, e o trouxesse para a brisa das margens do Tigre. Quem sabe ela não o ajudasse a terminar sua dissertação de mestrado em literatura inglesa, sobre as peças de Shakespeare.

Os jardins do Tigre eram, em si, um teatro: cheios de histórias, anedotas, *soirées*, amantes, angústias e desejos. Uma noite do Tigre era uma noite de amor, intimidade, alegria, perseverança, farra e discussão... que transbordava num mar de gente. Verdadeira guardiã do pulso do alvoroço noturno de Bagdá, a estátua de Abu Nuwas vigiava e assistia de longe, com olhar de satisfação, os grupos que irradiavam vida; com seu famoso copo na mão, cheia de erotismo e paixão, bebia de todos os prazeres da terra. O eterno poeta jamais morrerá depois que o artista Ismael Fattah, o turco, ergueu-o no centro de Bagdá, no ano de 1972. A estátua desperta o apetite para o amor, a cordialidade, a paixão e o desejo; a vida assalta a pessoa num átimo de descuido e tudo que ela anseia é ser capturada e não escapar jamais.

As margens ficavam repletas de turistas que adoravam passear ao longo do rio. Os barcos deslizavam sobre a superfície da água, vibrantes de amor e de vida sob a luz da lua que desfrutava da noite conosco. Eu sonhava com Faris me levando para um passeio sob o luar. Amaldiçoava no íntimo todas as suas assembleias partidárias e atividades políticas, que sempre o tiravam de mim. Seus camaradas brincavam: "Faris está casado com o partido Baath".

Havia grandes telões às margens do rio e as famílias iraquianas se reuniam ali sobre *chaises* de madeira ou na areia para acompanhar fascinadas as novelas árabes, como se estivessem em casa. Adorávamos a programação, pois diminuía nosso sentimento de ser estrangeiro e nos lembrávamos da família.

Não raro encontrávamos, por acaso, nossos professores e outros estudantes, além de poetas, figuras eminentes, políticos e intelectuais. As conversas conduziam a discussões inflamadas, transformando os jardins das margens do rio em salões políticos, literários, poéticos e culturais. Nos contentávamos em ouvir e aprender, mas temíamos compartilhar o que sabíamos, pois possivelmente não estávamos livres dos olhos do partido Baath.

O farfalhar das ondas nos atraía e lembrava que as noites na Abu Nuwas eram noites musicais, em que vozes cantavam a tristeza iraquiana. As canções de Nadhim Al-Ghazali, Zuhur Hussein e Salima Murad misturavam-se com as de Umm Kulthum e Abdel Wahab. Éramos atraídos pelas músicas iraquianas de casamento e as de Sabah, e dançávamos a *dabka* enquanto à nossa volta as gargalhadas das crianças no parquinho aumentavam. Os olhos dos apaixonados brilhavam, bordando poemas de amor sob o luar, enquanto as canoas oscilavam sob a brisa, pontilhadas com luzes como pérolas espalhadas.

De repente, meu coração saltou pela boca quando avistei Faris, exatamente como previra meu sexto sentido. Absorto numa das mesas de estudos, ali estava ele, com as mechas loiras cobrindo metade da testa, brilhando sob a luz da lâmpada que formava um longo arco semicircular à sua frente. Sabah também o viu. Eu teria gostado de ir até ele e aproveitar essa bela coincidência. Mas Sabah me conteve: "Se controla, deixe que ele venha até você". O que ia contra a força e a espontaneidade dos sentimentos que eu nutria. Essa era Sabah, sempre frustrando minha espontaneidade com lições do ultrapassado amor oriental, reiteradamente repetidas, de que era o homem quem corria atrás da mulher e ela quem o recusava.

"Vamos perguntar pra ele se realmente há escutas nos nossos quartos", sugeri.

"Pra ele rir de nós, subestimando, como sempre?", retrucou Sabah. "Ele vai tentar afastar qualquer suspeita sobre o partido Baath. Eles são imunes a todos os rumores espalhados por seus 'inimigos partidaristas'. E talvez até nos tornemos, na visão dele, um inimigo de acordo com o princípio 'quem não está comigo está contra mim'." Ela deu uma piscadela para as outras meninas.

"Eu vou fugir daqui antes que nos peguem e nos doutrinem também com as teorias do partido Baath árabe comunista...", disse Nawal.

"Ontem, Faris veio me encontrar na faculdade de ciências e me convidou pra tomar chá no clube no meu horário vago", acrescentou Sabah. "Não tenho ideia de como ele sabia qual era. Tentou fazer uma lavagem cerebral falando de política e deixou comigo uns livros de Michel Aflaq e Tariq Aziz, teóricos do partido. Estou com medo de que me pergunte se eu já os li."

Nuha, concordando com as duas, comentou: "Eles que nos deixem em paz, vamos ouvir o cantor Nadhim Al-Ghazali". E começou a cantar alto:

> Saiu da casa do pai e foi pra casa do vizinho
> Vestia vermelho e branco e seus olhos eram como olhos de gazela.

De repente, ouvimos Da'ad, a palestina, gritando que havia encontrado um grupo de rapazes conterrâneos dela e pedindo que nos materialaméssemos a eles no nosso lugar favorito, perto das estátuas de Chahriar e Chahrazad. Fomos até lá passando por uma sequência de cafés e restaurantes populares que ficavam na margem do rio. O cheiro de masgouf enchia a área, famosa por ter os melhores peixes de Bagdá: carpas e barbos frescos distribuídos por pescadores da região de Al-Karrada, perto da rua Abu Nuwas. Sem falar no kebab iraquiano servido com pão bagdali recém-saído do forno.

Como de hábito, os membros restantes do grupo nos encontraram mais tarde. Nos chamávamos secretamente de "bando de Ali Baba" — pois Ahmad Al-Salami, o líder, sempre roubava algum de nossos pertences e nos punha a procurá-lo a noite inteira. Toda vez nos sentávamos em círculo ao redor das provisões que trazíamos e passávamos a noite jogados sobre as areias do Tigre, bem próximos da água — e ali conversávamos, discutíamos, debatíamos, cantávamos e dançávamos.

Dessa vez, Jamal, o palestino, sentou-se ao lado de Nawal — o rapaz flertava com ela havia algum tempo, buscando uma aproximação — e Ahmad Al-Salami, ao lado de Nuha — para discutir com ela até que a tensão se intensificasse entre os dois. Eu me posicionei de modo que pudesse contemplar o rio e Faris, depois fui até os degraus na base das estátuas de mármore de Chahriar e Chahrazad, extraindo dela o controle das palavras para proteger o homem que amava.

De repente, ouvimos um disparo de arma de grosso calibre. Nos assustamos, pois ainda não tínhamos nos habituado ao som de armas de fogo desde que chegáramos ao Iraque, apesar de ser parte da atmosfera cotidiana do país e de os iraquianos já não darem mais a menor importância a isso. Em seguida, ouvimos uma voz local do nosso lado dizer: "Cara, são os fogos de artifício de casamento em Al-Karkh, não precisa se apavorar". Mas não vimos nenhum sinal de fogos de artifício ou coisa alguma no céu.

Nesse momento, me virei para falar com Sabah e não a encontrei. Procurei por ela e nada, mas ninguém me deu atenção. "Deixe Sabah na dela, ela não é sua filhinha. Já cresceu e tem duas pernas", disse Jamal, rindo. Todos caíram num riso cúmplice e cínico com ele.

Esperei bastante tempo e me ocupei conversando com o pessoal, mas, passada uma hora, Sabah ainda não tinha aparecido. Comecei então a me preocupar e a recriminá-los, pois ninguém se importou com o fato de ela ter sumido. Pouco a pouco, os passantes começaram a deixar a orla e as famílias iraquianas a se retirar após o término das novelas árabes e outros programas. O lugar esvaziou-se e ficamos ali praticamente sozinhos. Só então o pessoal percebeu que a ausência de Sabah não era normal.

No começo, achamos que ela poderia ter ido caminhar ao longo do rio, como era seu hábito. Jamal pegou Nawal pela mão e os dois correram pelas margens, seguindo o trajeto usual dela. Ahmad foi procurar do outro lado. Demos uma olhada nos jardins, mas não a encontramos. Já eram quase duas da manhã.

"Sabah havia desaparecido muito antes dos fogos e vocês não repararam", disse Da'ad.

Entramos nos restaurantes próximos e passamos rapidamente entre as mesas, perguntando por ela. Talvez tivesse ido usar o telefone ou ao banheiro. Alguns dos nossos outros amigos haviam se juntado na busca. Procuramos em todos os lugares. Quando nos desesperamos, Nuha comentou que podia ter a ver com o que acontecera no dormitório.

Pouco depois, Ahmad voltou cansado da estátua de Abu Nuwas. Obcecado e com medo do serviço secreto iraquiano, nos fez centenas de perguntas a respeito da história das escutas no dormitório: "Quem espalhou a notícia? Quem estava presente? Como havia sido a nossa reação? O que exatamente Sabah havia dito?". Só aumentou ainda mais o nosso desespero e nos sentimos de novo sob a pressão do serviço secreto, quando tínhamos pensado que nos livraríamos dela na rua Abu Nuwas. Khaddouj, a baathista libanesa, acompanhava o espetáculo com frieza, um ar de mistério e algo de desprezo, como se não estivesse conosco. Me pareceu comportar-se assim desde que chegamos à orla.

Por último, Jamal e Nawal voltaram arfando e balançando a cabeça, indicando que a busca não dera em nada.

"Talvez Mohammed tenha vindo e a levado", disse Ahmad.

Mas dissemos que seria impossível ter vindo e não nos ter cumprimentado e passado a noite conosco, como fazia toda vez. Ele adorava o clima do nosso grupo e era nosso amigo também. Além disso, tínhamos um encontro com ele no dormitório mais tarde; ele não sabia onde estávamos, a não ser que tivesse passado no alojamento e a supervisora o tivesse informado da nossa localização. Era muito improvável que tivesse vindo e a levado escondida, como um sequestrador, sem que ninguém visse.

Repentinamente, Nawal se ergueu num salto e disse: “Então, antes de mais nada, precisamos ligar para a supervisora do dormitório e perguntar a ela se Mohammed passou por lá”.

Jamal a pegou pela mão e foram até o restaurante mais próximo para ligar para o dormitório e esclarecer a situação. A supervisora do turno da noite, Umm Saad, disse que não tinha visto Sabah e que Mohammed ainda não chegara. Ela mesma o esperava ansiosa, pois tinha ficado viciada nos cigarros Rothman que Mohammed lhe trazia do Kuwait sempre que nos visitava.

“Pode ser que o tenente tenha sequestrado Sabah”, sugeriu Jamal.

“Nem brinque com isso”, dissemos todos, apreensivos.

“Não estou brincando. Nunca me senti confortável com esse tenente desde que começou a sair com a gente às vezes. Sempre achei que fosse um tanto enigmático e escondesse alguma coisa. Além disso, por que insistia tanto no relacionamento com Sabah se sabia que ela estava noiva? Talvez estivesse incumbido de outra missão?”

“E qual seria essa missão, mente fértil?”, questionei.

“Ele sequestrou Sabah para se casar com ela às escondidas”, disse com um ar desafiador e cheio de sabedoria. “Antes que Mohammed chegasse hoje à noite, eliminando assim qualquer possibilidade de ela voltar para ele. Vocês sabem que os tenentes não têm limites. Além do mais, ele tinha obtido consentimento. Pelo menos era o que alegava.”

“Ela não deveria ter contado sobre a chegada de Mohammed”, gritou Nawal.

"Mesmo se ela não tivesse dito nada, ele é tenente. Deve saber tudo sobre a futura esposa", disse Jamal.

"E por que não seria Mohammed o sequestrador? Depois de descobrir sobre o tenente, desapareceu com ela. Vocês já viram o amor possessivo e o ciúme doentio dele. Não lembram como, sempre que ficava bêbado, ele dizia que mataria quem a tirasse dele?", intrometeu-se Da'ad.

"Gente, chega de criar historinhas e armar sequestros e filmes policiais de Badr Al-Badur como se estivessem falando de Georgina Rizky, a rainha da beleza libanesa", disparou Nuha.

Deixei-os nesse momento e corri à procura de Faris para que ele, de algum modo, nos ajudasse com a tragédia. Corri pela areia até perder o fôlego. Quando cheguei às mesas de estudo onde o havia visto antes, não o encontrei. Voltei arrastando os pés, desapontada e me sentido péssima.

Alguns de nós sugeriram avisar a polícia, mas a maioria se opôs, temendo ser preso ou submetido a um interrogatório, começando com o que acontecera mais cedo no dormitório — talvez houvesse realmente escutas e um relatório tivesse sido feito. Fomos tomados novamente por uma desconfiança uns dos outros e a dúvida pairou sobre nós. Por que Nuha provocaria Sabah e a alertaria para segurar a língua e não repetir mais o que costumava dizer: que Saddam Hussein governava com mão de ferro?

Nesse momento, Ahmad chegou correndo e nos contou que um de seus amigos sírios havia visto Sabah e Faris pegando um táxi juntos havia uma hora.

Ao ouvir isso, enlouqueci de ciúmes. Ela tinha me afastado de Faris o tempo todo e depois saiu com ele? Lembrei que Nuha me contara que Sabah saía com Faris às escondidas, mas eu não tinha acreditado. Olhei para Nawal e vi nos seus olhos um ar de desconfiança, como se confirmasse meus receios com seu olhar cúmplice.

Fiquei possessa de raiva; meu corpo suava frio. Me senti apunhalada pelas costas e traída por minha amiga mais íntima. Por impulso, parei um táxi. Agarrei Nawal pela mão para vir comigo e testemunhar a traição da amiga. Gritei para que o restante do pessoal nos seguisse até a casa de Faris. Jamal abriu a porta da frente, sentou ao lado do motorista e lhe indicou a rua Al-Maghreb, em Al-Waziriya, perto da escola Al-Maamun.

Dentro do carro, eu ardia como se estivesse sentada em brasas. Nawal tentava me acalmar até entendermos a situação com clareza. Acomodei-me no banco de trás confortavelmente e tentei me controlar.

Tinha conhecido Faris assim que entrei na faculdade de Letras. Muito prestativo com os novatos, era considerado veterano entre os alunos do mestrado e já havia me ajudado a resolver vários problemas. Perguntava por mim todos os dias. Na verdade, era sempre muito solícito, atraente e estimado por todos — confiável e muito nobre. Era extrovertido, apesar de sério, e sempre muito generoso. Contudo, se você quisesse intimidade, era como uma fortaleza, resistente a qualquer tipo de aproximação.

Faris era alto e loiro. Tinha o verde-topázio de seus olhos, grandes, de um tom que nunca vira na vida; pareciam a relva da primavera, ou o reflexo dos pinheiros sobre a superfície da água, que traz repouso para o cansaço. Eu me apaixonei por esse cara lindo, de caráter exemplar e estimado. Numa sexta-feira, ele me convidou — apenas a mim — para almoçar num restaurante libanês em Al-Adhamiya. Coloquei um vestido verde como a grama primaveril, fiz um penteado, passei batom vermelho, borrifei um perfume francês e saí para encontrá-lo.

Depois de almoçarmos, ele me convidou para uma volta às margens de Al-Adhamiya. Sentamos sobre a *chaise* de madeira e pousei os olhos sobre o rio que corria. Os versos de Abu Qassim se metamorfosearam na língua de Faris numa embarcação que navegava por mim.

> Minha amada, és como a infância, o sonho, a melodia e a fresca aurora.
> Como o firmamento, o riso, a noite enluarada, o florescer e o sorriso do neonato...

Recordei então que, quando me levara de táxi de volta ao dormitório, tinha pedido que eu chamasse Sabah e ficou esperando por ela. Não me dei conta naquele momento, de tão absorta no prazer do encontro que agora me tortura.

Quando o táxi parou em frente ao número 68 da rua Al-Maghreb, Al-Machtal estava mergulhada na escuridão, exceto por uma luz baixa, como a de velas, que saía da sala que eu conhecia muito bem, sempre agradável a todos os amigos. Desci do carro e corri em direção ao portão. Empurrei com força até que abrisse e cheguei à porta. As batidas de meu coração eram mais fortes do que as de minha mão. Nawal, atrás de mim, tentava me acalmar. Não havia sinal de ninguém, apenas um silêncio misterioso. Batemos novamente, repetidas vezes, sem parar. Jamal foi até o jardim dos fundos. Instantes depois, vimos um vulto atrás da cortina da janela. Ouvimos alguns passos cuidadosos vindo de dentro até que, de repente, alguém abriu a porta confiante. Ficamos estupefatos ao ver a figura do tenente Najim Abbas à porta. Um suor frio escorria pelo meu corpo e eu não sabia dizer se me alegrava ou me espantava.

O tenente tentou nos acalmar, dizendo que Sabah estava lá dentro em segurança; Faris, surgindo de trás dele, nos convidou a entrar e fechou a porta.

Depois de sentarmos na penumbra da sala, onde Sabah segurava o telefone aos prantos, percebemos que ela falava com a mãe.

O tenente, com firmeza, mas um tanto ansioso, explicou: “Recebi uma ligação urgente da mãe de Sabah no fim da tarde, implorando por minha honra que resgatasse sua filha esta noite e a protegesse de Mohammed. Ele saiu ensandecido do Kuwait, com os olhos faiscando de ódio, jurando matar a mim e a Sabah, assim que descobriu que havíamos casado em segredo. A mãe temia pela pobre filha, pois o homem estava embriagado, doente de amor e cego de ódio. Eu estava de serviço, na Faluja, então decidi incumbir Faris, que Mohammed não conhece, de levar Sabah o mais rápido possível para sua casa em segurança, até que eu chegasse. Disse para não voltarem ao dormitório sob hipótese alguma esta noite”.

Na manhã seguinte, chegou a notícia de que Mohammed fora encontrado morto no caminho entre Basra e Bagdá. Mais tarde, o relatório policial registrou o culpado como *Desconhecido* e o caso foi arquivado.

* *Conto escrito originalmente em árabe.*

O QUARTO 22

MOHAMMED ALWAN JABR

Bab Al-Charqi

Ele compreendeu que precisaria se esforçar muito para lidar com a situação toda, que começara com a balbúrdia causada pela sua bolsa de couro. A possibilidade de conflito com eles — um confronto direto — o deixava ansioso a cada passo que dava em direção ao hotel. Afinal, a espera dos últimos dias o afligira demais, sem falar na comunicação com eles, que se deu exclusivamente por telefone. Ele deveria se conter agora enquanto estava diante do hotel — que ficava ao lado do cinema Gharnata e na frente do jardim Al-Umma, em Bab Al-Charqi. "Tenho que ser forte", repetia para si constantemente, na tentativa de afastar a tensão e o medo. Queria parecer firme diante deles.

Insistiu em se encontrar com o agente, que fizera várias vezes as mesmas perguntas. Lembrava-se da cara dele e das questões de ontem sobre a criança desaparecida. Não sabia dizer por que o homem tinha parecido temeroso.

"Já me ligaram", ele revelou ao agente, a voz entrecortada.

"Quando?"

"Pela manhã."

Começou a explicar em voz baixa, sem ser interrompido: "Me disseram: 'Agora, tente lembrar o que vamos dizer tintim por tintim. Pegue o dinheiro e vá até Bab Al-Charqi, em Bagdá, na frente do jardim Al-Umma. O hotel fica ao lado do cinema Gharnata, você vai ver uma tabuleta: HOTEL AL-BATAWIN'".

Escreveu as informações num papel que entregou ao agente e, com a mesma voz calma, confiante e autoritária, repetiu a ameaça que ouvira: "Diga qualquer coisa à polícia e você já sabe".

O agente tirou os óculos escuros e aproximou o papel dos olhos.

"Eles querem que o encontro seja no Hotel Al-Batawin."

O agente voltou a ler o papel com cuidado; então, repetiu a pergunta que o homem havia escutado algumas vezes desde que informara a polícia sobre o desaparecimento do filho mais novo de sua irmã.

"Você suspeita de alguém?"

"Não", respondeu, como todas as vezes. Contudo, dessa vez ficou em dúvida: "Eu realmente não tenho nenhum suspeito? Não há a menor possibilidade de desconfiar de alguém? Vou tentar reconstituir o que aconteceu ponto a ponto".

Voltou ao momento em que atendeu ao telefone. O cunhado, um tanto agitado, com os olhos fixos na esposa, passou o aparelho para ele. Ele ouviu uma voz entrecortada que parecia um sopro através de um pequeno buraco. Uma voz que não era assovio nem ganido, mas fria e cortante como faca: "Estamos com o seu filho", disse. Era a voz confiante de um dominador.

Ele não conseguiu muita coisa nas negociações, que se encerraram depois de várias ligações para um número específico determinado pelos sequestradores. Todas as tentativas subsequentes de contato foram malsucedidas. Sempre que ligava naquele número, ninguém atendia. Quando finalmente telefonaram outra vez, tentaram intimidá-lo: "Por que está ligando pra cá?". "Foi ela", ele respondeu, se referindo à irmã, que passava o tempo todo chorando. "Queria ouvir a voz do filho." Ele foi ficando irritado e falou que não cumpriria o acordo se não ouvisse o sobrinho. Deu certo.

Quando telefonaram de volta, disseram que a criança estava na linha. Ele ouviu uma voz infantil perguntar: "Vão me deixar sair quando? Quero a minha mãe!". A irmã caiu no choro, segurando o telefone como se pudesse puxar a criança por ali mesmo e, no momento em que tiraram o garoto da linha, ela quase desabou. A voz adulta voltou a falar, a que negociava com ele desde o começo. Chegaram a uma quantia que deveria ser entregue em troca do menino são e salvo. Ele tinha que seguir as condições impostas. "E ai de você se não obedecer! Ai de você!"

O dialeto e o tom eram tão nítidos em sua mente, que seria capaz de distingui-los entre mil vozes familiares. Será que a conhecia? Deveria buscar no labirinto da memória a pessoa que hipoteticamente teria aquela voz. No começo, achou que seria em vão. Então, pensou que a voz se parecia com a do mulá Hassan, o imã da mesquita perto de sua casa. Ponderou que essa possibilidade talvez tenha surgido por ouvir a voz dele todos os dias, principalmente nas primeiras horas da manhã. Nesse horário tudo era imaculado, só atravessado pela voz do mulá. Passou a notar a voz que quebrava o silêncio da madrugada enquanto o mulá Hassan recitava o chamado para a oração. Todos os dias, a mesma oração depois do chamado da manhã, sempre as mesmas palavras. O tom sem dúvida era próximo da voz que falava com ele sobre o sobrinho. O que eles queriam? Por que seu sobrinho? Eles viviam num lugar em que quase todo mundo se conhecia — em comparação a Bagdá era muito pequeno — e todos sabiam que seu cunhado não tinha posses. Era um simples funcionário público, sem qualquer orientação ou influência políticas. Por que sequestrariam o filho dele? Como podiam pedir aquela quantia imensa? Um dinheiro que ele economizara com tanta dificuldade. Seria possível que o mulá Hassan tivesse sequestrado o menino?

Decidiu não compartilhar sua desconfiança com ninguém, nem mesmo com a polícia.

"Eles marcaram um encontro?", perguntou o agente corpulento, tirando os óculos e colocando-os novamente.

"Sim. No domingo que vem. No quarto 22."

"Por que o quarto 22?"

O agente encarregado de investigar o sequestro da criança repetia as perguntas e ao mesmo tempo tentava, absorto em silêncio, alinhavar na mente os pontos que ligavam o hotel aos sequestradores. E era essa questão que o ocupava ao atravessar o pátio escuro que separava o grande portão do hotel das escadas para o saguão. Depois de subir os degraus, ele se deparou com um homem de cabeça grande e olhos tão saltados que pareciam prestes a sair da órbita.

O homem o recebeu com um sorriso que o fez estremecer. A ilusória confiança que nutrira havia pouco desapareceu. Ao saber que ele desejava reservar um quarto individual, o dono do hotel apontou uma cadeira. Antes que se sentasse, disse com voz trêmula enquanto examinava a plaquinha vermelha com a inscrição HOTEL AL-BATAWIN em branco: "Uma cama apenas, por favor".

À sua frente, quatro homens se sentaram perto da mesa do dono do hotel, fumando em silêncio. O homem de cabeça grande pegou sua identidade e o dinheiro que ele havia entregado ao se sentar. Examinou as cédulas sob a luz neon instalada acima de sua cabeça. O homem movia o olhar entre a identidade e as notas, prestando atenção nas respostas lacônicas sobre quanto tempo queria passar ali, nome, cidade de origem e profissão. Isso o levou a pensar no porquê de o nome do hotel ser Al-Batawin. O bairro se chamava Al-Fanahira, mas também era conhecido como Qahwua Chakr. Desde que saíra de Al-Saidiya até chegar às periferias de Bagdá, vinha refletindo sobre o nome daquele hotel, onde deveria resolver sozinho aquela história toda.

Examinou os quatro homens à mesa. O primeiro, corpulento, sentava-se na ponta direita, perto do dono do hotel; não olhou para ele muito tempo. Tinha uma cara absolutamente inexpressiva. Analisou o homem ao seu lado. Reparou que ele movia a cabeça para todos os lados como se procurasse por algo. O movimento impaciente o irritou, desencorajando-o a continuar sua análise. Virou o rosto para a parede, tentando se livrar da sensação de ter entrado numa máquina que o espremeria de todos os lados. Sentiu a primeira pontada no corpo, que aumentou gradativa e vagarosamente, saindo da escuridão que o dominava enquanto a máquina o fatiava. E devido à série de premonições, começou a provar um amargor terrível na boca. Sentiu o peso da bolsa de couro nas coxas.

O dono do hotel registrou seu nome num caderno grande com extrema condescendência. A situação chamou a atenção do quarteto, que parecia ainda mais arrogante que o proprietário do estabelecimento. O meio do salão cheio de cadeiras o fez sentir-se completamente sozinho. Questionava-se se seu nome era a razão da impertinência que atraiu o olhar de todos. Teria esquecido logo a ideia, não tivesse a voz lhe perguntado, de forma quase inaudível: "Como vão os xeiques de Al-Saidiya?".

Petrificou como uma estátua. As feições ficaram imóveis até que tentou forçar um sorriso e não conseguiu sequer esboçá-lo. Limitou-se apenas a acenar com a cabeça.

"Bom. Tenha a bondade."

Pegou a chave que lhe foi entregue antes de se levantar. O dono do hotel se ergueu também e se dirigiu a ele, tentando pegar sua bolsa.

"Deixe-me ajudá-lo."

Ele recusou com veemência. Cruzaram o corredor que terminava num pequeno lance de escadas. O dono do hotel conduziu-o à porta com o número 22. Ao que tudo indicava, a questão estava definida desde o início. O dono girou a chave na porta velha de madeira, abriu-a e entrou primeiro, acendendo a luz. Segurou no ombro do homem e pediu: "Por favor, diga a todos em Al-Saidiya que o recebi e o acomodei bem, e que o quarto tinha tudo o que precisava". Ele sufocou quando sentiu o mau hálito do dono do hotel quando ele se aproximou. Aguentou firme, pensando que certamente o mulá Hassan e ele tinham alguma relação.

"Pode deixar", respondeu.

O dono do hotel riu e cochichou: "Espero que goste do quarto. Pode dormir ou passear por um tempo até que o senhor Tariq chegue".

Ficou totalmente desnorteado com a menção a Tariq, o filho do mulá Hassan. Achou estranho o fato de o cunhado não ter ligado, uma vez que o incumbira de vigiar a casa do mulá, assim como a mesquita ao lado. Queria saber todos os movimentos do mulá no dia marcado para a troca do resgate pela criança. Qual seria sua atitude? Ele viria pessoalmente para a entrega do dinheiro ou enviaria outra pessoa? "Então ele vai mandar seu filho, Tariq", refletiu.

O dono do hotel saiu do quarto com tranquilidade e aquele sorriso que não deixou seu rosto desde que entregou a chave ao hóspede. Ele ficou se perguntando se haveria alguma relação entre o dono, os quatro homens e o sequestro. Por qual razão ele o conduzira daquela maneira alegre até o quarto 22? Estranhou também ninguém ter ligado ainda, mas logo descartou a preocupação.

Trancou a porta do quarto, desejando que o tempo passasse rápido para que o caos em que vivia depois do sequestro terminasse e Nawah e o marido parassem de chorar — ele também chorava com o casal, ao pensar no pavor em que vivia o sobrinho nas mãos de estranhos. Escondeu a bolsa debaixo da cama e examinou o quarto. Parecia aqueles locais de tortura que vemos nos filmes. Havia uma única cama encostada na janela com vista para a parede de cimento do prédio ao lado. Perto da cama de ferro, estava um suporte grande com espelhos em molduras finas, que refletiam imagens fragmentadas que se interpunham umas às outras. Fitou seu rosto recortado naquele mar prateado de espelhos silenciosos. Não havia qualquer relação entre os fragmentos e o espelho inteiro. Ele confirmou ao olhar de novo: "Este definitivamente não sou eu". Despertado de seus piores pesadelos, ouviu o telefone. Atendeu e a voz, dessa vez, gritou dura e raivosa: "O que dissemos sobre falar com a polícia? Quer que a criança morra?".

Pediu que não matassem o menino e disse que não havia chamado a polícia. Para provar, quase confessou saber que falava com o mulá Hassan e que não informara a polícia disso. Tentou tirar da cabeça todos esses pensamentos ridículos que sua ansiedade fazia brotar. Pediram a ele que passasse duas noites no hotel.

"Entraremos em contato por outro número. Perdemos todo esse tempo por sua causa e desse seu policial desgraçado."

Disseram que ele deveria ir a um café pequeno na rua Saadun, ao lado do restaurante Tajiran, e esperar por ali até eles ligarem. Quase xingou o policial e seus encontros distantes de Al-Saidiya e em lugares movimentados, em que eles nunca se falavam em público. Escolhiam ir onde não poderiam ser descobertos. Por exemplo, certa vez se encontraram na casa de um amigo. Nunca conversaram na central. Então, como sabiam que ele tinha falado com a polícia? A menos que um dos sequestradores fosse um desses amigos. Revisou na memória onde se encontraram. Conhecia a maioria deles, não era possível que fossem sequestradores. Tentou encontrar uma relação entre as vozes, a do telefone e a daqueles homens. Não achou nada que levantasse suspeitas, exceto um sujeito sugerido pelo policial. Lembrou-se do nome dele: Said, talvez Saad, que parecera agitado e estava irritado com o policial. Na época, ele achou que fosse um desentendimento entre amigos. Deveria ter desconfiado que os sequestradores sabiam tudo sobre ele e sobre o que ele faria.

Enquanto vagava próximo ao hotel, sentiu o estresse erguer-se sob a nuvem escura que aquele telefonema havia deixado sobre ele. Percebeu que a situação piorava, assim como seu abandono, sobretudo quando se deu conta de que o lugar onde estava era perigoso. No começo, o desenrolar dos acontecimentos foi lento, mas as coisas começaram a acelerar de uma forma que ele não podia mais controlar.

"Que lugar degradante", pensou; então voltou para o hotel por um caminho diferente do que fizera na ida. Tentou conectar seus pensamentos. Começou refletindo sobre as perguntas do dono do hotel e as grosserias dos estrangeiros. Ocorreu-lhe conversar com um deles, embora qualquer contato parecesse praticamente impossível — mesmo jogar conversa fora — devido aos efeitos daquela agitação terrível no peito e que começava a se retesar como uma vela ao vento.

Qualquer palavra que pudesse ser dita e explicasse algum detalhe lhe soava estúpida e privada de sentido. Ele perambulou por ruas que lhe pareceram estranhas, apesar de conhecê-las bem.

Caminhou pela rua Saadun, desde a praça Abd Al-Muhsin, até chegar ao hotel Sheraton. Não havia qualquer semelhança entre o lugar agora e as memórias que ele tinha. Sentiu que aquela nova situação o enchia de amargor e medo. Ele sucumbia sob a pressão de sua própria existência quando entrou no saguão do hotel com a bolsa, chamando a atenção de todos enquanto andava de um lado para o outro. Sentia o peso de cada movimento, gesto e palavra direcionados a ele. Quando não suportou mais permanecer no saguão, correu para a pequena cafeteria perto do restaurante Tajiran e de frente para o final da rua Saadun. Obstinado, observou por entre os vidros empoeirados os pedestres. “Quando entrei na cafeteria, o ambiente me pareceu familiar, mas não tenho ideia de quando estive aqui”, pensou.

O café era pequeno. Não tinha mais que seis bancos, dispostos em pares opostos, e cadeiras acomodadas nos cantos. Ele se viu atraído pela vidraça, que o permitia observar o mundo lá fora, longe do pesadelo do saguão do hotel. Apesar da sujeira da janela, podia observar as fachadas brilhando na calçada do outro lado. Era a parte da rua com livrarias e lojas, em que se aglomerava muito mais gente do que do lado da cafeteria. Observou uma coluna de fumaça na frente de um restaurantezinho ao final da rua. Apesar de ter espaço para observar, se sentia prisioneiro das paredes com imagens escuras que pareciam ser borrões vermelhos, azuis e amarelos. Elas reproduziam cavaleiros enfiando lanças uns nas costelas dos outros. Na parede oposta, havia a imagem de uma senhora solitária, mas não dava para saber de que época. Por algum motivo, sentiu que ela também não se adequava àquela cafeteria entediante. Se esforçou para não atribuir características demais àquele rosto quando o viu em detalhe.

Mesmo depois de voltar ao hotel, a imagem da mulher solitária na parede do café não o deixou. No grande salão, repleto de imagens e versos corânicos, encontrou os quatro homens próximos à mesa do dono do hotel. Antes de os cumprimentar, percebeu seus olhares desconfiados e abertamente ameaçadores. Ficou ainda mais arrependido, ansioso e com vontade de sair do hotel e daquele saguão assustador, mas o toque do seu telefone o impediu. "Entraremos em contato quando você estiver no quarto." Era a mesma voz. Ele pegou a chave e se dirigiu ao aposento. Não se surpreendeu ao ver o colchão jogado no chão. Ele poderia ter sido pego de surpresa se não tivesse visto aqueles rostos impertinentes no saguão.

"Esta situação é intolerável!", pensou.

O telefone tocou outra vez, mas não era a voz com que havia se habituado. "Vamos libertar o garoto. Sua irmã vai ligar e dizer que recebeu a criança. Você deve largar a bolsa no quarto e sair bem rápido, deixando a porta aberta. Ai de você se olhar pra trás ou ficar no hotel. Fique na linha com sua irmã. Ela vai avisar quando o negócio estiver concluído. Então, volte depressa a Al-Saidiya."

Ele permaneceu imóvel, esperando a ligação. A voz que falou com ele o intrigou. Ele quase a reconheceu, assim como aconteceu com a voz do mulá Hassan. O telefone tocou novamente e dessa vez era a irmã, chorando: "Eles devolveram meu filho". Estava muito agitada e ele não entendia muito bem o que ela dizia, apenas que alguém tinha batido à porta e quando ela abriu, encontrou o filho. Parecia estar dormindo em pé, com os olhos fechados. Ele chorou de alegria com a irmã. Tirou a bolsa do ombro e a pôs sobre a cama. A chave ainda estava na porta, então foi só abrir e sair correndo.

No entanto, algo o impeliu a encostar-se em uma imensa coluna de cimento que se erguia num canto do pátio do hotel. Ficou parado ali em silêncio. Daquele lugar, podia ver a porta do quarto, apesar da escuridão. Esperava que o filho do mulá Hassan ou outra pessoa entrasse.

O corpo robusto que passou pela sua vista e entrou no quarto lhe pareceu muito familiar. Quando o policial saiu pela porta, ele o viu colocar a bolsa num saco grande. Era mesmo ele, sem farda, com grandes óculos que cobriam praticamente todo o rosto. Quase gritou, mas, por algum motivo que ele desconhecia, manteve-se imóvel. Com a mesma velocidade que apareceu, o homem corpulento desapareceu sem se saber para onde.

Ele espreitou o quarto e viu que a porta estava fechada. Dirigiu-se ao estacionamento Al-Nahda, ligou para o agente e contou o que havia ocorrido. "Será que ele sabia?" De repente, ouviu ao fundo aquela outra voz que lhe era familiar e que tinha lhe dado as últimas instruções. Ela informava o policial de que o caso estava encerrado, o menino fora devolvido à família.

O policial voltou a atenção novamente para o telefonema e perguntou, ofegante: "E você, o que fez? Viu ou reconheceu alguém?".

"Eu desconfiava do mulá Hassan desde o início, mas vi outra pessoa. Um homem corpulento, que parecia alguém que conheço, pegou o dinheiro e sumiu."

Ouviu uma respiração pesada e umas arfadas. Então, desligou o telefone sem que seus olhos se desviassem do caminho por onde o homem havia desaparecido.

* *Conto escrito originalmente em árabe.*

PARTE 3: DESPERTEM-ME

O APARTAMENTO

SALIMA SALIH

Distrito de Al-Ghadir

O sábado não havia começado como Anissa Al-Mukhtar esperava. Ela percebeu isso assim que abriu os olhos pela manhã e viu um céu cheio de nuvens, prometendo um dia chuvoso. Tentou se levantar, mas sentiu de súbito dor de cabeça, o que pareceu prenúncio de uma forte gripe, e mudou seus planos. Deitou-se novamente e só se levantou após uma hora. A movimentação na casa já havia diminuído: três de seus filhos já tinham saído para o trabalho, enquanto o quarto permanecia sentado à mesa do café da manhã, na cozinha. Ao ouvi-la entrar no banheiro, ele pôs o bule de chá no fogo, um prato limpo na mesa, sentou-se e esperou. Anissa entrou na cozinha, sentou-se de frente para o filho e disse: "Não vou precisar de você hoje. Estou com uma dor de cabeça terrível".

Haviam combinado no dia anterior que ele a levaria de carro até o bairro de Al-Ghadir, na casa da tia dela, a última parenta que restara da família de Anissa. Contudo, antes teria que preparar alguma comida para a tia, que vivia sozinha num apartamento e tinha mais de oitenta anos. Anissa já havia sugerido a ela que viesse viver com sua família ou alugasse uma casa mais próxima, para que as visitas fossem mais frequentes, mas ela recusara todas as propostas.

Restava à sobrinha visitá-la uma ou duas vezes por semana e levar consigo as refeições que conseguisse preparar. Quando ia à casa da tia, limpava tudo, recolhia toalhas, lençóis e roupas sujas em uma sacola para lavar as peças na sua própria casa, e levava de volta na visita seguinte. A tia, apesar da idade avançada, também visitava a sobrinha de vez em quando. Só precisava descer até a rua e chamar um táxi. Permanecia com ela por dois ou três dias; então, pegava outro táxi de volta a Al-Ghadir. Nos longos dias de verão, quando assaltada pelo tédio, pegava um táxi para o restaurante Blue Sky, fazia uma refeição leve e batia um papo às vezes lacônico, às vezes mais prolixo, com o garçom que a conhecia ou com a pessoa na mesa próxima. Tinha apenas um inconveniente na vida: subir as escadas até o terceiro andar, onde ficava seu apartamento. Ela suportava esse inconveniente com coragem, como se tentasse provar a todos que continuava em plena forma.

Sempre que a vizinha, Huda, ia às compras e se oferecia para trazer o que ela precisasse, a velha senhora não recusava. Assim como quando Adel Al-Ahmar, que morava com a mãe em um apartamento do térreo, se oferecia para trocar seu botijão de gás vazio por um cheio. Adel dirigia um caminhãozinho da empresa de aquecedores a óleo onde trabalhava e, não raro, surpreendia a velha senhora carregando as sacolas de compras e sendo solícito. Dessa forma, cresceu entre os dois certa intimidade, e ela passou a convidá-lo para tomar chá com o *kaak* que a sobrinha lhe trazia.

Dois dias depois, Anissa ligou para Huda para perguntar sobre a tia e se desculpar por ter adiado a visita.

Contou que estava resfriada e pediu que tranquilizasse a velha senhora, pois a visitaria assim que melhorasse. Reclamou ainda do inconveniente de percorrer o caminho entre sua casa em Bagdá Al-Jadida e a da tia. Na terça-feira, ligou para a casa de Adel Al-Ahmar. A mãe dele atendeu e disse que o rapaz estava viajando, mas assegurou que a tia de Anissa estava bem. Disse que a vira havia dois dias e não precisava se preocupar.

Na manhã de terça-feira, quando os filhos se sentaram para o café da manhã, Anissa já tinha embalado o que preparara para a tia e pediu a um dos filhos que a levasse até Al-Ghadir. Pouco menos de uma hora depois, estavam a caminho da casa da tia. Ao chegarem à mesquita Al-Samaraai, notaram que um grupo bloqueava uma pista da rua, o que obrigava os carros a passarem devagar. Uma das pessoas ali percebeu o olhar curioso de Anissa e disse-lhe, antes que ela falasse qualquer coisa: "Aconteceu um acidente, nada grave, vai se resolver em alguns minutos". Essas palavras tranquilizadoras não foram suficientes para impedi-la de reclamar: "Terça não é meu dia de sorte. Prefiro ir às quartas, mas não podia adiar outra vez".

Por fim, chegou ao apartamento e tocou a campainha. Não obtendo resposta, sentiu seu estômago embrulhar e, apavorada, pensou que tivesse acontecido o que mais temia. Tocou a campainha novamente; bateu na porta e esperou. Encostou o ouvido na porta, mas não ouviu nada. Huda, ao perceber uma movimentação estranha do lado de fora de casa, saiu do apartamento, cumprimentou Anissa e parou à porta. As duas, então, concordaram que poderia haver algo errado. Huda perguntou à Anissa se tinha uma chave do apartamento e, quando ela respondeu que não, sugeriu que ligasse para a polícia.

Menos de meia hora depois, chegaram dois policiais e arrombaram a porta. Entraram no apartamento com certa apreensão e foram assaltados por um cheiro de putrefação insuportável. Saíram da casa e pediram às mulheres que não entrassem. Um policial desceu as escadas apressadamente e voltou minutos depois, trazendo máscaras de proteção. Enquanto vestiam o equipamento, perguntaram às mulheres sobre sua relação com a moradora do apartamento, então ofereceram uma máscara a Anissa e permitiram que entrasse também.

A sala estava um caos completo, mas isso não causou espanto. Porém, através da porta aberta da cozinha, os policiais avistaram pés descalços. Dirigiram-se de imediato até lá e encontraram a velha senhora caída no chão com a cabeça deitada numa enorme poça de sangue coagulado. O corpo estava tão inchado que era difícil reconhecer suas feições. Anissa fechou os olhos. Um policial a pegou pelos ombros e a conduziu até o canto mais distante da sala.

Em alguns instantes, chegaram mais dois policiais. Enquanto um fotografava o cadáver, os ferimentos da cabeça, o prato quebrado no chão, a pia e o armário da cozinha, o outro, que se apresentou como o investigador criminal Naji Nassar, começou a tomar notas em um caderninho que trazia consigo. Ele se dirigiu a Anissa e explicou o que a polícia acreditava ter acontecido, enquanto os outros tiravam o corpo do apartamento. "Ao que tudo indica, sua tia deve ter tropeçado, caído, batido a cabeça e perdido muito sangue. A situação parece muito óbvia; resta apenas levá-la ao Instituto Médico Legal para a autópsia e, então, emitir o atestado de óbito com a causa da morte." Disse também que precisava confirmar algumas informações. Assim, perguntou a idade da falecida, se ela morava sozinha e se alguém tinha uma chave extra do apartamento, embora Anissa já tivesse respondido essas mesmas perguntas antes que os policiais arrombassem a porta.

"Ela não confiava em ninguém. Poderia ter nos dado uma cópia da chave do apartamento ou ter deixado com a vizinha", respondeu Anissa, em tom de reclamação, antes de cair no choro. "Se eu tivesse visitado a tia no sábado, talvez ela ainda estivesse viva."

Era hora de todos saírem do apartamento. O investigador Naji Nassar foi o último, mas ao chegar à porta teve o pressentimento de que estava esquecendo algo. Por isso, voltou para dar uma olhada na cozinha. Estava tudo como quando havia entrado lá pela primeira vez, exceto pela ausência do cadáver. Mas a sensação de que deixara passar algo não o largava. Deu dois passos para fora da cozinha e virou-se outra vez. Agora via de maneira nítida o que havia escapado: cinzas de cigarro perto da poça de sangue que cercara a cabeça da morta. Estavam ainda bem aglomeradas, como se tivessem acabado de cair. A descoberta o desconcertou e colocou em dúvida a hipótese de que a senhora de oitenta anos houvesse sentido tontura, tropeçado, caído e batido a cabeça na quina do armário.

No dia seguinte, assim que chegou ao trabalho, Naji encontrou sobre sua mesa o atestado do médico-legista com a causa da morte: *Hemorragia provocada por impacto de um sólido pontiagudo contra a cabeça. Data estimada de morte: quatro dias*. Embora o resultado corroborasse seu primeiro julgamento, o que lhe permitiria encerrar o caso, Naji Nassar não ficaria em paz até se certificar da verdade. Tinha que ir à casa de Anissa Al-Mukhtar e fazer mais algumas perguntas.

De saída, informou à sobrinha da mulher o resultado da autópsia, o que aumentou a tristeza dela. Ao saber que a tia havia morrido justo no sábado, o dia em que postergara sua visita, Anissa culpou a si mesma por não estar no apartamento naquele dia. Após acalmá-la, o investigador perguntou: "Sua tia recebia muitas visitas?".

"Não. Só a vizinha que fazia alguns favores pra ela vez ou outra. O normal entre vizinhos."

"Ela fumava?"

A pergunta pareceu engraçada a Anissa, de modo que esboçou um sorriso, não obstante a tristeza.

"Como assim? Fumar era extremamente perigoso para ela."

"Preciso de uma resposta objetiva: sim ou não?"

"De forma alguma. Ela nunca fumou na vida."

"E a vizinha fuma?"

"Acho que não."

"Ela mora sozinha?"

"Não, vive com a filha e a neta. O genro morreu num acidente de carro há dois anos. A filha é professora. São vizinhos muito bons."

"Algum outro vizinho a ajudava também?"

"Tem o moço do térreo, que mora com a família. Ele ajudava minha tia a levar o botijão de gás até o terceiro andar."

"E entrava na cozinha para fazer a troca também?"

"Não, só subia o botijão e deixava na porta. Quando eu ia lá, levava para a cozinha e trocava."

"Quando foi a última vez que trocaram o gás?"

"Faz uns três meses. Ela não consumia muito."

"Quando visitou sua tia pela última vez?"

"Na quarta-feira da semana passada. Eu pretendia ir no sábado, mas fiquei doente."

"Você fez faxina na quarta-feira?"

"Sim."

"Limpou quais cômodos?"

"Achei que não precisava limpar o quarto, então comecei pela sala, depois fui para a cozinha e para o banheiro."

"O que limpou na cozinha?"

"Lavei a louça, tirei pó da geladeira e dos armários e, por fim, limpei o chão."

"E sempre limpa assim quando faxina a cozinha?"

"Limpo o quê?"

"Limpa o chão."

"Sempre, porque às vezes molha e fica sujo. Isso me incomoda."

"Algum dos vizinhos já visitou sua tia enquanto você estava lá?"

"Nunca..."

"O que sabe desse rapaz que mora no térreo?"

"É um moço de uns trinta anos que vive com a mãe, o irmão e a cunhada. Não conheço muito a família, mas já nos encontramos algumas vezes quando fui visitar minha tia. E troquei umas palavrinhas com a mãe dele, quando a encontrei na frente de casa."

"E vocês falaram sobre o quê?"

"O tempo, o tráfego, a saúde da minha tia, coisas corriqueiras."

Ocorreu ao investigador Naji Nassar perguntar a Anissa se ela não fumava ocasionalmente. Em vez disso, hesitou de repente e fingiu procurar algo no bolso da jaqueta. Então disse: "Acho que esqueci meus cigarros no trabalho".

Ao que ela respondeu: "Sinto muito, mas não posso te oferecer um. Ninguém aqui em casa fuma".

O investigador ficou satisfeito por obter a resposta que queria sem ter que perguntar; poderia soar como uma intromissão indevida. Ele queria saber ainda se o moço do térreo também fumava, mas decidiu postergar a pergunta por enquanto. Certamente aquela mulher não saberia.

De volta ao escritório, pegou as fotografias da cena do crime. A vítima estava de bruços a meio metro do armário. Sua cabeça encontrava-se a pelo menos vinte centímetros da quina do armário que teria causado o ferimento. Ele ainda tinha muitas questões a responder antes de fundamentar a hipótese de homicídio, uma vez que todas as pistas levavam à conclusão de que a mulher tinha morrido por acidente.

Era possível que tivesse tropeçado e, ao cair, batido a cabeça na quina do armário. Mas não conseguia ver o obstáculo que a faria tropeçar. Bem, talvez tivesse sentido tontura ou fraqueza e então caído. Era possível para uma pessoa da idade dela.

Precisava falar com o médico-legista que examinara o cadáver. Talvez soubesse mais do que havia mencionado no laudo.

"Pode ser que realmente tenha caído. Provavelmente, se apoiou no armário para tentar se levantar e escorregou", disse o médico. "Mas não sabemos se perdeu a consciência no momento exato do choque. Talvez tenha até se distanciado um pouco do armário antes de cair no chão."

Só lhe restavam as cinzas de cigarro como motivo da dúvida. Assim que encontrasse uma explicação para elas, poderia encerrar o caso.

Voltou ao lugar do incidente acompanhado pelo fotógrafo, que, dessa vez, deveria fotografar as cinzas mais de perto. Ao terminar, o investigador pegou cuidadosamente uma porção delas com um pedaço de papel e colocou em um saquinho transparente. Investigaria sua origem.

Na manhã seguinte, quando Naji Nassar chegou ao prédio número 5 no bairro Al-Ghadir, um grupo de crianças se aglomerava em volta de uma caminhonete estacionada na calçada. Aproximou-se e recebeu a explicação para o tumulto sem ter que pedir: "Adel Al-Ahmar comprou sofás novos". Os sofás não o interessaram, mas queria conhecer o tal Adel Al-Ahmar.

Esperou um momento até ver dois homens saírem do prédio, abrirem a traseira do veículo e erguerem o pano que cobria dois sofás marrons. Reconheceu Adel pelos cabelos ruivos. Devia ser por isso que o chamavam Adel Al-Ahmar. Naji Nassar prontamente se ofereceu para ajudar a carregar os sofás. Depois disso, a dupla voltou para o carro. Adel Al-Ahmar parou ao lado da porta do motorista, acendeu um cigarro e, só então, entrou e deu a partida. Naji Nassar percebeu que não era o momento mais adequado para começar uma conversa com ele. Contudo, embora não tivesse falado com Adel, conseguira a resposta para uma das perguntas que o inquietavam: era possível que o moço tivesse visitado a senhora antes da morte dela. Talvez seus outros questionamentos estivessem para ser respondidos também.

A caminhonete nem havia desaparecido e as crianças já se aglomeravam à volta dele. Ocorreu-lhe então que poderiam lhe oferecer algo útil — por exemplo, mais informações sobre Adel Al-Ahmar — sem que precisasse perguntar. Assim, não se apressou em sair dali.

"Você é parente da velhinha?", perguntou uma das crianças.

"Você a conhece?"

"Todo mundo aqui conhece ela."

"Por quê?"

"Porque ela sempre reclamava quando a gente tentava ajudar e ficava brava muito fácil. Minha mãe dizia que ela já tava com o pé na cova."

"O que é pé na cova?", perguntou o menor deles, curioso.

Naji Nassar explicou: "É quando a pessoa fica tão, mas tão velha, que não consegue mais viver sem a ajuda dos outros".

Ao perceber que não conseguiria conduzir a conversa como gostaria, decidiu partir. As crianças o seguiram com o olhar; então se espalharam pela rua.

Na volta para o escritório, ligou para Anissa e falou que gostaria de dar mais uma olhada no apartamento. Combinaram de se encontrar no prédio às cinco da tarde. Quando a sobrinha chegou, Naji Nassar a esperava na porta. A fechadura quebrada pela polícia tinha sido substituída por uma nova.

Anissa usava um vestido preto de mangas compridas e estava muito pálida. Assim que a viu, Naji Nassar se desculpou pelo inconveniente de fazê-la ir até lá.

“Bem, eu teria que vir de qualquer jeito para procurar alguns documentos”, disse ela, abrindo a porta e entrando na frente do investigador.

Assim que entrou, Nassar ficou estupefato ao ver que o apartamento estava praticamente vazio, exceto por uma pilha de coisas sem valor e papéis espalhados.

“Os vizinhos dividiram a mobília e tudo o que tinha algum valor”, explicou Anissa antes que ele fizesse qualquer pergunta. “Deixaram só o lixo. Agora me pediram para limpar a casa, apesar de eu só ter deixado que pegassem a mobília sob a condição de que limpassem a bagunça depois.”

O destino da mobília não importava muito para Nassar, que queria mesmo era ver a cozinha. A mancha de sangue coagulada tinha ficado marrom e as cinzas se espalharam pelo piso. Qualquer investigação ali seria inútil. Havia cacos de um copo quebrado em frente à pia e as prateleiras estavam vazias.

“Eu venho amanhã com uma pessoa para limpar. Os vizinhos estão me enchendo o saco por causa do cheiro.”

Desceram as escadas juntos. Anissa Al-Mukhtar deixou o prédio e Nassar foi até o apartamento de Adel Al-Ahmar no térreo. Tocou a campainha e esperou um instante até uma mulher de uns cinquenta anos abrir a porta. Apresentou-se e disse que gostaria de fazer algumas perguntas sobre a senhora do terceiro andar, explicando que se tratava de procedimento de rotina. Quando uma pessoa de oitenta anos morria na cama, não havia muito o que se esclarecer, mas quando se tratava de um acidente, era preciso ter provas e testemunhas.

A senhora o convidou a entrar e chamou o filho, que estava na cozinha. O investigador notou no canto da sala os sofás que ajudara a transportar pela manhã, cobertos com lençóis brancos limpos. Um sofá velho e duas poltronas grandes tinham sido afastadas para perto da janela. Nassar se sentou em uma delas e, enquanto Adel se acomodava na ponta do sofá, o investigador repetiu o que dissera a sua mãe sobre o procedimento de rotina e que queria fechar logo o caso, pois tinha outros deveres.

"Me disseram que você ajudava a senhora com tarefas cotidianas."

"Sim, eu fazia umas coisas pra ela. Parece que os construtores desses prédios não pensaram nos moradores que iam ficar velhos e não iam conseguir mais subir com os botijões de gás até os apartamentos, porque não puseram elevadores. Eu carregava o gás da senhora e, quando a via carregando sacolas de compras ou qualquer coisa do tipo, oferecia ajuda."

"Quando foi a última vez que levou um botijão até o apartamento dela?"

As feições de Adel Al-Ahmar revelaram certo incômodo, mas ele respondeu sem hesitação: "Não sei direito, talvez há uns dois meses".

"E cruzou com ela carregando sacolas na semana passada?"

"Não, fazia muito tempo que não encontrava com ela. A sobrinha vinha trazendo tudo o que ela precisava nos últimos tempos."

"Quando você subia com o gás, ela o convidava para entrar?"

"Sim, de vez em quando me convidava pra tomar chá."

"E você aceitava?"

"Nem sempre. Na maioria das vezes, eu dava a desculpa que tinha que trabalhar. Não gostava da atmosfera daquela casa. Era meio suja. Quer dizer, não é bem isso... a sobrinha limpava a casa quando vinha. Talvez fosse o cheiro de velho. Eu preferia ficar na porta pra falar com ela. A velha precisava conversar, tanto que às vezes ficava na entrada do prédio esperando um vizinho pra bater papo."

"Você a viu no dia do acidente?"

"Não, eu não tava em casa no sábado. Tive que sair de manhã bem cedo, porque precisava levar aquecedores pra várias cidades. Só voltei hoje de manhã."

Naji Nassar não mencionara o dia do acidente, então como Adel Al-Ahmar saberia que foi sábado? O laudo também não mencionava o dia exato, apenas que a morte deveria ter acontecido quatro dias antes, com base na deterioração e no inchaço do corpo causados pelo forte calor.

Nassar deixou a casa de Adel Al-Ahmar atormentado. Às vezes, tinha a sensação de ter nas mãos o fio que o levaria à descoberta do crime; outras vezes, esse fio lhe escapava e permanecia solto. Diante das hipóteses, enchia-se de dúvidas sobre o que lhe parecera evidências de crime antes. Revisitou os detalhes do acidente e repetiu-os em voz alta como se isso lhes desse consistência e força de persuasão. "Uma senhora de uns oitenta anos tropeça na cozinha e morre. A porta da casa está trancada e não há sinais de violência para abri-la. E não existe outra porta no apartamento. Mas isso não significa que ninguém tenha entrado na casa naquele dia. Um de seus conhecidos de confiança pode ter batido à porta para oferecer ajuda ou apenas se certificar de que ela estivesse bem. A mulher o convida para entrar, ele a segue até a cozinha, a agarra pelas costas e bate sua cabeça na quina do armário. Joga a velha no chão e vai embora, trancando a porta ao sair. Mas a pergunta mais importante permanece sem resposta. Por que essa pessoa faria isso? Não há nada que aponte para roubo. Além disso, Adel Al-Ahmar sabia que ela não tinha nada de valor. Entretanto, de onde vieram as cinzas de cigarro, já que ninguém que a visitava fuma, além dele?"

Naji Nassar decidiu contar sobre sua obsessão para um colega.

"Você está se preocupando com esse caso irrelevante? Uma mulher de oitenta anos, sem inimigos nem riqueza, não tem por que ser assassinada. Se não tivesse morrido agora, certamente morreria em um ou dois anos. Sem contar que milhares de pessoas morrem de maneira mais brutal todos os dias. Pessoas na flor da idade. Se eu fosse você, fecharia esse caso o quanto antes."

"Talvez você tenha razão", murmurou Nassar. "Mas não consigo engolir o fato de alguém cometer um crime, achar que pode trapacear a justiça e escapar impune."

Um fio solto impulsionou Nassar a voltar ao local do incidente. No dia seguinte, quando chegou ao prédio número 5 no bairro de Al-Ghadir, cruzou com Huda na escada. Ela disse: "Já limparam e desinfetaram o apartamento. A velha era uma boa vizinha, só quero ver essa recém-casada agora."

"Recém-casada?", ele perguntou sem pensar.

"Acho que a mãe de Adel Al-Ahmar já tinha conversado com Anissa Al-Mukhtar sobre o apartamento."

Naji balançou a cabeça, incrédulo, e a encarou.

Huda prosseguiu: "O irmão de Adel se casou há poucos meses, e alugou uma casa no distrito vizinho. A mãe dele resolveu comprar o apartamento da velha senhora porque não queria que o filho ficasse longe dela...".

O investigador suspirou. Mais um dia como outro qualquer em Bagdá.

* *Conto escrito originalmente em árabe.*

GARRAFAS VAZIAS

HASSIN MUZANY

Cidade de Al-Thawra

O crime aconteceu de madrugada, na rua Al-Sitin, também chamada rua 60, uma viela estreita e empoeirada que fazia parte do setor 55 da Cidade de Al-Thawra — hoje Cidade de Sadr —, distante do centro de Bagdá cerca de sete ou oito quilômetros. Eu tinha por volta de doze ou treze anos e dormia no pátio cimentado ao lado dos meus três irmãos mais novos. Nossa casa tinha dois quartos de pé-direito baixo que ficavam bem ao lado do local do crime, e não diferia muito da casa em que mataram nossa vizinha. Eu estava semidesperto mais cedo que o costume quando o chamado para a oração sibilou pelo alto-falante defeituoso pendurado na parede da pequena mesquita do bairro.

O muezim tinha o hábito de acordar os amigos adormecidos como se cumprisse o papel de despertador — em uma época em que a maioria dos moradores da Cidade de Al-Thawra não conhecia despertadores. Dependiam do chamado da oração, do nascer e do pôr do sol. De repente, ouvi empurrarem a porta de ferro da nossa casa com força e começarem uma conversa agitada que me fez acordar de vez.

O brilho lânguido do sol saía vagaroso por entre as nuvens de um céu distante; senti uma brisa leve. Vi minha mãe, que ainda não terminara as orações — talvez a aurora nem tivesse chegado, pois o muezim tinha parado de falar havia instantes —, correr na minha direção, como se quisesse contar um segredo perigoso. Então falou em voz baixa e sufocada: "O irmão a matou e fugiu".

Fui tomado por um tremor repentino pelas palavras de minha mãe perturbada, sem saber quem era o assassino e quem era a vítima, tão cedo pela manhã! Esfreguei os olhos com força, fui até a torneira do pátio e bebi um pouco de água. Olhei de novo para minha mãe, que passava entre meus irmãos, inspecionando-os um após o outro.

"Eu o vi com a adaga numa mão e o punho da morta na outra", ela murmurou, saindo de casa.

Mesmo sabendo que minha mãe era corajosa, temi por ela. Talvez encontrasse outra vez o assassino com a adaga, ainda sob efeito da adrenalina do crime. Imaginei que o homem com o emblema da vitória nas mãos não hesitaria em apunhalar qualquer um em seu caminho. Não fiz nada para impedir minha mãe — que tinha ocupado o lugar do meu pai depois da morte prematura dele. Segui-a com passos inseguros e o coração batendo forte. Vigiei-a pela fresta da porta e a vi fazer um sinal na direção de um homem que sorria e girava em torno de si de uma forma que nunca havia visto antes.

Ele se aproximou alguns passos da minha mãe, até que suas feições ganharam forma sob a luz do único poste da rua larga e empoeirada. Ameaçou-a com a adaga, gargalhando. Era baixo e magro, com bigode espesso e olhos pequenos. Não consegui ver outras características, pois trazia na cabeça uma *kufiya* grande e vermelha de formato cônico. Vestia uma *dichdacha* longa e desbotada, presa com cordão largo. Vi nitidamente a mão decepada, que parecia inteira e amarelada, e estava coberta de sangue. Percebi que devia ser de uma mulher jovem. Mas não conseguia ouvir a voz do homem — do assassino — que foi se afastando aos poucos assim que teve certeza de que minha mãe o temia o suficiente para não ir atrás dele.

Pensei que, após dar cabo de sua missão, ele não teria necessidade de falar, já que haveria quem falasse sobre ele depois do ocorrido. Os poemas de sua *qabila*, de seu povo, e das demais *qabilas* o fariam famoso. Até agora não sei bem o espaço que me separava do assassino naquele momento, mas ainda me lembro do brilho breve e súbito em seus olhos e de seu riso, que não causou qualquer perturbação naquela fria e fatídica madrugada. Por um momento, me pareceu muito empolgado, e me fez lembrar de meu tio, irmão de minha mãe, um homem bem-humorado que vivia na casa vizinha. Onde estaria o tio àquela hora? Será que estava dormindo depois de cair de bêbado? E onde estavam todos os outros homens? Será que também preferiram o calor e a segurança dos braços das mulheres ou saíram cedo para o trabalho? Talvez tivessem ouvido delas sobre o incidente e se mantiveram em silêncio, em vez de enfrentarem o impiedoso assassino desconhecido! Também não vi sinal algum de mulheres. Por que então minha mãe arriscara a própria vida? Seria ela mais corajosa do que as outras mulheres ou do que os homens?

Mais tarde, minha mãe me contou que o marido da vítima trabalhava em um curtume do governo; cumpria o turno da noite no dia do incidente e nunca mais voltou para casa depois de saber da morte da amada esposa — a não ser para pegar os pertences dela. Partiu não se sabia para onde. E, dali em diante, ninguém nunca mais viu o marido enlutado — que permaneceu sem nome e sem feições, até ser totalmente apagado da memória das pessoas. Minha mãe mencionou também que o assassino se chamava Sarhid e era um vendedor de verduras de um vilarejo pequeno nas periferias de Bagdá. O nome do sujeito era tão estranho que, desde então, nunca mais o esqueci: Sarhid!

Não saí de casa mesmo passadas algumas horas do incidente. Fiquei estupefato, pois, dos irmãos, ninguém se importou, exceto eu. No íntimo, foi um alívio eles não terem sido impactados pelo assassinato, ao contrário de mim e de minha mãe — o rosto dela, muitas vezes, traía sua ansiedade e melancolia.

Tentei várias vezes recordar as feições da assassinada — nossa vizinha, na época —, mas me dava palpitação só de imaginar. Não parava de pensar na mão decepada e imaginar os gritos que a vítima teria dado quando o irmão avançou depois que ela lhe abriu a porta, antes de o marido voltar do turno da noite. Como deveria estar sozinha e isolada naquela viela empoeirada, pobre e abandonada! Sem dúvida, o assassino aproveitara o som alto do chamado da oração para atacar a irmã, que talvez tivesse se levantado da cama naquela hora para as orações do alvorecer ou para receber o marido que voltava do trabalho.

Por um instante, me lembrei da história que minha mãe me contara sobre uma parenta nossa que fora atacada e devorada por lobos quando estava sozinha no deserto. O irmão e o filho a haviam deixado perto de uma palmeira e saído à procura do cavalo dela, que fugira num *wadi* extenso. A matilha descobriu a mulher vestida de preto à espera do retorno da família e a devorou sem dificuldade. Quando os dois homens armados voltaram, só acharam os ossos da mulher na areia.

Naquela noite, sonhei que dois ladrões encapuzados e armados com bastões abriram um buraco no quarto de nossa casa, onde dormíamos, e começaram a esvaziar nosso guarda-roupas e colocar as peças em um saco de pano. Eu os vi vestirem minha *dichdacha* nova quadriculada. Imaginei escutar a gargalhada deles no sonho — ou pesadelo — e se parecia com o riso de Sarhid. Vi minha mãe se levantar e atacar os dois ladrões com algo semelhante a uma tampa de panela enquanto tentava arrancar o saco de pano da mão deles. Até que um ladrão a surpreendeu e golpeou com o bastão, e um pedaço de ferro redondo, que chamamos de *sakhriya*, ficou cravado na sua cabeça. Minha mãe cambaleou e caiu no chão de cimento, desacordada e sangrando copiosamente como uma fonte. Os ladrões fugiram, carregando nossas roupas e rindo alto, apesar de já ser tarde da noite.

Saltei da cama tremendo e olhei à minha volta, aterrorizado. Vi minha mãe parada perto do meu rosto, me observando com olhos exaustos. Ela molhou meu rosto com água fria e passou a mão nos meus cabelos. Não contei a ela sobre o pesadelo e o golpe de *sakhriya* nem sobre Sarhid. Fiquei matutando sozinho: "Se Sarhid fosse rico, com boas condições de vida, teria matado a irmã? Por que os ricos não matam as irmãs para lavar a vergonha? Seriam todos destituídos de honra? Ou seriam a honra e o assassinato reservados apenas aos pobres?".

Essa ideia pareceu-me muito maior do que minha capacidade para desenvolvê-la no momento, principalmente porque a febre estava quase rachando minha cabeça. Comecei a delirar e ver imagens assustadoras que pareciam saídas do inferno e do dia do Juízo Final. Fui tomado por uma ideia súbita de que a honra, sem dúvida, era a única riqueza dos pobres e que não podia ser desperdiçada ou usada em vão. Nesse instante, a palavra honra se tornou totalmente estranha e misteriosa. Quem seria realmente honrado? Senti uma empatia instintiva pela mulher que morrera por ousar amar um homem que não pertencia à sua tribo, rebelando-se contra família e tribo, e preferindo fugir com ele para aquela região abandonada de Bagdá e enfrentar as consequências de sua decisão arriscada. De repente, eu a imaginei como uma sábia que se sacrificara defendendo sua liberdade e sua nobreza. Não fosse esse pensamento inesperado, teria me esquecido do assassinato da mulher apaixonada que foi um dia nossa vizinha.

Desde esse fatídico episódio da minha vida, decidi que seguiria os rastros do assassino e me propus a viver essa aventura a qualquer preço. Comecei a investigação no seu vilarejo, sobre o caráter de sua família e sua origem tribal. Essas pessoas e seu tipo de vida me ocuparam por longos anos — na verdade, mais por curiosidade do que pela investigação. Cada detalhe descoberto parecia aumentar a peculiaridade e o mistério em torno deles. Eram iraquianos pobres como eu, mas me pareceram extremamente rudes.

Certo dia, decidi ir até o vilarejo para, quem sabe, ver a cara de Sarhid ou desvendar o verdadeiro segredo do crime. Se a situação política do país não fosse estável na época, não teria ousado dar um passo tão imprudente. Só depois de passados muitos anos do crime fui ao vilarejo barrento de Al-Wawiya, que ficava na periferia de Bagdá, de onde diziam ter vindo o assassino.

Passei um dia inteiro em busca da casa e de qualquer rastro dele. Fingi ser aluno de um instituto de agricultura procurando uma plantação de flores e verduras. Vi vários homens da mesma idade que Sarhid, alguns parecidos com ele, embora todos negassem conhecer o nome ou as características dele quando os abordei. Um mencionou que esse nome seria reconhecido assim que pronunciado, como num passe de mágica. Foi a prova definitiva de que Sarhid não estava no vilarejo. Logo depois um dos homens me ameaçou, aos gritos, com o que parecia ser um machado: "Rapaz, você não é bem-vindo aqui!". Ele me examinou com atenção e me acusou de estar ali para me esconder de um crime que cometi. Olhei seu rosto e vi grande semelhança com o assassino, então indaguei, perplexo: "Sarhid?!". Ele gesticulou com o machado: "Se não sair do vilarejo agora, te arranco o pescoço com esse machado e te enterro". O homem não parecia estar brincando e agitou o machado de novo, da mesma forma que Sarhid quando cometeu o assassinato.

Voltei para casa muito decepcionado, mas minha determinação de concluir a missão a qualquer preço só aumentou. Fui impelido a revisar as informações disponíveis sobre o incidente. Reparei que não ocorrera nenhum outro assassinato como aquele desde então; nenhuma outra mulher do vilarejo de Al-Thawra fora assassinada para lavar a honra de ninguém. Era como se todos tivessem esquecido esse preceito de repente. Como Sarhid tinha cometido o crime com tanta afronta, horror e confiança em si mesmo? Será que matou só porque sua vítima era uma mulher indefesa e solitária?

Sempre que tentava ir mais a fundo nas intenções do assassino, se desvelavam facetas obscuras de sua personalidade, seu caráter e seu pensamento. Vez ou outra me pegava flertando com a ideia de vingança — e por um momento me transformava num assassino capaz de acabar com muitos homens em segundos. Comecei a me dar conta de que assassinato sempre foi e sempre será um crime absoluto, um crime irreversível. Fui tomado pela sensação de que o assassino, com toda certeza, acabaria vítima do mesmo tipo de crime que cometeu. Talvez Sarhid, naquele momento, quisesse partilhar o crime com os membros de sua tribo, fazendo-os participar de um ato que era parte de sua tradição e sua forma de ver o mundo. Isso diminuiria seu sentimento de culpa por ter matado a própria irmã, por quem provavelmente nutria afeto, ou até tivesse amado. Talvez hoje Sarhid estivesse casado, possivelmente com filhos, e o assassinato fosse um detalhe trivial de sua vida, como colher verduras num campo do vilarejo de Al-Wawiya. Nesse caso, ele não teria cometido o crime sozinho, mas partilhado com todos os membros da tribo uma tradição antiga da comunidade. E o sangue da vítima não seria vingado.

Surgiu entre as conversas dos vizinhos que o amante tinha sequestrado Salima — esse foi o nome que as pessoas deram à vítima — e a tinha trazido para aquele canto empoeirado da Cidade de Al-Thawra, onde alugou uma casa pequena de dois quartos. Na época, ninguém pôde me confirmar se o homem havia se casado com ela ou permanecera seu amante até o fim. Tive a sensação de que os vizinhos evitavam falar abertamente sobre o assunto, antes que se fechassem as cortinas do esquecimento com o passar dos meses e dos anos. Eu ainda estremecia toda vez que lembrava da mulher decepada e da mão amputada. Às vezes, acordava no meio da noite e olhava para a porta com ansiedade e medo, mas tudo o que se podia ouvir era o sibilar do vento, o único a habitar a rua, fluindo suave e depois pesado. Estremecia de pavor cada vez que a porta se mexia ou que ouvia um barulho de fora, ou um homem conversando ou rindo tarde da noite. Quando meu tio nos visitava à noite e eu ouvia o ranger da porta de ferro, meu coração disparava e eu sentia o sangue congelar nas veias, tanto que tinha medo de apertar sua mão e ele perceber meus medos e tremores.

As portas das casas de Al-Thawra não eram trancadas por dentro ou por fora. Todos nos sentíamos em segurança naquele bairro degradante e poeirento, como se pertencêssemos a uma única família. Após a madrugada do crime, a confiança desapareceu de imediato dos corações e as pessoas passaram a usar cadeados, fechaduras e correntes de ferro para trancar as casas após o pôr do sol. E aconteceu que, certa noite, quando eu voltava do trabalho — vendedor de bilhetes de loteria no centro de Bagdá —, cheguei em Al-Thawra tarde e as ruas pareciam completamente vazias e assustadoras. Olhei as fachadas altas das casas e tentei escutar alguma voz humana familiar na escuridão e desolação da noite. Pensei em Salima e em sua expressão na madrugada de seu assassinato. De repente, apareceu para mim uma mulher madura, de corpo inteiro, esbelta, que passara dos vinte anos. Parecia ter o rosto branco e os membros flexíveis — o que permitia ao assassino cortar sua mão sem esforço. Recordei-me de que seu corpo não fora visto ou velado — e ninguém tinha perguntado a respeito disso, nem mesmo os membros de sua tribo ou da de seu amante. Talvez a prefeitura de Bagdá a tenha enterrado em algum lugar ermo destinado às "almas impuras", sem nome ou registro. O que escreveram em sua lápide? *Salima, bagdali, assassinada de madrugada em defesa da honra de sua tribo*?

Àquela hora da noite, a rua de nossa casa me pareceu muito longa e mal iluminada — apesar dos postes de ferro com lâmpadas desprotegidas, cuja parca luz dava à rua um aspecto ainda mais lúgubre e decadente. Ouvi uma voz baixa sussurrar atrás de mim, uma voz estranha que se aproximava e se distanciava. Apertei o passo sem olhar para trás, mas pareceu que a voz aumentava e eu ouvia os passos atrás de mim, ora mais rápido, ora mais devagar. Senti pedras sendo atiradas entre os meus pés e tentei reunir forças para me manter caminhando, até que vi a fachada de uma casa. Estava serena, quieta, com as luzes apagadas. Pendurada do lado de fora, amarrada com pano, eu vi a mão de ferro de Fátima. Todo morador que desejava afastar o mau-olhado a usava. Mas dessa vez era a mão de Salima, a mulher morta — sua mão jovem decepada. Imaginei o sangue pingando devagar sobre a terra amarelada da rua. A voz atrás de mim ficou mais alta e as pedras atiradas aumentaram. Pensei que, se eu caísse de cara no chão, ninguém naquele bairro dos mortos me ajudaria, nem mesmo ouviria meu pedido de socorro. Senti um suor frio escorrer do pescoço até o peito e se dissipar como ar frio, escapando de dentro da camisa fina.

Lembrei daquela criatura folclórica que sequestrava as crianças antes que chegassem ao colo da mãe, e as levava primeiro ao rio para as lavar antes de conduzi-las aos pântanos mais remotos. Esse djim podia ter diferentes tamanhos e formas, dependendo da natureza de sua missão, que não raro terminava com o assassinato do sequestrado. Na nossa comunidade, ele era chamado de Tantal e tinha um caráter satânico e mágico ao mesmo tempo; era o que nos diziam nas longas noites de inverno, enchendo nossa cabeça e nosso coraçãozinho de medo e horror. Esse ser mitológico chegava sem aviso, batia numa porta fechada e fingia simplicidade, inocência e bondade. Pedia por água ou pão velho. Ao ver uma criança sozinha em casa, a persuadia, pouco a pouco, a dar alguns passos até colocá-la nas costas e voar para longe ou correr para o rio sem ser visto ou tocado.

Eu estava prestes a cair de pavor no meio da rua. Tirei meus chinelos de forma inconsciente e as pedras, de repente, pararam de ser atiradas contra mim. Cheguei em casa arfando e comecei a vagar entre os cômodos, atordoado. Ainda respirando com dificuldade, me deitei na cama e me cobri, mas tremia de medo. Àquela hora, minha mãe conversava com meu tio, seu irmão. Falava devagar e ao me ver interrompeu a conversa e veio até mim no quarto escuro. Acendeu uma lamparina e se sentou ao meu lado, secando meus cabelos molhados de suor com os dedos finos e quentes. Em seguida, meu tio entrou no quarto, também com ar ansioso, e pediu que eu contasse o que havia acontecido. Expliquei, balbuciante, que eu vira o Tantal, e que ele tinha atirado pedras em mim e assoviado no meu ouvido. Meu tio riu e me disse que eu tinha visto apenas Sarhid, que habitava minha imaginação havia muitos anos, como se ninguém nunca tivesse matado ou morrido antes disso. Explicou ainda que não existia Tantal nem qualquer outro ser mitológico, apenas a imagem de um assassino que dominara minha mente e se instalara entre minhas costelas, mas que ele iria extirpar esse satanás de mim de uma vez por todas. Tirou um revólver da túnica branca e comprida e o apontou direto para a minha cabeça. Falou que minha mãe tinha me estragado com seu excesso de amor e adulação e que eu diferia muito dos meus irmãos, inteligentes e corajosos, apesar da pouca idade deles. Comentou também que o irmão mais velho deles tinha medo da própria sombra e pensava que seu chinelo de borracha era um estilingue à noite. Minha mãe o repreendeu com rispidez e o mandou sair do quarto com o revólver; mas, em vez de sair, ele disparou acima da minha cabeça, causando um tremendo estrondo.

Primeiro, fiquei totalmente paralisado; em seguida, segurei a cabeça por instinto, para protegê-la. Onde foi parar a bala? Ouvi minha mãe gritar com meu tio: "Você quer matá-lo? O que quer? Faria isso se o pai dele estivesse vivo? Mostre sua coragem para os outros! Onde estava quando nossa vizinha foi assassinada diante dos nossos olhos? Também estava com medo da sua sombra? Onde foi parar o seu revólver naquele momento? Saia já da minha casa! Não quero ver sua cara nunca mais depois do que aconteceu hoje!". Ele respondeu: "Não existe homem algum chamado Sarhid, seu filho é um louco desvairado!". Então saiu com a arma na mão e disparou novamente, gargalhando no meio da noite.

Mas era uma boa questão: onde estava meu tio no dia do crime? Por que será que nunca falava disso? Será que conhecia o assassino? Será que tinha sido cúmplice? Eu sempre terminava com a mesma resposta, simples e profunda: os fortes nunca são punidos, só os fracos — ou aqueles que parecem fracos e abatidos.

Naquela época, Sarhid, o assassino, percorria os oitenta setores de Al-Thawra, rua por rua, em busca de pistas da irmã fugitiva. Carregava um saco nas costas, onde guardava garrafas vazias que comprava dos moradores, ocultando a identidade com esse trabalho muito comum e que jamais despertaria suspeita. Essa ocupação simplória e de parca remuneração permitia a ele entrar nas casas vez ou outra para escolher as garrafas e pratos que estivessem em boas condições. Imagino que até eu tenha lhe vendido garrafas vazias, como fazia de vez em quando. Passei então a observar o rosto dos homens que gritavam: "Compro garrafas vazias!". Como seria o rosto dos homens mais desgraçados que nós? E em que diferia o rosto de Sarhid dos outros compradores de garrafas vazias? Ou, naquela época, eram todos parecidos, assim como são hoje? Teria ele descoberto sozinho o endereço da vítima ou alguém o informara onde era a casa dela de bom grado, ou mesmo por maldade? Talvez ele tivesse descrito as feições da irmã para essa ou aquela pessoa, e repetido seu nome centenas de vezes, ou o de seu marido ou amante que a arrancara à força da família, no vilarejo pacato de Al-Wawiya, e a trouxera para aquele lugar distante e desconhecido. Ela não mudou de nome ou sobrenome, nem se passou por outra pessoa: deixou tudo como sempre foi e viveu como uma estrangeira sem família, tribo ou vizinhos. Não ouviram seu grito de socorro quando o irmão a apunhalava com a adaga? Quando me recordo dos detalhes desse acontecimento pavoroso, me pergunto se sequer prenderam o assassino ou o obrigaram a prestar contas judicialmente. Eu sabia que havia um julgamento para crimes ditos de direito público, em que o Estado punia quem matasse uma mulher para lavar a honra com míseros seis meses de prisão. Mas Sarhid, sem dúvida alguma, escapou até desse meio ano e voltou para seu trabalho principal: vender verduras na praça Bab Al-Muadham Al-Aimlaqat, no centro de Bagdá — lugar que nunca gostei por conta da prisão enorme que ocupava grande parte do espaço, assim como o prédio monstruoso do Ministério da Defesa.

Vi Sarhid inúmeras vezes parado diante de sua carroça, com a *kufiya* vermelha, bigode espesso e olhos pequenos, avermelhados pelo sol. Ouvia-o anunciar com sua voz rouca e fraca: "Tomates bem vermelhos!", apesar de também vender pepinos. Eu ficava imaginando o sangue pingar de seus dedos enquanto carregava a mão da irmã, que tinha repousado confortável e aquecida em sua cama antes de ser amputada pelo próprio irmão. Aquele homem pequeno e inexpressivo seria mesmo capaz de cometer um assassinato premeditado, precisamente calculado, e encobri-lo a ponto de desaparecer qualquer rastro do crime? Passei a escrutinar suas feições, mas nunca comprava nada, até despertar seu incômodo e desconfiança. Talvez ele pensasse que eu era um informante da segurança, por isso não gostou dos meus olhares. Será que haveria alguém que tinha visto a mão e reconhecido de quem era? E quem garantia que a assassinada era sua irmã? Talvez ele tivesse caído no desespero após longos anos de busca pela vítima nos setores e ruelas empoeiradas de Al-Thawra e decidido atacar uma mulher indefesa que queria lhe vender garrafas vazias! Mas àquela hora da madrugada?

Finalmente, criei coragem e decidi confrontar o assassino Sarhid cara a cara. Preparei-me muito bem para a missão, antecipando o que ele poderia fazer e qualquer outra surpresa. Disse a mim mesmo que precisava chegar a uma solução antes de deixar Bagdá e o Iraque para sempre. Dessa vez, tentei me disfarçar de investigador, como se tivesse sido incumbido do caso. Fui até Bab Al-Muadham, onde Sarhid estava com sua carcomida carroça de madeira e gritava sem energia, fatigado pela poeira e pelo sol causticante: "Tomates bem vermelhos!". Aproximei-me, mantendo certa distância para evitar qualquer golpe inesperado. Eu já tinha visto uma faca nas pilhas de tomates e pepinos. Ele, por sua vez, não me deu atenção e continuou gritando, como se falasse com alguém que não fosse eu. Para que não tivesse chances de escapar, perguntei sem rodeios: "Você é Sarhid, o vendedor de garrafas vazias?".

Ele parou de gritar e pegou sua faca automaticamente, fitando-me cheio de ansiedade e curiosidade. "Quem? Sar... o quê...? Nunca ouvi esse nome antes." E, semicerrando os olhos pequenos e surpresos, prosseguiu: "Meu nome é Hamid e vendo verduras, como pode ver". Antes que pudesse repetir a resposta, e para me livrar de todas as minhas dúvidas, perguntei: "Você nunca comprou garrafas vazias na Cidade de Al-Thawra?". Em vez de responder, ele tentou rir, mas a risada morreu entre suas feições castigadas pelo sol do meio-dia. Então, ele perguntou: "O que quer de mim? Perdeu alguma coisa aqui ou quer me pedir algo?".

"Alguns anos atrás, vi você perambulando pelas ruas de Al-Thawra em busca de uma mulher desaparecida. Chegou a encontrá-la?"

Assim que falei, o homem ficou em silêncio e afastou os olhos, balançando a cabeça com hesitação e perplexidade. Nesse momento, chegou um comprador com uniforme militar, que talvez tivesse saído do prédio do Ministério da Defesa. Ele comprou alguns tomates e pepinos e eu me senti compelido a comprar também. Pensei estar acusando o homem errado injustamente. Como tinha dito meu tio, talvez eu sofresse de algum distúrbio mental e não soubesse! Afinal, o incidente havia acontecido mais de dez anos antes, e eu não chegara a ver quem era o assassino, apenas sua *kufiya* vermelha, o brilho dos seus olhos, a adaga e a mão amputada.

O homem colocou alguns tomates no saco de papel, em silêncio, ainda atordoado pela surpresa. Em seguida, olhou para mim com ar desafiador que me fez pensar qual seria seu verdadeiro trabalho hoje. Talvez ele fosse um investigador secreto — afinal, quem, durante a horrenda guerra Irã-Iraque, pararia uma carroça em frente ao Ministério da Defesa em Bagdá, lugar onde nem pedestres podiam passar? Esse tal Sarhid, ou Hamid, talvez tivesse considerado que o trabalho de informante não só afastaria dele as suspeitas, mas também o inocentaria da acusação de assassinato. Quem podia dizer se aquele fora seu único crime? Ele pegou o saco de tomates, jogou-o de lado na carroça e gritou em tom autoritário: "Pegue seu saco e caia fora daqui. Não quero ver sua cara nunca mais!", e gesticulou com a faca brilhante sob o sol. Afastei-me, mas ainda me virei e o vi me seguir com o olhar incisivo, percebendo nele um brilho cortante. Estava a ponto de jogar o saco de tomates na rua, imaginado que estivesse embebido de sangue, mas temi ser acusado de infringir alguma lei. Alguém em sua sã consciência jogaria tomates no Ministério da Defesa no período mais intenso da guerra? Fui, então, impelido a carregar os tomates como se carregasse a mão amputada.

Antes de deixar Bagdá e o Iraque em definitivo, fui várias vezes até a praça Bab Al-Muadham para fazer compras e vi as carroças de verduras e os vendedores, mas não encontrei mais Sarhid, o vendedor de verduras ou de garrafas vazias. Agora, sempre que me lembro do assassinato de Salima, memória que não me abandona um dia sequer, imagino todas as pessoas como coniventes ou mesmo cúmplices de um crime que se tornou uma questão cotidiana e familiar e não despertou o interesse de ninguém.

O incidente aconteceu mais de 50 anos atrás; eu fui sua testemunha, talvez até uma vítima indireta daquela selvageria — no entanto, mesmo hoje, eu não quero acreditar que aquele assassinato realmente aconteceu.

* *Conto escrito originalmente em árabe.*

CHEGADA À RUA ABU NUWAS

DHEYA AL-KHALIDI

Bab Al-Moatham

Recobro a consciência nas primeiras horas da manhã. Me dou conta de que estou numa oficina abandonada. Amarrado. Minha cabeça dói, comprimida sob o peso do silêncio que recobre tudo por aqui. Percebo uma mesinha empoeirada e, sobre ela, martelo, chaves de fenda, máquina de corte e outras ferramentas; há roupas masculinas sujas penduradas em pregos na parede perto da janela com vidro quebrado. No chão, sacos de papel e jornais velhos se misturam com restos de verduras e de outras comidas. Do outro lado, na janela mais perto de mim, os galhos de uma amoreira balançam; então o silêncio é quebrado do nada pelo latido dos cachorros dos vizinhos. Acho que estou no interior. Longe o bastante para não conseguir ajuda.

A luz que entra pelas janelas dilapidadas se alastra conforme o meio-dia se aproxima. A porta grande da oficina abre e ouço vozes fortes demais para o tamanho dos corpos magros que entram no meu campo de visão. São crianças — elas não têm mais do que quatorze anos. Entram apressadas e alegres, comendo batatas chips e chocolates, em roupas coloridas como se estivessem de férias ou numa excursão escolar. A cena começa a ficar mais animada quando uma delas vai até o armário de ferro grande, no canto da oficina, e abre vários cadeados. Nesse momento, os outros garotos jogam fora a comida e vão até lá com uma estranha determinação e energia.

O mais alto distribui armas de diferentes calibres. Eles se espalham pela oficina — perto da janela, da porta e atrás da máquina gigante de cortar alumínio. Um garoto tenta me intimidar com o olhar e se aproxima, talvez com a intenção de tirar um sarro. Na verdade, não sei o que querem por trás daquelas feições gélidas. Ele veste moletom com estampa do Mickey Mouse, calças com suspensórios e tênis. Para diante de mim, sorridente. Aponta a arma na minha cara, enquanto repete com voz branda:

"Você quer morrer?"

"Não."

"Você quer viver?"

"Claro. Quem são vocês?"

"Uma gangue!"

Eu me lembro...

Ontem, antes da meia-noite, decidi de modo impulsivo deixar o quarto do hotel e sair na rua, independente das consequências. Queria dissolver o relógio e seus ponteiros, com a expectativa de extirpar o toque de recolher noturno de Bagdá e chegar à rua Abu Nuwas. Lembro da garrafa de uísque barato J&B que me acompanhou. Minha intrépida embriaguez falou por mim com o funcionário do hotel, que tentou me impedir de sair sem sucesso. Ouvi seus conselhos se transformarem em ameaças de expulsão, como se as palavras emergissem das profundezas de um vale.

Depois da meia-noite, as ruas de Bagdá ficam desertas. A escuridão se reúne nas lojas e vielas. Os quiosques de madeira de verduras parecem vagões de trem parados na estação. Vi gatos miarem, brigarem e se perseguirem em frente ao açougue. O mais bizarro foram os cachorros abandonados, que sempre ladram na capital, se esconderem naquela noite, prevendo algum perigo. Preferiram se esconder e buscar comida outra hora. Mais alguns passos e venci as ruelas do mercado local, assim como a embriaguez. Uma única garrafa jamais derrubaria um corpo viciado em álcool desde a adolescência.

Minha nostalgia me transportou duas ou três décadas no passado, mais precisamente, para os lindos jardins de Abu Nuwas e os peixes *masgouf* grelhando sobre as chamas que dançavam ao som das canções de amigos. Os sonhos revoavam em meio ao alvoroço de copos de uísque e araq local. Naquela época, tudo era possível. Pelo menos era o que achavam nossas cabeças cheias de aventura, com cenários que se renovavam toda noite. Eram os anos de ouro, que nos davam coragem, força e impulsividade. Agora temos que recuperar o que se perdeu, que seja uma pequena parte, uma centelha desse tempo perdido. Pois a maior parte do que a gente tinha, está perdida para sempre. Como a minha amada Samma, perdida para um casamento que ela não queria. Hoje, porém, certamente ama seus quatro filhos pequenos.

Fui me afastando do hotel, do mercado local e da Bab Al-Muazzam pela avenida Jumhuriya. Será que poderia passar pela Bab Acharji e, de lá, ir até a rua Abu Nuwas, cantarolando, como no passado, as canções dos anos 1970? Uma escuridão imensa tomava conta da praça Maidan e das vielas adjacentes. A praça

Maidan tem uma história gloriosa. Costumava ser o covil de criaturas metálicas vermelhas que, além de transportarem passageiros nos seus dois andares, eram um grande repositório de memórias. Fiquei de porre num ônibus desses em meados dos anos 1980. Ônibus 77, linha Maidan – Nafq Achurta. Acabei dormindo no segundo andar. Só dei por mim quando escutei os gritos do motorista e senti seus tapinhas na minha cara. Talvez ele tenha me estapeado várias vezes antes de eu saltar aterrorizado ao ver aquele bigodão num rosto irritado.

Caminhei rente aos muros dos prédios altos, com medo de dar de cara com um soldado da guarda noturna. Mas, a cada passo, sentia satisfação como se estivesse de volta às noites do passado. Tudo o que mais queria era arrombar a porta que trancara tudo aquilo. A noite bagdali. A noite que me pertencia, que pulsava em mim com o maior dos êxtases até eu não me sentir como um lânguido fantasma errante. Será que o soldado da guarda noturna saberia que eu não era um monstro que quer alvejar minha amada Bagdá?

O céu brilhava e o cheiro da chuva se misturava a odores nauseantes da capital. O som das gotas se harmonizava num concerto espetacular. Imagens passavam à distância. O momento era fugidio como água escorrendo pela calçada. Parei diante de uma parede imunda. Segui, confuso pela mistura de luz, trevas e umidade, e então ouvi o megafone da viatura da patrulha noturna.

O que separa a insanidade dos garotos e a embriaguez da noite passada é um lapso que tento recuperar. Como tábuas de argila riscadas. No momento, não tenho condições de preencher essas lacunas e compreender o vazio na cabeça. Parece que na noite passada descobri a capital em um de seus momentos mais frágeis. A hora do toque de recolher noturno põe um fim nas histórias do dia interminável, com seus boatos e devaneios.

As horas noturnas de Bagdá foram a primeira coisa controlada pelos soldados americanos em seus Humvees, rugindo ao redor e nos causando medo e insônia. Depois, esse controle das noites passou às tertúlias iraquianas — e os disparos aconteciam por nada, desde briga de gatos até um cão faminto.

Meu novo amiguinho me deixa depois de alguns minutos e se junta a seu companheiro na janela. Tento escutar a conversa e me surpreendo. Os dois estão entretidos discutindo a última temporada de um desenho animado da televisão: um bruxo covarde transformou árvores em blocos de concreto, a água do rio em gelo e animais em dejetos por toda parte. Estavam ansiosos para que o corajoso príncipe chegasse logo e salvasse a todos.

A conversa das crianças é entediante, mas não me incomoda nem fico impaciente, apesar de estar amarrado. E é um pouco esquisita. Para que esperar pelo príncipe para se livrar do bruxo se eles e todos os colegas espalhados pela oficina estão armados?

Começo a refletir sobre a noite passada, após o toque de recolher da capital. Será que fiz algo reprovável? Seria eu o bruxo atroz que devastou a capital?

Chamo os meninos e peço que me contem por que fui aprisionado. As crianças mais próximas ouvem a pergunta. Vêm todos até mim e, me encarando, riem. O maior deles se aproxima e, bagunçando meus cabelos, diz: "Você é bonito e bonzinho, tio!".

Outro menino, que me lembra os garotos de internato — filhos da aristocracia branca —, acrescenta: "A gente não vai te matar. Somos bonzinhos que nem você".

"Então, por que não me soltam?"

Não tive resposta. Depois de alguns minutos, começo a bater a cabeça na parede como reação ao desinteresse deles. Eles se assustam e vejo medo e tristeza neles.

"Me soltem!", grito.

É vergonhoso ter sido preso por garotos que nem tinham nascido enquanto eu corria entre mísseis e bombas na guerra dos anos 1980. O nó parecia impossível de ter sido feito por essas crianças. É o que penso quando um garoto de rosto fino e escuro comenta: "A corda foi bem amarrada".

"Quem me amarrou?"

"Não sei."

Ouvimos disparos nas redondezas. Os garotos se escondem sob as bancadas e as máquinas, gritando uns para os outros para que se afastem das janelas. Eu não sei o que está acontecendo. Áreas deterioradas guardam segredos ou escondem verdades. Talvez essa desintegração também tenha acometido a mente desses garotos, e por isso estejam aterrorizados, como se estivessem trapaceando as regras do jogo.

Passados quinze minutos, o silêncio paira e os meninos saem dos esconderijos e colocam as armas nas bancadas. Não dispararam uma só bala. Estavam calmos como se ouvissem tiros o tempo todo. Tão calmos que o menino mais magro tira um pedaço de chocolate de uma sacola preta e reparte com todos. Um deles se aproxima de mim e enfia um pedaço de chocolate na minha boca. Eu recuso. Prisão e doçura não se misturam. Há muito tempo troquei a infância por garrafas de vinho, esquecimento, cabelos brancos e roupas esfarrapadas. Essas coisas corroem e entristecem todas as minhas lembranças.

Eu me lembro...

A chuva apertou e me escondi como um ratinho entre os escombros de uma agência do correio. Parecia que uma tempestade se aproximava. Em poucos instantes, o vento varreria a capital. Ouvia-se portas e janelas baterem e objetos metálicos caírem. Sacos e pedaços de papel voavam pelas ruas e acima de prédios e lojas. Envolto no casaco e em antigas histórias calorosas, mantive-me aquecido.

Os bloqueios de segurança, rumores e toques de recolher assustadores sumiram completamente da cabeça. As imagens coloridas da minha vida passaram diante de mim: a infância nos rios ancestrais e campos de cevada e milho; o desejo de ver a capital e fugir da supervisão dos pais; um jovem aventureiro dando um jeito de deixar seu vilarejo monótono; hotéis baratos, guerras, promiscuidade, álcool; a obrigação de ser um vendedor numa barraca no *souq* em Maidan, nos anos 1990. Entretanto, desencavei coisas valiosas de pilhas de lixo: fitas com músicas antigas, sapatos fora de moda, livros escolares, canivetes automáticos Umm Al-Yay, entre outras raridades que não interessam a ninguém a não ser aos pobres. Comprei até caixas do correio de Bab Al-Muadham de dois bêbados que as tinham roubado do prédio durante os eventos de abril de 2003. Mantive as caixas por uma deliciosa obsessão de preservá-las da frivolidade dos necessitados e embriagados. Nunca esquecerei sua fascinação, postadas diante de mim, no segundo andar do prédio dos correios na década de 1980. Jamais esquecerei a minha caixinha, de número 754, que guardava apelos da família me implorando que voltasse para o vilarejo. Assim como nunca esquecerei o dia de inverno em que conheci o único amor da minha vida, Samma, naquele prédio diante dessas caixas. Foi uma época de festas, alegria, fogos de artifício nos céus — enquanto minha vida permanecia solitária e acorrentada pela guerra dos anos 1980. Eu amei Samma. Enviei-lhe cartas cor-de-rosa cheias de coraçõezinhos vermelhos e palavras repletas de esperança — do meio de uma guerra que não compreendemos até hoje.

É preciso guardar as coisas bonitas mesmo que não tenhamos nada além delas. A necessidade de conseguir dinheiro não me fez vender as caixas de memórias. Muitas cartas passaram por elas até chegarem a mim e a outras pessoas em Bagdá. Quantas tristezas, lágrimas e angústias; e a euforia das cartas de amor secretas. E havia as correspondências que traziam boas-novas.

Infelizmente, o prédio dos correios foi destroçado por um míssil americano. Para mantê-lo a salvo nas minhas lembranças, eu tive que me livrar de um sujeito de roupas puídas e que parecia ser indiano. "Saia daqui, não vou vender as caixas!" Ele disse que separaria as caixas de metal para vendê-las separadamente ou todas de uma vez para o ferro-velho ou as trocaria. Pode-se vender qualquer coisa no meu país, a um preço baixo — mesmo nossas memórias, sentimentos e o verde de nossas árvores. Qualquer coisa!

A minha caixa 754 estava no meu quarto de hotel, assim como outras caixas da capital. Tentei me convencer de que, na manhã seguinte, encontraria ali uma carta de Samma, ou de meus pais, que partiram para o paraíso. Certamente, ela seria muito diferente de cartas anteriores que recebi. Será que meu pai me convidaria, como de costume, para acompanhá-lo a um vilarejo mais pacífico? Ou Samma me diria: "Ei, garoto! Sei que veio pelos becos, depois de todos esses anos, e me viu Samma, a mãe... Samma, a mãe de quatro filhos crescidos. De cabelos brancos, sempre preocupada com eles nas ruas de Bagdá. A morte do meu marido não basta para que tenha o direito de se aproximar de mim. Os meninos cresceram e a vida passou, garoto do prédio dos correios".

Isso quer dizer que não precisava esperar por mais cartas. Ficamos sós. A umidade e a putrefação nos paralisaram. Até nossas lembranças das mulheres bonitas esvaneceram. Os cabelos brancos invadiram as cabeças e, dos passeios ao longo das orlas da capital, em minissaias e camisetas, sobraram detalhes fragmentados. Histórias do mais delicioso desejo. Fragmentos da tábua de argila suméria.

A chuva cessou e saí do esconderijo para chegar até Bab Al-Charji e a Abu Nuwas. Afundei o pé direito numa poça de lama. A escuridão nos conduz ao que há de mais nefasto. Eu tinha que abandonar os destroços do prédio dos correios, cortar caminho pela praça Maidan e chegar aos muros do banco Islamy. Mas esse caminho é muito perigoso. Como queria que houvesse um muro contínuo conectando Bab Al-Muadham a Bab

Al-Charji, por onde me arrastaria como lagartixa até chegar onde eu queria.

Deixei o prédio demolido dos correios rapidamente, minha sombra fantasmagórica refletindo no asfalto molhado, e segui agilmente até outro muro. A embriaguez me dava sensação de segurança; consegui chegar e me esconder atrás de um ponto de ônibus de concreto. Sentei-me no chão molhado e tentei me aquecer.

A guerra dos anos 1980 — a memória se recusa a esquecê-la. Estende-se e jamais se interrompe, como um fio que conecta secretamente aqueles dias aos que vivemos agora. Vez ou outra temos permissão para ir até o centro da cidade, povoado de vida e mulheres.

Eu havia escapado da batalha do leste de Basra, quando a morte estava entre nós em carne e osso. Não a vi se esconder nas trincheiras; não vestia capacete temendo estilhaços quentes; não temia perder os entes queridos que ainda esperavam suas cartas. Era cruel. Mostrava a língua para nós, soldados, e nos abandonava para ir até os iranianos. Ali, fazia seu jogo voraz. Transitava entre nós sem se importar com farda ou insígnia.

Depois de minha fuga, retornei e fui capturado, condenado e aprisionado numa brigada. Apresentei meu pedido de perdão e jurei que seria corajoso mesmo diante da morte. Que, na próxima vez, esburacaria seu crânio e a expulsaria de nossas terras e de nossas cabeças... As perguntas se amontavam, até não restar mais lugar para respostas!

Um dia, durante meu serviço no exército, saí do hotel Allawi Al-Hilla por volta da meia-noite em direção à garagem Al-Nahda. Pelo caminho, fui assaltado por uma inveja imensa, intensa e infantil. Sentia que tudo estava melhor que eu, até os postes de luz, que eram parte da cidade e não se preocupavam com balas perdidas, seja as de uma pistola ou de um AK-47. Ninguém queria qualquer coisa deles. Permaneciam ali imóveis, sem cantilenas militares nem pensamentos nobres ou degenerados.

Fiquei ali por alguns minutos. Em seguida, me levantei rapidamente e colei meu corpo ao muro, me arrastando como se estivesse no serviço militar. Quando o muro terminou, começou uma sequência de lojas fechadas. Escolhi outro esconderijo que me protegesse de ser visto. Tudo o que queria era estar na rua Abu Nuwas à noite — onde iria experimentar o carnaval suspenso da capital sozinho.

As crianças deixam as armas de lado e começam a conversar sobre um jogo estranho, com um nome que soa bastante esquisito para nós, adultos: *chabtit*. Elas se dividem em dois times e riscam uma linha longa de giz no chão de cimento. Seguindo suas discussões e risadas, não percebo qualquer traço de violência.

A linha de giz das crianças se estende na minha imaginação como a divisão entre dois exércitos: alegria, risinhos, arfadas e expectativas no jogo delas são tiros, mísseis, bombas, caixões, luto no jogo dos adultos.

A coisa só começa a ficar tensa quando um dos garotos do time "A" cruza a linha branca e invade a área do time "B". Sua missão era tocar qualquer pessoa e voltar para o seu lado. Com isso, mataria um rival e o tiraria do jogo. Assim, as crianças do time "A" atacam com determinação silenciosa, enquanto o time "B", na defensiva, tem como missão capturar o invasor e impedir que retorne, se jogando sobre ele e fazendo-o rir ou se render.

Que maravilha de competição baseada no silêncio e no riso. Sem fumaça ou barulho de explosões — o que se mantém em silêncio vence e aquele que ri perde. Então, os dois exércitos invertem posições: atacantes viram defensores.

O sol chegou ao ponto mais alto do céu e começa a infiltrar-se pela janela oeste da oficina. O tempo não foi capaz de preencher as lacunas de minha memória com outra cena da noite chuvosa. Não há qualquer resposta para as perguntas que abundam como os ratos nesta oficina... as respostas se perdem diante de tantas perguntas.

Recuperei parte da memória da noite passada...

A expressão do rapaz do hotel ficou mais nítida na minha cabeça. Parecia querer me fazer desistir de sair. "Eles vão te matar. Não saia depois do toque de recolher." Foi o que ele disse. Lembro-me de seus dedos agarrados aos meus antebraços. Eu o empurrei e desci as escadas no escuro. Esperava encontrar a porta trancada. Sorri. O rapaz poderia ter trancado a porta em vez de ficar implorando.

Fazia frio e ventava muito na capital. As ruas sem movimento e o vinho que aniquilara qualquer temor me impulsionaram adiante. Não ia me atrasar no caminho da última alternativa ou do final que escolhera para mim.

O prédio dos correios havia sido demolido pelos mísseis americanos na última guerra, deixando muitos buracos para se esconder. Havia ainda a praça Maidan, o banco Islamy e as lojas de tapetes iranianos, cobertores e utilidades domésticas. Não conseguia ver as placas na escuridão, mas a memória ainda sabia lê-las e deduziu cada lugar. Os tiros que ouvi não me preocuparam, embora atingissem o corpo da minha cidade e o céu. Se um soldado ou policial quisesse descarregar seu cartucho no meu peito, que viesse.

Ouvi vozes humanas na escuridão na praça Al-Wathba. O que estava acontecendo? As balas disparavam e reluziam, e os mísseis RPG-7 se chocavam com os prédios de segurança. Não me perturbei. Estava ciente dos perigos quando planejei sair... estrondos, gritos, tiros, mísseis e fumaça se misturavam à escuridão da noite e à pouca luz das lâmpadas esparsas. A paisagem assumiu uma cor que as capitais do mundo não conheceram no novo milênio.

O prédio da divisão de segurança ardia em chamas enquanto fantasmas humanos corriam na minha direção. Atiravam neles, mas atingiam o asfalto e as fachadas das lojas. Os disparos zumbiam em todas as direções. Eu me lembro de ter saltado sem pensar e corrido com os fugitivos. Sim, dei meia-volta e retornei pelo mesmo caminho. As balas continuavam nos perseguindo.

Os garotos deixam a oficina, como se seu turno tivesse terminado. O silêncio prevalece por cerca de meia hora até que os membros da gangue entram e tiram as máscaras. Cumprimentam-me como se me conhecessem. Dizem que eu estava inconsciente desde a noite passada e que colidi com um muro de concreto durante a perseguição da polícia e do exército na praça Al-Wathba. Em seguida, me interrogam com bondade e respeito.

"Você estava correndo com a gente. Mas trabalha com quem?"

"Quem é seu líder?"

"Você estava na missão de ontem à noite para explodir o prédio também?"

"Não precisa ficar com medo, estamos todos do mesmo lado."

As questões mostram que a tábua da minha memória é menos confiável do que eu imaginava. Por isso, vou deixar que esses homens preencham as lacunas. Cansei e não consigo lembrar o que aconteceu de verdade, então não me incomodo em tomar emprestada a memória de algum dos sujeitos abrindo sacos de papel e devorando tâmaras, pão de cevada e coalhada.

Continuo amarrado, e minha dor de cabeça aumenta a cada pergunta que não sei responder. Minha consciência não compreende as letras e as palavras. Sigo apenas feições e lábios enquanto expressam raiva, crueldade e ironia. Os modos dos homens se transformam e sua bondade vira insensibilidade enquanto golpeiam meu rosto. Mas só pergunto uma coisa: "Onde estão as crianças?".

Eles sorriem e se entreolham, até que um homem sem barba diz: "Efeito da pancada de ontem, ainda não percebeu!".

Então o outro completa, mais irritado que o companheiro: "Que crianças? Isso é uma oficina abandonada".

Sei que o ferimento na cabeça veio do choque contra um muro de concreto, que a tábua de minha memória está incompleta e que o jogo das crianças, *chabtit*, continua, mas com outras regras — no lugar do silêncio e do riso estrondoso, há cadáveres e armas de fogo. Será que cheguei à rua Abu Nuwas depois da meia-noite? Parece que sim!

* *Conto escrito originalmente em árabe.*

PARTE 4: SANGUE EM MINHAS MÃOS

DE VOLTA PARA CASA

ROY SCRANTON

Chorja

Um tumulto de mãos, dor e a boca cheia de areia — então o puseram na traseira de um Humvee. O médico conferiu a respiração e os batimentos cardíacos, puxou uma mochila para um lado da cabeça e enfiou um capacete sob o outro. Ele perdia e recuperava a consciência, mas as pupilas estavam bem e o corte horroroso no couro cabeludo era superficial — o crânio parecia intacto. O médico enrolou a cabeça com uma atadura e espetou o soro na veia dele, dizendo a outro soldado ferido, um cabo sentado de frente para o veículo, que o mantivesse acordado; então se dirigiu à outra vítima.

"Você teve sorte, Haider", disse o cabo, acendendo um cigarro. "O explosivo matou dois companheiros, mas você tem aí uma marca de vitória. Você vai pra casa. Todo mundo pensa que você é Ali Hussein. Tipo um Rambo de verdade."

Haider só resmungou.

O homem tocou em seu braço. "Eu sei, eu sei. As coisas parecem ruins agora. Mas ânimo: a boa notícia é que esse arranhão nem tá doendo ainda."

Três dias, dois caminhões do exército e uma corrida de táxi depois, Haider estava amaldiçoando a boa notícia do cabo Hamza. Pagou o motorista com mãos atrapalhadas e o corpo inteiro retesado, depois pegou a bolsa no banco de trás. Olhou de soslaio para o trânsito congestionado, ouvindo as buzinas vibrando na rotatória da rua Al-Jumhuriya. Serpenteou por entre velhos Datsuns, novas camionetes chinesas e alguns BMWs, e então atravessou as velozes correntes humanas da rua Al-Rachid com a cabeça latejando sob o brilho da luz de junho.

Desviou de um carrinho cheio de caixas empilhadas, escorregou nas cascas de laranja jogadas pelo vendedor de suco e se esquivou de uma bandeja de carpas, esgueirando-se na sombra entre os prédios antigos e os vendedores de guarda-chuvas. A vida do mercado irradiava a sua volta, brilhando com a estranheza de um sonho: sacos de temperos como pigmentos numa paleta, pimentas vermelhas em pó, cúrcuma ocre e o verde lamacento do zatar; utensílios domésticos chineses de plástico em fileiras de rosa-choque e verde neon; um mosaico colorido de caixas de chá, misturas de bebidas em pó multicoloridas e potes amarronzados de xarope de tâmara; vestidos com babados azul-vibrante, amarelo-mostarda e carmim, cobertos de sereias dançando e princesas da Disney; inúmeras garrafas amontoadas como grandes pedaços de jade, âmbar e granada; sabonetes de mão, detergentes e xampus. Sempre se chegava diferente do *front* de batalha, mas isso era outra coisa. O cheiro deixou-o enjoado, as cores perfuraram seus olhos, e o redemoinho de corpos lhe deu tontura — em parte por euforia, em parte por medo. Sua cabeça não parava de latejar.

Sentiu-se aliviado quando saiu da rua Al-Rachid, deixando o tumulto para trás, e seguiu em direção ao Mercado Al-Safafir, praticamente vazio naqueles tempos. O lugar era calmo. A rua dos caldeireiros seguia em direção ao rio — uma longa e fria galeria luminosa com lustres, pratos, potes, vasos e candelabros de cobre espalhados pelo caminho vazio e revestido de tijolos. Os mostruários brilhantes sempre pareciam encantadores à primeira vista quando se entrava no *souq*, mas hoje em dia a maioria das coisas era porcaria importada da Índia e da China. Os lendários ferreiros de Bagdá viraram exatamente isso: lenda. Ninguém podia pagar por trabalho artesanal, então os velhos vendiam o que as pessoas podiam comprar, enquanto seus filhos deixavam as forjas nos fundos do *souq* em busca de melhores perspectivas — como se alistar no exército.

"Haider!", uma voz gritou de um dos estandes. "A paz esteja com você."

"Com você esteja a paz, tio", Haider respondeu, reconhecendo o rosto comprido de Said, um dos velhos amigos de seu pai.

"De volta da guerra?", Said indagou, saindo da galeria.

Haider levou um segundo para compreender a pergunta, que ecoou de modo estranho nos seus ouvidos. Assim que captou a ideia, sorriu. "O Daich me deu um presente de aniversário", ele disse, tocando a cabeça. "Ganhei uma semana de licença."

Uma expressão de ansiedade tomou o rosto de Said. "Fico feliz que esteja bem. Já viu seu pai?"

"Tô indo pra lá agora."

"Escuta, Haider", Said falou, olhando ao redor do *souq*. "Não é da minha conta, mas Abu Bakr teve uns problemas. Ele não tá bem." E, tocando a testa, completou: "Aqui, sabe?"

"O que houve?"

"Acho que ele mesmo deveria te contar, mas não tem necessidade de se meter na história, certo? Às vezes, o melhor é não se envolver pra não atrair problemas."

"Não sei se entendi."

Said apoiou a mão no ombro de Haider: "Vai por mim, meu filho. Você sabe como teu pai fica às vezes. Você não precisa resolver nada. O que já foi, já foi".

Haider olhou para o velho com certa compreensão. "Deus sabe o que faz", respondeu.

Abu Bakr, em uma cadeira de rodas, cumprimentou de maneira ansiosa seu último filho vivo, como se escondesse algo. A mãe de Haider se manteve atrás do velho caldeireiro, com lábios rígidos e comprimidos, mas os olhos transbordando emoção. Estavam surpresos de vê-lo em casa e queriam saber de seu ferimento, mas Haider abanou a mão e perguntou o que estava acontecendo.

"Eu não estou me sentindo bem", Abu respondeu, rindo.

"O que aconteceu?", Haider perguntou.

"É a artrite, só isso", Abu murmurou.

"É um homem amaldiçoado", a mãe interveio.

"Nadia, por favor", Abu disse, sorrindo de novo. "Não é nada."

"Pai, me deixa ver as tuas pernas?"

"Não precisa, tá tudo bem", Abu garantiu.

"Claro que tá, porque elas já eram!", Nadia interrompeu com rispidez. "Já eram. Velho estúpido!" Ela bateu a caneca de chá na mesa e saiu da cozinha.

Haider pôde ver então, sob o cobertor, que as pernas de Abu terminavam na altura dos joelhos. Tinha pensado que havia algo errado com a aparência do pai, mas não sabia o que exatamente. Levou uma tarde inteira para ficar a par da história. Esta foi a versão do pai:

Os negócios iam pior que o esperado, então ele procurou seu velho amigo Abu Luluah para ver se teria algum trabalho para ele. Abu Luluah disse que tinha um serviço, muito bem pago, mas que era perigoso. Ele teria que entregar uma remessa em Rutbah, quase na fronteira com a Síria, e trazer outra de lá. Levaria, possivelmente, de oito a nove horas por trecho — se ele pegasse a Rodovia 9 e contornasse Habbaniyah para evitar a batalha em Fallujah, e então seguisse pela Rodovia 1. Abu Bakr teria que usar seu próprio caminhão, porque Luluah não poderia correr o risco de perder o veículo para o Daich, mas lhe prometeu um maço de dólares.

E o que ele iria levar? "Vamos dizer que se trata de comida enlatada."

Para quem seria a entrega? "Digamos que se chama Al-Maeiz."

Onde iria encontrar esse homem? "Num restaurante de pacha em Rutbah."

Antes do amanhecer, Abu Bakr partiu para Rutbah, seguindo na direção sul e passando pelas cidades e fazendas da Rodovia 8. O azul do céu esmaecia à esquerda enquanto o alaranjado da aurora irrompia no horizonte. No norte de Karbala, virou as costas para o Sol e seguiu a sudoeste do Eufrates. A Cidade dos Mártires brilhava como uma visão sagrada sob a luz clara e oblíqua. Deixou para trás as verdejantes fazendas no vale do rio e seguiu em direção noroeste pelo deserto sunita. Não havia nada além de areia, terra e poeira por quilômetros. Passou pelo lago Habbaniyah, uma mancha cinzenta gordurosa que flutuava sobre a terra marrom. Seguiu-se uma planície por quilômetros que pareciam infinitos, completamente desolada não fossem os raros caminhões que vinham em sentido contrário. Passadas algumas horas, as montanhas no entorno do Wadi Hauran se ergueram a oeste, petrificadas e austeras, e a estrada pareceu afundar cada vez mais em direção a Rutbah e às fronteiras.

Ele conseguiu fazer a viagem em um bom tempo; por volta do meio-dia já havia chegado à cidade. Estava tudo calmo, sem trânsito e com poucas pessoas. Passou por um homem alto de camiseta rosa que fumava numa esquina. A barba do homem era longa o bastante para que fosse um salafi, mas curta demais para que não fosse. Ele ignorou a passagem do caminhão de modo tão deliberado que Abu sentiu medo. Ao encontrar o restaurante de pacha, sentiu-se aliviado. Estava fechado e ninguém atendeu. "E agora?", Abu Bakr imaginou que abririam em breve e, pensando na viagem de volta, decidiu tirar um cochilo enquanto esperava. Estacionou atrás do restaurante, pendurou uma toalha na janela para fazer sombra e se aconchegou no banco. O motor do caminhão estalava à medida que esfriava da longa viagem, tranquilizando o velho que adormecia.

Acordou quando algo se chocou contra o vidro do lado do motorista e o estilhaçou. Ao tentar virar o corpo, a coronha de um rifle o acertou na testa. Tudo ficou branco e preto, e a próxima coisa de que teve consciência foi segurar o volante e olhar para o cano de um AK enquanto alguém tentava puxá-lo do caminhão pelos pés. Viu o cano se erguer e passar pelo rosto detrás do rifle — olhos duros e barba longa. Levou outra coronhada na testa. Dessa vez, quando recobrou a consciência, estava deitado no chão, sangrando na areia, olhando para cima e vendo três homens descarregarem as coisas do caminhão e as levarem para o restaurante, enquanto um quarto apontava a arma na cara dele.

Abu sentia o mundo rodar e, mesmo com dor, levantou a mão. "Espera", implorou. "Espera... Al-Maeiz."

"Quem te falou este nome, gorducho?", um deles perguntou, olhando-o de cima.

"Abu Luluah me mandou aqui."

"Bem, quando chegar em casa, em Bagdá, seu xiitazinho de merda", o homem armado rosnou, "diga a seu amigo que Al-Maeiz manda saudações."

"Mas... o outro..."

"O outro o *quê*, gorducho?"

"Eu tinha que levar algo de volta", Abu sussurrou, confuso.

"Foi o que Abu Luluah te disse, gorducho?"

"Foi."

O homem engatilhou o AK e ficou rodeando Abu. "Você quer que eu te dê alguma coisa pra levar de volta?"

Abu Bakr desviou o olhar e viu seu caminhão. As duas portas da cabine estavam abertas e as duas janelas estilhaçadas. Eles estavam quase terminando de descarregar os itens.

"Deus me guarde", Abu disse. "Eu tenho esposa e filho, o único que me restou. Por favor."

"Diga a Abu Luluah que Al-Maeiz pegou o carregamento dele. Fala que não é pra se preocupar com mais nada, entendeu?"

O caminho de volta pareceu infinito. Abu Bakr imaginou as milhares de formas pelas quais Luluah poderia puni-lo. Já era tarde quando finalmente chegou, mas preferiu ir direto ao estande de Luluah no mercado de Chorja. O grandalhão esperava por ele e ouviu com paciência a história de Abu Bakr. Assim que terminou, Luluah pegou uma porção de pistaches e deixou-os escapar por entre os dedos como as contas de uma *masbaha* rompida. "O que você acha que eu deveria fazer com esse ladrão?", ele perguntou em tom reflexivo, observando os pistaches caírem.

Abu Bakr não tinha certeza do que ele queria dizer nem a quem se referia. A cabeça doía após quase vinte horas de viagem. Os jovens capangas sentados por perto não pareciam ouvir Luluah, tampouco a criança, cujo trabalho era cuidar dos doces, ou o valentão de pé atrás dele — o que todos chamavam de Gavião. Abu arriscou: "Eu não sei, tio. Não sei nem se vi Al-Maeiz... talvez aqueles caras tenham feito alguma coisa com ele".

Luluah lhe lançou um olhar confuso que logo endureceu de desgosto. "Você acha que tô falando de Al-Maeiz... meu velho amigo, meu irmão que esteve comigo em todos os momentos? Acha que ia chamar o meu irmão de ladrão?" Ele cerrou os punhos com os pistaches que ainda restavam. "Você é mais idiota que parece, gordo do caralho!"

Gavião virou a cabeça e olhou para ele. Abu Bakr não era o que se poderia chamar de corajoso nem de bom de briga. Não, era apenas um caldeireiro — mas ainda um bagdali, e um iraquiano, e já passara por momentos muito difíceis. Tinha enfrentado sua cota de terrores. Contudo, o medo que fez tremer seu ventre quando Gavião perscrutou a sua alma era algo que não queria sentir nunca mais na vida. "E-eu não se-sei o que você quer dizer, tio", Abu gaguejou.

"Quero dizer que Al-Maeiz me ligou há umas duas horas me perguntando do carregamento. Disse que esperou o dia inteiro no restaurante pelo imbecil do motorista de caminhão que não aparecia nunca. Pensei que você tinha sido estúpido o suficiente pra ser explodido ou algo assim, mas então você me aparece aqui com essa balela de que o restaurante tava fechado e os capangas do Al-Maeiz te apontaram uma arma e roubaram o carregamento."

"Mas é verdade, eu juro", disse Abu.

"Então eu deveria confiar na palavra de um caldeireirozinho e não na do meu querido amigo?"

"Não, claro que não, Abu Luluah, é que..."

"Cala a boca!" Luluah atirou os pistaches na cara de Abu Bakr. "Deixa eu te dizer o que aconteceu: você saiu em direção a Karbala, como deveria; então foi encontrar teu primo, que come tua mulher toda terça, e vocês descarregaram a mercadoria na garagem dele. Vocês ficaram o dia inteiro fodendo e, quando cansaram e acharam que já tava bom, tomaram um chá. Aí, ele te deu umas porradas pra sua historinha parecer convincente."

Abu Bakr olhou o mercado à sua volta, quase vazio naquela hora já avançada, esperando encontrar um rosto amigo. Mas, para onde quer que mirasse, as pessoas evitavam contato. Ninguém queria testemunhar o julgamento de Luluah, embora todos fossem ouvir sobre ele em algum momento, já que as conversas se espalhavam rápido pelo mercado de Chorja.

Abu não se lembrava exatamente o que disse daí em diante, apenas que começou a implorar para que Luluah acreditasse nele, tivesse piedade, ouvisse, verificasse o caminhão; então seus capangas o pegaram pelos braços e o espancaram até ele apagar. Quando despertou, estava amarrado a uma mesa sob o olhar de Gavião, que fumava um cigarro acima dele. Abu começou a implorar de novo, mas em vez de responder, o homem de nariz adunco pegou uma serra elétrica. Ele deu partida uma, duas vezes, e então a lâmina dentada soltou seu zumbido metalizado.

Ao despertar novamente, estava no hospital. Estava em choque, disse o médico, quando alguns homens o largaram do lado de fora da emergência. Alguém havia posto torniquetes nos cotos para evitar que continuasse sangrando. Ele tinha sorte de estar vivo, o médico lhe disse. Mais tarde, um policial veio recolher seu testemunho e Abu inventou que estivera fazendo um conserto debaixo do caminhão e o veículo caiu sobre ele. O policial não acreditou, claro, mas não insistiu.

Haider se recostou, deu um trago no cigarro e observou atentamente o pai mutilado. Já havia escurecido, o chá esfriado, mas nenhum deles se moveu para acender a luz. Ele ouvia a mãe assistindo à TV no outro quarto.

"Eu não queria te contar", o pai disse. "Eu não ia contar."

"E isso ia resolver alguma coisa?", Haider perguntou.

"Eu ainda posso trabalhar", o pai afirmou, levantando as mãos. "Sua mãe pode encontrar um trabalho. A gente vai sobreviver. E você... você tem sua carreira no exército. Eu não queria te dar motivo pra se preocupar."

A cabeça de Haider latejava — do couro cabeludo ao globo ocular — por causa do ferimento, que demorava para sarar. Foi difícil manter a paciência, assim como controlar a raiva que sentiu percorrer os membros, um ardor gélido e viscoso, lânguido e assassino.

"E a tribo? O que você falou?", Haider perguntou.

"A mesma coisa que eu disse pra polícia."

"E cadê o caminhão?"

O pai balançou a cabeça e respondeu: "Com Luluah. Sua mãe tentou pegar de volta depois... mas disseram que era o pagamento pelo que eu tinha roubado. Jura que não vai fazer nada, filho. Jura, pela sua mãe".

Abu Luluah era perigoso, verdade, e o Gavião não era brincadeira. "Meu pai não deveria nunca ter ido atrás deles... e foder com a entrega... Por que ele foi tirar um cochilo? Velho trouxa", Haider pensou. Ele podia justificar a coisa toda apenas como estupidez de velho. Brincar de *dambala* com um gângster como o Abu Luluah... o que ele esperava? Tinha sorte de estar vivo.

Ainda assim, a injustiça o irritava. E o que mais indignava Haider, mais até que a desonra de sua tribo, era ele ser soldado. Claro, não era do comando da Brigada de Ouro, mas era veterano em um pelotão de guerra de verdade, não uma daquelas unidadezinhas que desertam como cães no primeiro perigo que aparece. Quando Abu Luluah mexeu com seu pai, mexeu com ele também. Não importava quem estava certo, quem era o palerma e quem era o poderoso. O que importava era que ou você deixava o filho da puta te machucar, ou parava ele. Era isso — não tinha a ver com honra, justiça ou prudência, mas com guerra. E Haider sabia lutar.

Ele se levantou e colocou a mão no ombro do pai. "Você precisa descansar, pai."

Na manhã seguinte, a primeira coisa que Haider fez foi comprar uma pistola. Levou umas duas horas para encontrar uma M9 americana barata e em bom estado. Então, foi ver Abu Luluah.

Àquela hora da manhã, antes de o calor ficar intenso, o mercado de Chorja estava lotado de corpos: caçadores de pechinchas, entregadores, vendedores, pedintes e, aqueles como Haider, que vinham tratar de outros negócios. Serpenteou por entre as ruelas abarrotadas, revivendo o ataque aos sentidos do dia anterior, enquanto passava por pilhas de roupas, brinquedos, facas, talheres de cobre e eletrodomésticos — todos produzidos na China, na Índia e no Vietnã.

Era como os mercados no *souq* Al-Safafir. Antes do Colapso, eles não tinham nada, exceto o que podiam fazer ou coletar, somadas às raras importações — principalmente de insumos médicos permitidos pelas sanções e o programa Petróleo por Alimentos. Os gatunos do embargo administravam um mercado ilegal próspero de mercadorias contrabandeadas da Síria, da Turquia e do Irã — mas os suprimentos eram imprevisíveis e muito caros. De alguma forma, eles conseguiram sobreviver à má nutrição, diarreia e fome graças às fazendas e aos pomares de tâmaras do Iraque.

Agora, importavam as tâmaras do Egito e da Arábia Saudita. Os pomares ainda produziam, mas as corporações estrangeiras que se apressaram em comprar o país durante o Colapso exportavam as tâmaras iraquianas. Os americanos tinham aberto o país à globalização: depois de ficar de braços cruzados enquanto saqueadores fatiavam o país, a Autoridade da Coalisão Provisória convidou egípcios, chineses, russos, kuwaitianos, sauditas e sul-coreanos para aproveitarem o que restou — por uma ninharia. Assim, atravessando oito anos de ocupação e onze de guerra — e o Colapso, os americanos, a Al-Qaeda, o Irã e o Daich —, o país foi inundado de importações baratas. Essas importações incluíam desde itens de necessidade básica, como tâmaras e ovos, arroz e queijo, até DVDs e carros, canos de PVC, telefones celulares e antenas parabólicas, sapatos de marca falsificados, frango empanado congelado, camisetas de futebol e potes de cobre. Era um milagre. O único problema era que ninguém tinha dinheiro para comprar nada. A menos que a pessoa trabalhasse para o governo, o exército ou uma petrolífera, todos lutavam só para alimentar a família — enquanto todo dia novos shoppings se espalhavam ao lado de novas lojas e surgiam novos Saddams, como Abu Luluah.

Haider viu Luluah no final da travessa, sentado em seu estande, exibindo o peito largo e sorrindo enquanto conversava com a avó de alguém. Gavião também estava lá, lendo jornal, assim como os capangas e as crianças de sempre. Para todo mundo, aquele parecia um estande comum: talvez um pouco grande para vender doces e frutas secas, mas nada absurdo. Enquanto Haider observava o grandalhão, uma gota de suor escorreu por sua espinha e chegou até o cabo da pistola, enfiada atrás da calça. A cabeça ainda doía, mas ele conseguia ignorar por ora. Viu que Abu Luluah o notara. Então, Gavião virou a página do jornal e seguiu o olhar do chefe. Agora, os dois o observavam com olhares tão intensos que transformou a travessa do mercado em uma torrente de energia. Haider podia senti-la no ferimento da cabeça, nos dedos e por toda a fileira de mesas. Era a mesma coisa que se sentia antes de um ataque, você se sintonizava a um padrão de violência que tem sua própria força, sua própria vontade, seu próprio ritmo. "*Inchallah*", ele pensou, caminhando em direção a seu destino.

Não deu dois passos e um cara com bigode gigante bloqueou o caminho. "Ei, soldado, o que tá pegando?"

"Nada, primo", Haider respondeu, levantando as mãos. "Gostaria de falar com Abu Luluah. Sou filho de Abu Bakr e quero pagar a dívida do meu pai."

"Você se acha engraçado?", o homem de bigode perguntou, empurrando o peito de Haider. "Por que não vaza daqui?"

"É sério", Haider disse com o olhar baixo, mantendo as mãos erguidas, sem enfrentar a agressão, tampouco cedendo. "Só quero falar com Abu Luluah. Quero conversar pra pegar nosso caminhão de volta."

O bigodudo mandou que esperasse ali e voltou devagar até a barraca de doces, onde falou com Luluah. Quando voltou, disse a Haider para abrir os braços e girar.

"Tenho uma nove milímetros", Haider avisou. "Por proteção."

"Cala a boca!", o bigodudo rosnou. Pegou a pistola e apalpou Haider de cima a baixo. Então, empurrou-o em direção a Abu Luluah. O soldado percorreu a travessa, sentindo a paz vertiginosa que corre entre a vida e morte — aquele lugar em que nada mais importa. No estande, o bigodudo colocou a M9 na mesa, em frente a Luluah.

"A paz esteja com você", Luluah o cumprimentou.

"Com você esteja a paz", Haider respondeu, mantendo as mãos no alto.

"Pode relaxar, *jundi*", Luluah falou. "O que foi isso aí na cabeça?"

"Uma emboscada na estrada, fora de Taji", Haider explicou. "Paramos, descemos e respondemos com fogo, e aí começou o contra-ataque. Eu estava avançando com o meu esquadrão pra uma das posições de emboscada, quando eles detonaram um artefato explosivo improvisado."

"Daich?"

"Daich."

"Quero que o Daich se foda!" Luluah rosnou, cuspindo no chão e batendo pé.

"Mataram meus amigos", Haider murmurou. "Que eram como irmãos pra mim."

"Graças a Deus você sobreviveu, *jundi*."

"Deus é grande."

"E o que quer com um velho vendedor de baklava, guerreiro?"

"Venho, respeitosamente, como filho de Abu Bakr. Eu sei que ele falhou com você e tem uma dívida."

Luluah encheu a mão de pistache. Abriu a casca de um e jogou a semente na boca. "Essa dívida está paga, *jundi*."

"Algumas dívidas nunca poderão ser pagas", Haider disse, abaixando a cabeça. "Somos uma família honrada e o erro do meu pai nos custou caro. Eu vim hoje pelo caminhão."

"Que caminhão?"

"A gente pegou o caminhão do velho", o bigodudo disse a Abu Luluah. "Você disse pra gente ficar com ele pra compensar o roubo."

"E daí?", Luluah disse. "Tá vendo, *jundi*? A dívida foi paga."

"Somos uma família pobre", Haider explicou. "A mais vulnerável da tribo. Era uma bosta de caminhão, eu sei — sempre quebrando, só dava problema. Mas era tudo o que a gente tinha desde que meus irmãos morreram. Eu vim pedir a chance de pegar ele de volta."

"Como teus irmãos morreram?"

"O mais velho trabalhava pros americanos e a Al-Qaeda matou. Outro se juntou ao exército de Mahdi e morreu combatendo a brigada de Badr. E o mais novo foi atingido num tiroteio em Zayouna — morto pelos americanos por acidente. Eles deram dois mil dólares pra gente e meu pai usou o dinheiro pra comprar o caminhão."

"E daí?", Luluah repetiu, abrindo outro pistache.

"Eu sou um bom soldado. Não me apavoro nem sou passado pra trás facilmente como o meu pai. Me deixe ser útil de alguma maneira e todo pagamento que peço é que nos devolva o caminhão."

Abu Luluah olhou o *souq* à sua volta, quebrou a casca de outro pistache e comeu a semente. "E o que eu ganho com isso? Hein? Por que vou me incomodar? Por que não deveria mandar você dar no pé?"

"Como eu disse...", Haider respondeu, esticando-se e colocando a mão aberta sobre a M9. Gavião sacou a pistola e um dos capangas puxou o AK de debaixo da mesa. Haider congelou, se curvando em direção a M9 com a outra mão no ar, e continuou com calma: "Sou um bom soldado, não me assusto fácil". Ele levantou a mão direita devagar, vazia, deixando a M9 no balcão. "Talvez tenha algo especial que eu possa fazer por você."

Luluah riu. "Você é tão estúpido quanto teu pai. Mas talvez eu tenha algo em que você pode ser útil. Volte amanhã de manhã e deixe a pistolinha em casa, certo, *jundi*? Você deixa meus meninos nervosos."

Mais tarde naquela noite, Haider jantou com os pais e contou como foram as coisas no exército. Todos torciam por mais batalhas, o que seria perigoso, evidente, mas bom para promoções. Logo, ele se tornaria cabo e teria seu próprio esquadrão. Depois do jantar, assistiram a um filme e foram dormir. Haider, insone, ficou deitado na cama olhando para o teto e se lembrando da emboscada, do momento em que a bomba caseira explodiu, vendo restos de pistache nos dentes de Luluah enquanto ria e imaginando a M9 enfiada na garganta do sujeito.

Pela manhã, pôs a M9 numa mochila velha, com pentes e munição extras, e foi para o mercado. Parou para cumprimentar um primo, que vendia ferramentas manuais num pequeno estande próximo à entrada sul, e pediu que guardasse a mochila enquanto fazia compras. Passados uns dez minutos, ele a pegou de volta após receber instruções básicas de Gavião, além das chaves de uma caminhoneta chinesa. Abu Luluah ainda não havia chegado.

Seguindo as instruções do capanga, foi para Karrada, até a rua Jamiaa, atrás do hotel Boutique Coral. A polícia havia bloqueado as ruas paralelas com pontos de controle; ele explicou que estava indo buscar um repórter na International House. Chegando no endereço que Gavião lhe deu, buzinou à porta. Um segurança particular respondeu, e Haider lhe deu o nome do americano.

Antes de ver o homem, ouviu ele se despedir, com aquela voz calorosa que os americanos tinham, agressiva, artificialmente feliz. Ele apareceu na porta com mochila e bolsa. Tinha cabelos pretos sedosos, barba por fazer tipo estrela de cinema, calça cáqui, botas de escalada, óculos Oakley e camisa azul-claro por baixo do colete à prova de balas. Parecia um figurante de filme sobre a Zona Verde, de 2004.

"Você fala inglês?", o homem perguntou num árabe iraquiano tolerável.

"Não", Haider respondeu.

"Certo", o homem seguiu. "Onde está o veículo?"

"Bem aqui", Haider disse apontando para a caminhoneta.

"Filho da puta, não conseguiu nem uma SUV", o homem murmurou. "Maravilha. Me diz que tem um toca-CD pelo menos."

"Só rádio", Haider falou.

"Bem, então é melhor a gente ir", o americano comentou, se dirigindo para a caminhoneta. "Eu indico o caminho conforme formos andando."

Em pouco tempo, seguiam para o norte, saindo de Bagdá. O homem tinha um passe diplomático de alto nível que facilitava a passagem pelos postos de controle. Cada vez que Haider apresentava o documento, se perguntava: "Que tipo de jornalista tem um passe desse?". Trazia o nome Steve Ricks. A agência: *Wall Street Journal*. E estava assinado por Saadoun Al-Dulaimi, o ministro da defesa.

Steve Ricks, a princípio, não falou muito, só orientou o caminho. Mas, uma vez fora da cidade, abriu a mochila e sacou a nove milímetros, igual a de Haider. Também pegou o coldre, que prendeu no cinto antes de encaixar a M9. E, olhando através dos Oakley prateados, perguntou: "Teu chefe contou aonde a gente tá indo?".

"Mosul", Haider respondeu.

"E o que mais?"

"Ele disse que eu não deveria fazer perguntas. Apenas levar você, fazer o que mandar e te trazer de volta. E que você é um jornalista."

"Isso aí. Ele me disse que você é do exército."

"Sim, senhor", Haider confirmou, olhando para a pista. "Aqui."

"Aqui o quê?"

"Foi aqui a emboscada do meu comboio. Quatro... cinco dias atrás." Haider apontou para o lugar vazio na estrada, um lampejo em sua memória.

"Que merda. Daich?"

Haider confirmou com um aceno. "Machuquei a cabeça nesse ataque. Eles me mandaram pra casa por uma semana. É por isso que tenho tempo de trabalhar pra Abu Luluah."

"Não deveria repousar?", Ricks perguntou.

"Minha família deve pro Luluah", ele explicou.

"Entendo. E qual é teu nome, *jundi*?"

"Haider."

"Prazer em conhecê-lo, Haider. Pode me chamar de Steve."

Eles deram um aperto de mãos, e Haider ficou contente de ver que o homem sabia que devia apertar suavemente e tocar no peito, da maneira iraquiana.

"Você precisa saber que o que vamos fazer é muito arriscado", Ricks o advertiu. "Eu vou me encontrar com um homem muito perigoso e entrevistá-lo para o *Wall Street Journal*. Você não vai gostar dele ou dos amigos dele, mas preciso que fique tranquilo o tempo todo. Fique sentado na caminhoneta, sossegado, e me espere. Depois da entrevista, a gente volta e você esquece que me conheceu. *Cool*. Você sabe o que é *cool*?"

"*Cool*", Haider repetiu. "*Fucking cool, bitches*."

Ricks riu. "Tá certo, Haider. *Fucking cool*." Ele ligou o rádio e se acomodou, ao som de "Complicated", da Rihanna.

A rodovia 1 segue para o norte pelo vale do Tigre, passando por Samarra e Tikrit, e então quebra à esquerda, cruzando o vasto complexo de Baiji — tanques e torres de armazenamento, tubulações e muitas chamas queimando contra a cordilheira baixa —, a maior refinaria do Iraque. Ao longo do caminho, Steve tirou algumas fotografias.

"Cuidado", disse Haider.

"Aqui não é seguro?"

"Mais ou menos. Eles podem atirar se virem que você tirou fotos. Acho que são policiais regionais, não o exército, o que quase sempre quer dizer que são piores, mas às vezes significa que não estão nem aí. Você tá fazendo uma matéria sobre Baiji?"

"Eles vão escrever", Ricks disse, deixando a câmera de lado. "Você pode dirigir um pouco mais rápido? Quero voltar pro meu narguilé ainda esta noite."

"Sim, chefe."

O trânsito estava bom. Os primeiros postos de controle não foram problema. A história que Steve Ricks contava aos soldados era que entrevistaria o general Mahdi Gharawi, o que, com o seu passe especial, parecia funcionar.

"Você vai mesmo entrevistar o general Gharawi?", Haider perguntou enquanto percorriam o deserto.

"Tá mesmo me questionando?", Ricks retrucou.

"Não, senhor."

"Você conhece o Gharawi?"

"Só o que falam por aí. Dizem que era da Guarda Republicana sob o regime de Saddam e que os americanos o colocaram no comando da divisão da polícia depois do Colapso", Haider respondeu. "Coordenou uma prisão de tortura pro Maliki e passou alguns anos na Zona Verde. Agora é responsável por Nínive."

"Você é bem-informado pra um *jundi*."

"Os soldados gostam de fofocar sobre seus 'papais' — especialmente agora, com essa guerra contra o Daich. Dizem que Gharawi vai perder Nínive. As tropas dele são muito fracas, e o exército levou os tanques e a artilharia para Anbar. Se o Daich atingir Mosul... só fico feliz de não estar lá."

Nesse momento, Haider viu um posto de controle à frente e começou a desacelerar. Algo estava errado. Parecia um posto improvisado normal: três Humvees e alguns soldados, mas... o que era aquilo? Se ao menos sua cabeça não doesse tanto.

"Por que já tá reduzindo?", Ricks perguntou.

Até os soldados perceberam e começaram a fazer sinal para que ele se aproximasse. Então, ele se deu conta de que não eram soldados.

"É gente do Daich", Haider disse.

"Como você sabe?"

“Pela barba. Tudo parece normal, mas as barbas são muito longas. Olha os Humvees: as marcas são de unidades diferentes, de Anbar. *Fuck*!”

“Tudo bem, Haider”, Rick o tranquilizou. “Só fique calmo, certo? Deixa comigo.”

“Não acho que esses caras leem o *Wall Street Journal*, Steve Ricks.”

“Não se preocupe. Você não é pago pra se preocupar. Só relaxe e dirija. Devagar.”

Não parecia que estavam se movendo em direção a um ataque, e sim para uma emboscada. “A gente vai se ferrar: se fizerem a gente sair, fodeu, e se a gente tentar passar por eles, fodeu. Dava pra escapar se fossem armas de fogo pequenas, mas essas metralhadoras nos Humvees vão explodir a caminhoneta.”

Haider respirou deliberadamente, devagar, mantendo as mãos soltas no volante. Trouxera a pistola na mochila a seu lado, sobre o banco. O zíper estava aberto, como ele havia deixado, mas ainda assim demoraria muito para alcançá-la. A única chance seria avançar contra eles e torcer para dar certo. Ele foi reduzindo a velocidade, sem olhar para o soldado com a barba grossa e cheia que acenava. E logo o barbudo estava na janela e eles estavam entre fuzis. “Identidade”, o barbudo falou.

Haider pegou a carteira de identidade e o passe de Ricks, mas, antes que os entregasse, o americano perguntou: “Qual a distância daqui até Raqqa?”.

O barbudo estreitou os olhos. “Pra chegar em Raqqa, você tem que passar por Dabiq.”

“Dizem que, pra chegar em Dabiq, você tem que passar por Roma”, Steve retrucou.

"De fato", o barbudo disse. "O caminho é longo, mas permanecendo no caminho de Deus você será recompensado."

"*Inchallah*", Ricks respondeu, acenando com a cabeça.

Agora, Haider entendia e começou a ver como as coisas se desenrolariam. Ele precisaria entrar em contato com um amigo de seu irmão, que saiu da Jaich Al-Mahdi e foi para a Asaib Ahl Al-Haq. Mas não seria muito difícil.

"Você é o americano?", o barbudo perguntou.

"Pode me chamar de Steve."

"Ali vai com você."

"Tem espaço atrás", Ricks disse.

O barbudo assentiu e chamou Ali. Um dos outros soldados falsos veio correndo com o AK; era apenas uma criança, com o queixo coberto de pelos ásperos. "Você vai com eles pra Dair Mar Elia", o barbudo instruiu. "Guia eles e depois fica com Abu Abdulrahman, entendeu?"

Ali confirmou com um aceno e embarcou na parte de trás da caminhoneta. Com seu rosto infantil, eles não teriam problema algum com os postos de controle e poderiam dizer que só estavam dando uma carona. Haider sentiu certo alívio ao saber que agora estavam a salvo — pelo menos por um tempo, o que ajudou a amenizar a repulsa e a raiva — apesar do que pudesse acontecer depois.

Ao entardecer, eles subiam as montanhas ao sul de Mosul. Quando passaram pelo cume, a cidade se abriu diante deles: uma metrópole de quase dois milhões de habitantes se espalhava sobre o verdejante vale do

Tigre, coberto de relva e árvores que, inesperadamente e de modo quase obsceno, se chocavam com o deserto. Além do rio, ficavam as ruínas assírias de Nínive, e as veneradas mesquitas assomavam sobre toda a cidade: a grande mesquita de Al-Nuri, a mesquita do Profeta Yunis, a mesquita de Jerjis e o santuário de Machad Yahya Abul Kassem. Haider nunca vira Mosul, nem pensara muito sobre os Moslawis — em sua maioria sunitas e nortenhos, praticamente curdos na sua mentalidade, montanheses diferentes de bagdalis como ele —, mas não podia negar a beleza que se estendia diante dele. E mesmo que apenas por um momento, sentiu o coração limpo da mácula do que estava fazendo.

Logo que desceram do cume, Ali pediu que desviassem para uma rodovia paralela e então os guiou pelas montanhas, passando por ferros-velhos cheios de carros destroçados até ruínas de pedras que talvez fossem uma antiga ocupação, uma espécie de fortaleza destruída.

"Esse é o monastério de Santo Elijah", Ricks disse a Haider. "Foi fundado no século VI pela Igreja Católica Caldeia. Era um centro pra cristãos no Iraque, e centenas de pessoas vinham em peregrinação pra cá todos os anos. Mas, em 1743, o xá iraniano cercou Mosul, tomou o monastério e matou todos os monges porque não quiseram se converter ao Islã. O cerco a Mosul durou quarenta dias, mas a cidade resistiu." Ricks apontou para um grande buraco na fortaleza: "Tá vendo? Foi um míssil TOW, em 2003. Havia um T-72 bem aqui", ele mencionou, apontando para além do muro, "e a gente tava tão perto."

"Você tava aqui?", Haider perguntou.

"Foi uma loucura. O combate durou a noite toda, me lembro de assistir o sol nascer sobre a colina..."

De repente, três homens saíram do monastério e Ali pediu que parassem a caminhoneta.

Ricks despertou do devaneio e desceu. "Você fica aqui", ele disse a Haider, pegando a bolsa. "Tranquilo."

Steve foi com Ali e falou com os três homens, dois claramente do Daich e o terceiro, o líder, com barba muito mais curta. Não se cumprimentaram com um aperto de mão, só conversaram por uns dez minutos e então Ricks entregou a bolsa. O líder passou ela para um de seus homens, que a abriu e olhou dentro. Algumas palavras foram trocadas; então o americano se virou e voltou para a caminhoneta. A reunião estava encerrada.

"Certo", Ricks disse. "Vamos embora."

No caminho de volta, Ricks falou pelos cotovelos, contando como foi estar no Iraque em 2003 e 2004 comparado a 2007 e 2008. Embora não entrasse em detalhes, soava sincero e nostálgico. "Era um tempo diferente", ele se lembrava. "Antes do Obama retirar as tropas. A gente tava vencendo, sabe. Segurando as pontas."

Haider assentia com a cabeça. Às vezes fazia uma pergunta inofensiva, sem sondar muito, apenas para continuar a conversa. O sol foi se pondo devagar a oeste enquanto seguiam para a cidade. Passadas umas duas horas, ainda muito ao norte de Baiji, estacionaram em uma parada de descanso. Ricks saiu e urinou na roda traseira da caminhoneta. Haider viu seu rosto pelo retrovisor, falando sem parar.

"O problema", Ricks continuou, "era que a gente nunca ia conseguir ter todo mundo do mesmo lado.

Era sempre um grupo contra o outro — sunitas contra xiitas, essa tribo contra aquela, essa milícia contra a outra. Quer dizer, o que fazer numa situação dessas?"

Haider ouviu por mais alguns segundos, então saiu do veículo rapidamente, apontou a M9 na cara de Steve Ricks e atirou. O americano caiu no chão na hora, e o iraquiano contornou a caminhoneta para encontrar o corpo estendido na terra molhada de urina. Havia atingido a bochecha, despedaçando um lado inteiro do crânio. O olho de Steve Ricks ainda se movia rápido, olhando para Haider, a boca tentando articular palavras.

"Conta, amigo", Haider falou com rispidez, "me conta como era."

O moribundo emitiu um gargarejo doentio. Haider abaixou, pegou a M9 da cintura dele e atirou duas vezes na genitália. O homem gemeu e se encolheu, com um grunhido baixo. Haider remexeu em seus bolsos e pegou carteira, relógio e aliança de casamento — e um anel grosso e espalhafatoso com pedra vermelho-sangue em que se lia: *West Point 2002*, USMA, *Orgulho em tudo que fazemos*. Haider não sabia o que significava, mas parecia importante.

Voltou à caminhoneta e partiu em direção a Bagdá. Mais tarde, parou e olhou dentro da mochila, onde havia um celular, alguns pentes de M9, um GPS, um bloco de notas, dois CDs de Tom Petty e canetas. Ficou com os pentes e jogou a mochila pela janela.

Já era tarde quando voltou ao mercado. A maioria das barracas já tinha fechado, os corredores vazios com luzes fluorescentes pareciam assombrados pela ausência das multidões. Abu Luluah fumava narguilé sentado, com Gavião e mais alguns de seus homens.

Luluah viu Haider se aproximar do estande. "Tudo bem, meu filho?"

"Foi uma boa visita a Mosul, tio", Haider reportou. "O americano pediu pra ficar em Karrada, mas disse que precisava falar com você amanhã de manhã, pessoalmente. Só você e Gavião."

Luluah franziu as sobrancelhas. "Sobre o quê?"

"Abu Abdulrahman", Haider arriscou. "Ele disse que a situação mudou. Onze horas, ele falou, no Museu de Bagdá."

Luluah e Gavião se entreolharam, então Luluah assentiu e se virou para Haider. "Muito obrigado pelo recado, filho, e por me fazer esse favor hoje." Ele deu um tapinha no peito de Haider. "Jamail, as chaves."

Haider trocou as chaves com Jamail. "Obrigado pela generosidade, tio", agradeceu, baixando a cabeça.

"Você é muito corajoso, *jundi*", Luluah comentou. "Quem sabe não me faz outro favor qualquer dia desses."

"Ficaria honrado, tio", Haider respondeu, baixando a cabeça de novo.

"Vai em paz", Luluah o dispensou, acenando.

Foi necessário algum esforço para caminhar calma e vagarosamente pelos corredores do mercado vazio. Ainda havia muito por fazer, e ele sentia que seu tempo estava acabando.

Na tarde seguinte, Haider se sentou no café Chabandar, na rua Mutanabbi, para tomar chá e descansar a cabeça ainda sensível. Doía mais do que nunca — talvez por não estar mais sob pressão sentisse mais dor, e a explosão e o tiro podem ter agravado a situação. Contudo, sentado ali entre seus compatriotas bagdalis, conversando em uma tarde tranquila no melhor café da cidade, tudo parecia em paz. Quase sentiu como se pudesse finalmente relaxar. Evidentemente, o museu ainda soltava fumaça e era muito provável que estivesse lotado de policiais, poucas quadras à frente, mas, para Haider, o museu poderia muito bem estar do outro lado do mundo.

As coisas tinham ocorrido melhor do que esperava. Um único passo em falso e tudo estaria perdido. Ele nunca esteve em grande perigo, em momento algum, mas era como fisgar um peixe: a sensação de puxá-lo pela isca, pouco a pouco, fácil e prazerosamente. E se o peixe escapasse do anzol, bem... esse peixe voltaria com seus próprios anzóis.

Abu Luluah e Gavião chegaram às onze em ponto. Ele tinha pagado um menino para esperar por eles e levar a dupla para dentro do museu, através de exposições de esculturas de cera de sumérios, assírios e babilônios. Eles passaram pelas esculturas dos tecelões de bambu, do açougueiro, dos músicos e mesmo por uma réplica do café Chabandar, retratando o lugar nos anos 1950 — a era de ouro da República. Sempre gostou da variedade de chapéus naquela escultura: os homens de negócios com sua *sidara*, os velhos com seu *tarbuche*, as tribos do deserto com as *ghutra* e *chemagh*, e os outros com a *taqiya* simples. Sem bonés americanos... sem fedoras de Saddam, apenas bagdalis sendo bagdalis... apreciando uns aos outros.

O menino conduziu Abu Luluah através de uma barreira em que se lia: NÃO ENTRE: CONSTRUÇÃO. Haider tinha pagado seu primo, que trabalhava no museu, para colocar a placa ali. Disse que Abu Luluah pediu que ele arranjasse um encontro ali, o que de certo modo era verdade. Depois da barreira, o garoto os conduziu até a exposição dos caldeireiros, onde, em pé, ferreiros de cera forjavam lustres, jarros e vasos. Então pediu que esperassem ali.

"Que porra é essa?", Gavião perguntou, mas era tarde demais. Assim que o menino desceu as escadas, Haider ligou para o celular conectado a uma bomba caseira plantada na exposição. Houve uma fração de segundo em que Allah poderia ter enviado uma legião de anjos, mas não mandou, e a parte final dessa ala inteira foi destruída com um estrondo.

Haider estava lá em cima e, assim que o abalo sísmico passou, saiu cuidadosamente da exposição da *madrassa* onde estivera esperando, ajoelhado num traje emprestado e com uma *chemagh*, assistindo a coisa toda se desenrolar. O salão cheirava a pólvora e sangue, e através da fumaça ele conseguiu ver que o estrago tinha sido considerável. Focou não nas esculturas de cera quebradas, derretidas e espalhadas a sua volta, mas nas duas pessoas no chão.

Abu Luluah era uma pilha de sangue e carne, seu corpo farto despedaçado pelas esferas de rolamento e os estilhaços da bomba caseira, mas Gavião ainda estava vivo. O velho pegajoso estava estraçalhado, mas respirando — devia estar atrás de Luluah, protegido em parte pela corpulência do chefe. Gavião alcançou a pistola e tentou se levantar sobre o cotovelo quebrado. Haider chutou a pistola para longe, se aproximou do cotovelo do velho e pisou na junta. Gavião caiu, rangendo os dentes, embora não gritasse, e olhou para cima furioso. Haider atirou nas duas patelas do velho, depois no estômago, e jogou a pistola na fumaça. Em seguida, fugiu depressa do salão superior, desceu as escadas e saiu para a rua, onde, curvando-se, tossiu exageradamente até virar a esquina numa viela. Lá, rasgou seu traje e *chemagh*, e partiu.

Percorreu a rua Al-Rachid e retornou à rua Mutanabbi, permitindo que a adrenalina encharcasse todo seu corpo e que os tremores viessem e passassem sozinhos. Depois, dirigiu-se para o café Chabandar, onde se sentava agora, a cabeça o matando. Bebia chá enquanto o suor refrescava a pele. Acendeu um cigarro, relembrando as últimas trinta e seis horas, e pensou na beleza estranha do monastério Dair Mar Elia, com vista para Mosul, e nos muitos minaretes das dezenas de grandes mesquitas. Conforme o peso dos últimos dias abandonava seus ombros, era abraçado por uma poderosa e expansiva sensação de alívio — quase uma evacuação —, um sentimento tão profundo que lhe trouxe lágrimas.

Piscou, passou a mão pelo rosto, e deu mais um trago no cigarro. Comeria em breve, sozinho, num restaurante de frango no começo da rua; então voltaria para casa e contaria ao pai sobre o caminhão. Depois, deitaria para assistir TV e talvez tirar um cochilo. Precisaria desse descanso. Afinal, em poucos dias voltaria à guerra.

* *Conto escrito originalmente em inglês.*

BAGHDAD HOUSE

ALI BADR

Rua Al-Rachid

O que aconteceu ao senhor Jorge Haddad — um contador da Agha-Porter Comércio de Carros — no verão de 1950 teria sido espantoso até mesmo para alguém que esperava o pior para sua vida. E, de todo modo, não era o caso dele.

Em julho de 1950, o escritório da empresa na cidade de Basra solicitou repentinamente ao contador Jorge Haddad que fosse trabalhar na filial de Bagdá por dois meses no lugar de um dos contadores — o senhor Chukri Jamil. Ele tinha pedido férias por motivos escusos e de maneira inesperada, e nunca mais voltara ao escritório da empresa. Era o segundo contador da Agha-Porter que desaparecia sob circunstâncias misteriosas. Antes dele, o britânico Ted Lancaster sumira e ninguém encontrara seu rastro até então.

Pela tarde, Jorge Haddad embarcou no trem para Bagdá na estação Al-Maqal, em Basra. Embora a viagem fosse durar a noite inteira, não conseguia dormir devido ao barulho alto do motor do trem e alguns incidentes estranhos que o deixaram ansioso. Primeiro, sentiu que a porta da cabine se abriu e ouviu passos se aproximarem. Acordou em pânico, mas não encontrou nada e voltou a dormir.

Depois disso, notou que alguma coisa estranha estava acontecendo na cabine. Confuso, não sabia onde estava — se dormia na sua cama ou em outro lugar. Lembrou-se, então, de que estava no trem. Levantou a cabeça e viu um homem à sua frente, que lhe perguntou se tinha isqueiro para acender seu cigarro. Jorge estendeu a mão até o casaco pendurado, notando a elegância do estranho, pegou o isqueiro e o entregou ao homem, que acendeu o cigarro, balançando com o movimento do trem. Lançou um olhar penetrante para Jorge, devolveu o isqueiro, agradeceu com um aceno e saiu da cabine.

Jorge Haddad chegou à movimentada estação central de Bagdá pela manhã. Estava lotada de viajantes bem-vestidos que se dirigiam à saída principal, seguidos por carregadores com suas bagagens, vendedores de jornais por todos os lados, estrangeiros com chapéus e sombrinhas esperando o trem e universitários parados diante dos cafés. Jorge atravessou a multidão em direção à avenida principal. O relógio da estação marcava dez horas e cinco minutos e sob o céu de brigadeiro fazia um calor tórrido. Ele tirou sua jaqueta bege de imediato e abriu a sombrinha marrom que trazia no lugar do chapéu para protegê-lo do sol. Então seguiu para o estacionamento em busca de uma maneira barata de chegar ao Baghdad House, fosse de ônibus ou de carroça. Tinha no bolso dinheiro para no máximo uma semana, até que a empresa pagasse seu salário. Só encontrou alguns táxis estacionados em frente da banca de jornais; embarcou em um conduzido por um motorista já idoso, que parecia não se barbear havia dias.

Depois de atravessar a zona rural, o táxi entrou na cidade descendo pela longa rua Al-Rachid, ladeada por edifícios modernos com colunas que se enfileiravam em uma arcada infinita. À tarde, a rua ficava apinhada de todo o tipo de veículo, na maioria carros americanos, carruagens puxadas por dois cavalos com cortinas pretas e cocheiros em trajes locais, e ônibus Leyland vermelhos de dois pisos. Jorge Haddad abriu a janela do carro e sentiu uma brisa fria e úmida vir da sombra projetada na rua pelos edifícios.

Passados cerca de quinze minutos, o carro virou devagar na rua Al-Rays e entrou em uma ruela estreita, onde surgiu a fachada de um hotel sombreado por palmeiras alguns metros adiante. O carro parou na entrada principal, com portão baixo pintado de preto.

O hotel era um edifício de tijolos bonito. No andar mais alto, havia uma varanda sombreada por cobertura de madeira, o que lhe dava um aspecto de construção chinesa. A parede do andar de baixo tinha fachada de vidro e cerâmica refinada, e na frente se via um grande número de palmeiras aglomeradas para proteger do sol, cheias de ninhos de pássaros que cantavam naquela hora do dia.

Mais tarde, Jorge soube que o prédio havia sido construído na época da colonização britânica pelo coronel Arnold Wilson — o oficial serviu muito tempo na Ásia — e que depois fora comprado pela família Agha e transformado em hotel.

Deixou seus pertences no carro e foi até a recepção, onde um funcionário de terno branco e gravata cinza o recebeu. Estava tão quente na rua que as plantas aromáticas eram sufocantes, mas assim que entrou no saguão sentiu uma brisa fria e úmida soprar em seu rosto.

A imensa recepção tinha pé-direito alto e dois espelhos grandes nas paredes. Nada os obstruía, exceto algumas cadeiras vermelhas e mesas de mármore preto. Ao fundo, ele viu a dona do hotel, madame Reem, exalando fumaça de cigarro e conversando com um homem elegante sentado em uma cadeira estofada de veludo cor de romã. Diante deles, havia uma mesa com dois copos de suco de laranja, um maço de cigarros e um isqueiro. Jorge Haddad foi até lá e explicou rapidamente sua situação: "Eu sou Jorge Haddad, transferido da Agha-Porter Comércio de Carros. Vim para substituir o senhor Chukri Jamil".

"Ah", disse ela, impressionada. "De novo? Não tem medo? Já desapareceram dois contadores que ficaram nesse mesmo quarto, antes de você." O homem ao lado dela caiu na risada, enquanto Jorge ficou embasbacado e sem palavras. Por fim, se sentiu impelido a dizer alguma coisa.

"Eu não sou herói, nem quero ser. São ordens da empresa. E acredito que o senhor Chukri Jamil tenha tirado férias..."

"Ah... será?", disse madame Reem.

"Por ora, vou pagar o aluguel só de uma semana. É o tempo para a empresa acertar o meu salário." E apresentou a carta de transferência e a identidade.

Madame Reem abriu um sorrisinho conspiratório; em seguida, levantou-se e atravessou o salão gingando os quadris.

Madame Reem o conduziu até o quarto dele no primeiro andar.

Os dois pararam na porta. O quarto estava decorado com peças requintadas e tinha sacada com vista para o jardim — onde hastes de quiabo ainda desbotadas buscavam sombra nas paredes e flores-de-lis ladeavam belas fileiras de mirtilo. Com o cigarro, ela apontou para uma mesa com alguns livros empilhados — em inglês e árabe — e, sobre eles, um pequeno gramofone e alguns discos. Havia também um frigobar com bebidas e vinhos diversos. Por fim, explicou as regras do hotel rapidamente.

"Oferecemos três refeições diárias na cozinha. Comer no quarto é expressamente proibido."

Ele concordou, mas estava mais interessado em saber sobre a dama em si — de uns trinta anos, vestido curto, salto alto, olhos escuros e sempre com um cigarro entre os dedos — enquanto ela continuava com voz firme: "Temos apenas cinco hóspedes. De frente para o seu quarto há um engenheiro chamado Wahid, formado pela Universidade de Cambridge, um hóspede permanente. Está há dois anos numa empresa de transporte anglo-iraquiana. Meyer, dono de um clube noturno às margens do Tigre, dorme de dia e trabalha à noite. No andar de cima, uma senhora iraniana chamada Rahima mora com a empregada. Ela mantém um quarto aqui há muito tempo e vem de tempos em tempos. No quarto em frente ao dela, mora Baruís, uma médica curda. Ela veio de Suleimânia, no Norte, e abriu uma clínica infantil aqui. No momento, está de férias".

Jorge acenava com a cabeça a cada informação enquanto o suor escorria pela testa. Sentia tamanha sede que, assim que madame Reem saiu do quarto, nem colocou as roupas no guarda-roupas, correu para a geladeira. Pegou uma garrafa de cerveja e a tomou. Quando terminou, sentiu-se refrescado naquele dia tórrido. Então, deitou-se na cama.

Antes que pudesse tirar um cochilo, ouviu um grito estridente no andar de cima. A voz abafada vinha bem do interior do hotel. Em seguida, interrompeu-se e prevaleceu a perfeita calma. Seguiu-se então uma voz aguda e trêmula. Ele se levantou e no mesmo instante foi até a porta, mas, ao abri-la, encontrou o silêncio total. Não viu ninguém no corredor nem no saguão. Voltou para a cama, mas, antes de voltar a dormir, escutou uma confusão na escada e alguém gritando a plenos pulmões. Saiu correndo do quarto e foi para a escada. Não havia ninguém no saguão. Momentos depois, deu alguns passos e viu a dona do hotel sair do banheiro do outro lado do saguão, parecendo um tanto desorientada e com o rosto muito pálido, e perguntar: "Que grito foi este?".

"Não sei, mas acredito que veio do andar de cima."

Ele subiu as escadas depressa, viu a porta do quarto das duas senhoras iranianas escancarada e ouviu Sargon exclamar, apavorado, lá de dentro: "Aconteceu um assassinato. Chamem a polícia".

Jorge não entrou no quarto. Desceu as escadas para o saguão correndo e ouviu a porta bater. Foi até madame Reem e pediu que ligasse para a polícia.

"Polícia? Pra quê?"

"Aconteceu um assassinato", respondeu, arfando.

"Quem foi assassinado?"

"Não sei exatamente, mas o crime ocorreu no quarto das iranianas", falou e voltou para onde estava Sargon.

A cena era realmente assustadora. Sargon não estava mais lá. Jorge Haddad entrou e viu madame Rahima e sua empregada mortas. Havia um vaso de flores quebrado no chão e, sobre a mesa, uma faca ensanguentada. No assoalho, em frente à janela, viam--se manchas de sangue e uma corrente de ouro arrebentada. O corpo da empregada estava perto da porta e sua expressão era furiosa. Madame Rahima estava estendida na cama e o sangue ainda escorria do pescoço, tingindo de vermelho os lençóis.

Jorge voltou perplexo para o quarto até que a polícia chegou meia hora depois e começou a investigar o crime: tiraram as impressões digitais para enviar ao laboratório, o fotógrafo pericial subiu e tirou algumas fotos e, por fim, o investigador começou a interrogar todos que estavam no hotel. Jorge não sabia nada de importante sobre as vítimas, nunca as tinha visto antes, e por isso não foi muito questionado. Mas o investigador lhe fez algumas perguntas que o deixaram desconcertado. "Você conhecia os dois contadores anteriores?"

"Encontrei o senhor Ted Lancaster uma única vez, e o senhor Chukri Jamil acho que em mais de uma ocasião, mas não o conhecia bem."

"Certo, e o desaparecimento deles sugere alguma coisa para o senhor?"

"Como o quê?"

"Não sei, queria saber sua opinião, por causa do seu trabalho."

"Não sei absolutamente nada sobre o assunto..."

"Pra mim, é suspeito. Eles não tinham nenhuma relação, mas desapareceram sob as mesmas circunstâncias. Desperta certa desconfiança."

"O que o senhor quer dizer com isso?"

"Quero dizer que deve ficar atento e, se suspeitar de qualquer coisa, não hesite em nos comunicar."

"Mas o senhor Chukri Jamil está de férias", respondeu Jorge Haddad, convicto.

"Sim, mas onde? Quem tira férias vai pra um lugar conhecido. E ninguém sabe onde ele está. Além disso, ele não se apresentou pessoalmente pra solicitar férias."

"O que isso significa?"

"Significa que ele saiu de férias sob ameaça."

Jorge Haddad ficou bastante ansioso depois que o investigador o deixou. Estava claro que havia uma ameaça, mas ele não sabia nada das circunstâncias em que se encontrava. Ainda por cima, um crime tinha acrescentado mistério e obscuridade à situação. Os acontecimentos podiam ser isolados, mas havia uma relação entre eles, e o mais inquietante era que ele já não sabia onde começava e terminava o quebra-cabeça. Uma questão urgente o preocupava e lhe tirou o sono: haveria alguma relação entre o desaparecimento dos contadores e o assassinato que aconteceu no Baghdad House?

Essa era, sem dúvida, a questão fundamental, e ele sentia que a resposta resolveria o mistério. A situação era de fato suspeita e ninguém queria tocar no assunto, então o que ele soube sobre o assassinato das iranianas foi o que leu no jornal local em língua inglesa, o *Baghdad Times*. Segue a notícia:

Os hóspedes do Baghdad House se apavoraram com gritos de terror que pareciam vir do segundo andar do hotel localizado na rua Al-Rachid. Os urros eram de madame Rahima, uma iraniana, e de sua empregada, Kamil, que ocupavam um quarto há muitos meses. Ninguém sabe os motivos de sua estadia. Ao ouvir gritos, o funcionário do hotel — um rapaz de trinta anos chamado Sargon — bateu à porta com força e, quando ninguém respondeu, a arrombou. Ao entrar, achou-se diante de uma cena aterrorizante: um jarro de plantas quebrado no chão, uma faca ensanguentada na mesa e respingos de sangue na frente da janela. No chão, havia ainda uma corrente de ouro e o corpo da empregada estendido perto da porta, ainda quente, com o rosto ensanguentado. Em seu pescoço, encontrou-se uma mancha roxa, sinal de estrangulamento. Madame Rahima, coberta na cama, tinha um corte profundo no pescoço. Quando o empregado tentou carregá-la, a cabeça separou-se do corpo. Jina, a lavadeira, conhecia as duas vítimas e disse que apenas um comerciante de Teerã chamado Hassan, parente distante de madame Rahima, a visitava. Salim, dono de mercearia, disse que a senhora fazia compras em sua loja e que era calma. A empregada de madame Rahima comentou com ele certa vez sobre a relação que mantinha com uma pessoa do Baghdad House, que vinha encontrá-la de vez em quando, embora essa pessoa tivesse desaparecido fazia tempo. Sargon acredita que a voz que ouviu antes dos gritos era de mulher e não falava em árabe, mas não sabe dizer qual era a língua. Quanto à polícia, afastou qualquer suspeita de que o assassino seja mulher. Sem dúvida, trata-se de um homem forte. O problema é saber como o criminoso fugiu com os portões e jane-

las trancados sem que ninguém percebesse. Mesmo a porta do banheiro permanecia totalmente fechada e as vidraças não foram quebradas. Todas as suspeitas se voltaram ao comerciante iraniano desaparecido. A polícia já começara a procurá-lo quando, passados alguns dias, ele mesmo se apresentou para o interrogatório.

A notícia mencionara algumas informações a respeito dele. Era um comerciante rico de Chiraz e não de Teerã e, depois de um tempo casado e sem filhos, tinha se divorciado, mas demonstrava intenções de se casar de novo.

Alguns meses antes, ele esteve com madame Rahima, que o convidara para jantar com o senhor Chukri Jamil, o contador que morava no mesmo hotel, num restaurante requintado na rua Al-Maghreb. Jamil não apareceu, o que não era de sua natureza. A ausência surpreendeu madame Rahima e a empregada. Depois do episódio, o contador desapareceu para sempre, sem deixar rastros.

Apesar da simplicidade da notícia, para Jorge ela sugeria muitos pontos-chave que inspiraram diversas questões enquanto lia o jornal. Primeiro: por onde o assassino entrara e por onde saíra? Segundo: ele ouvira a porta bater ao descer as escadas, mas Sargon havia arrombado a porta do quarto das vítimas. Isso significava que outra porta havia batido, e devia ser a de Baruís, a médica curda. Outra coisa que aumentava suas suspeitas era a declaração de Sargon de que ouvira uma voz feminina falando em língua estrangeira com as vítimas antes do assassinato. "Voz feminina falando em língua estrangeira? Quem poderia ser senão Baruís, a curda?", concluiu.

Pensativo, sentou-se com a cabeça entre as mãos no ônibus a caminho do trabalho e refletiu: "O assassino veio do quarto de Baruís e fugiu por lá, é certo. Não há outra saída e mais dia, menos dia isso será provado. Mas Baruís não despertou suspeitas do investigador, por estar de férias". E, por fim, se perguntou: "Com qual dos contadores madame Rahima tinha um caso? Qual seria a natureza de sua relação com o contador Chukri Jamil?".

Quando chegou no ponto em que deveria descer, Jorge Haddad já havia lido a notícia inúmeras vezes e tinha na cabeça um sem-número de possibilidades. Deixou o ônibus, guardou o jornal na bolsa e caminhou pela rua em direção ao escritório.

Ficava no andar mais alto de um prédio chamado Nagib. A diretora, Edith, uma britânica, tinha por volta de cinquenta anos e era casada com um iraquiano. Havia duas ajudantes, Khairiya, mulher de meia-idade com aspecto jovial, e uma senhora mais velha, Jamila. O escritório tinha mais de dez funcionários — de origem indiana, britânica e iraquiana.

"Finalmente você chegou!", Edith disse. "Estávamos a sua espera... eu já estava preocupada."

"Por quê?"

"Ah, você não estava ontem no Baghdad House...? Não houve um crime lá?"

"Sim, é verdade. Eu estava lá", respondeu com fingida confiança.

"Deus te guarde! Vou pedir para o diretor mudá-lo de hotel. Já perdemos dois contadores em apenas um ano. Você nem bem chegou e já aconteceu um crime!"

"Mas a senhora acredita que exista relação entre o Baghdad House e os crimes?"

"Só Deus sabe! Pergunte à polícia..."

"Eu acho que não são coisas relacionadas. E se foi uma casualidade, poderia ter ocorrido em qualquer lugar. Prefiro ficar nesse hotel. É melhor pra mim e pra polícia que eu esteja num lugar familiar do que num hotel desconhecido."

Jorge permaneceu no escritório até o meio-dia, foi almoçar no centro da cidade e então voltou para continuar verificando registros. De repente, algo nos números orçamentários chamou sua atenção. Chukri Jamil, no dia vinte de junho, anotara o seguinte na coluna de crédito: 12753. Contudo, o senhor Chukri Jamil havia parado de ir ao escritório no dia dezoito. E, embora o dia dezenove estivesse sem registro, no dia vinte havia esse número estranho sem qualquer ligação, detalhe ou recibo que o explicasse. Jorge correu até Edith para informá-la. Disse que não compreendia esse registro de crédito. Ela também estranhou e assentiu com a cabeça.

"De fato, é um número muito estranho. Também não compreendo."

"Me disseram que ele enviou a carta no dia dezoito de junho. Como fez esse registro no dia vinte?"

"Este livro de registros estava com ele. Dois dias após seu sumiço, fomos buscá-lo no Baghdad House."

Nesse ponto, um tanto confuso, Jorge começou a desconfiar de que alguma coisa ali não fazia sentido. Então, madame Edith disse: "Pode ser também que tenha escrito no dia dezoito na página do dia vinte.

Não importa. Mas acha que ele queria dizer alguma coisa com esse número? O que seria?"

Jorge aproximou-se da mesa dela, afrouxando o nó da gravata cor de romã. "Não sei, mas me pergunto se ele disse na carta quando voltaria."

No dia seguinte, o sol prestes a se pôr lançava uma luz púrpura sobre as colunas enormes que se enfileiravam na rua Al-Rachid. A rua Al-Rachid se estendia de Bab Al-Muadham a Bab Al-Charqi. Em 1917, os ingleses chamaram-na rua Rodenberg. A parte que ficava entre o hotel Al-Sabah e o cinema Roxy era o que havia de mais moderno. A pequena passagem em que se localizava o Baghdad House era chamada pelos moradores locais de rua dos Ingleses. Ela se alongava em curvas até o rio e à beira do rio estendia-se outra rua longa com calçadas limpas e prédios novos, que chegava até a ponte Malik Faisal.

Jorge observou os prédios altos que exibiam placas e mais placas de empresas estrangeiras e abrigavam seus escritórios nos andares mais elevados. No térreo, viam-se cafés, bares e clubes noturnos com fachadas sofisticadas. No fim da rua, encontravam-se os hotéis refinados, as lojas de roupas de marcas internacionais e dois cinemas: Roxy e Rex.

Uma ideia o incentivou a atravessar a rua até uma área ocultada por aquelas fachadas sofisticadas. A região exalava um cheiro particular; restaurantes populares ofereciam pratos baratos e hotéis e pensões paupérrimos, com escadas íngremes e bastante dilapidadas, abrigavam mulheres de todos os tipos com um ar de mistério. Ao passar em frente ao hotel Chahrazad, reparou em uma moça com trajes provocativos, parada na porta, fumando um longo cigarro branco entre os dedos. Seus olhos escuros despertaram-lhe desejo.

Antes de voltar ao hotel, foi à Livraria McKenzie, cujo dono — um britânico — se chamava John McKenzie. Importava livros da Penguin, jornais e revistas modernas. Assim que entrou, avistou seu vizinho, o engenheiro Wahid, no fundo da loja. O encontro foi inesperado, e os dois se cumprimentaram e saíram juntos. Ao chegarem ao ponto de ônibus, Jorge perguntou a Wahid se gostaria de tomar um drinque e ele aceitou. Então, foram até um bar barato do lado oposto da rua, na parte mais popular.

O bar era escuro e fedia a álcool. Estava lotado de gente de todos os tipos, mas prevaleciam as prostitutas de idades e aparências variadas. Os homens tinham olhos predatórios, atentos a qualquer possibilidade.

Jorge escolheu um lugar perto da janela e, mal se sentaram, o garçom trouxe duas garrafas de cerveja e dois copos. Wahid tinha por volta de trinta anos, rosto moreno, olhos pequenos e espertos, o bigode aparado com cuidado. Não era refinado, mas vestia-se de modo distinto, simples e prático. Era um estilo mais próximo do americano que do europeu, talvez porque tivesse vivido em Nova York por cinco anos, depois de terminar o curso de engenharia em Cambridge. Era o tipo de pessoa que conversava de forma lacônica e calma. Jorge ouviu com grande interesse o que o engenheiro contou sobre o lugar, e ficou impressionado com sua erudição. Depois de beberem dois copos juntos, Jorge decidiu aproveitar a chance para perguntar a Wahid, com cuidado, sobre o desaparecimento dos dois contadores, que era o que mais lhe interessava. Primeiro perguntou sobre o desaparecimento do primeiro contador, Ted Lancaster, e seu vizinho não quis entrar em detalhes. Disse que algumas coisas relacionadas ao Baghdad House eram complicadas. Os crimes eram misteriosos e havia muitos interesses em jogo. Jorge quis saber se o próprio lugar era um desses interesses.

"A questão parece estar relacionada precisamente com o Baghdad House... ou com seus donos... ou com seus hóspedes. Não entendo e estou realmente perdido", disse Jorge, abaixando a voz com tristeza e hesitação.

Wahid respondeu com calma, mas como quem se esquivava de uma resposta direta: "Sim e não, certamente! Não tenho certeza, mas o Baghdad House tem relações com empresas estrangeiras, membros do governo e gente de influência em Bagdá, o que levanta suspeitas. São coisas relacionadas".

Jorge sentiu que a situação ficava cada vez mais misteriosa e decidiu ir direto ao ponto: "Madame Reem tem algum envolvimento com o assunto?".

"Não sei, mas quem é o marido dela?", respondeu Wahid.

"Não tenho ideia", respondeu Jorge, confuso, afastando o copo da boca.

"Este é o x da questão... eu acho. Mas não há evidências", disse o engenheiro, hesitante.

Jorge quis saber mais.

"Me diga qual a relação entre o desaparecimento de Ted Lancaster e o de Chukri Jamil. Esses desaparecimentos teriam relação com o assassinato da iraniana?

Essas histórias estão conectadas ou são acontecimentos isolados?"

"Quando duas coisas acontecem no mesmo lugar, é provável que tenham alguma ligação. O perpetrador — ou perpetradores — é de uma mesma região. Não tenho nenhuma prova, como já disse, só estou analisando as coisas de longe..."

"Fiquei impressionado com a relação entre Chukri Jamil e madame Rahima."

"Na verdade, quem tinha uma relação com ela era Ted Lancaster. Eram amantes há muito tempo. Não acredito que Chukri Jamil tenha tido uma relação dessa natureza com ela. Muito embora ele tenha aparecido por motivos escusos... talvez para acobertar o caso de Ted Lancaster."

"Ah", disse Jorge, surpreso. "Minha cabeça está doendo."

"Eu disse que a situação era complicada."

"Mas por que ainda não descobriram nada?"

"Porque a história envolve famílias importantes... eles têm costas quentes, não é fácil revelar seus podres. O marido da Rahima é uma pessoa conhecida..."

"Ele vive aqui...? Ninguém nunca mencionou."

"Ele é iraquiano e tinha relações com políticos daqui. Era membro de um dos partidos que se envolveram com o governo anterior antes do golpe... É uma pessoa de caráter estranho."

"Estou confuso. Você acha que a questão é política? Ouvi dizer que Chukri Jamil era comunista."

"Chukri Jamil tinha uma inclinação comunista. Os comunistas acreditam que seu desaparecimento tem motivações políticas. Não acreditam que ele mandou aquela carta pedindo férias. Porém, não acho que ele tenha qualquer relação com Rahima. O nome dele só foi associado ao caso... bem, ao menos é o que acho."

Todas as informações apresentadas por Wahid, embora tenham aumentado o mistério e as incertezas, suscitaram em Jorge muitas perguntas sobre a natureza das pessoas à sua volta. Por isso, começou a procurar informações com extrema cautela. Descobriu que Ted Lancaster, o inglês, um burguês decadente de Manchester, era transtornado, considerado louco. Jorge soube por meio dos funcionários do escritório que era do tipo afciçoado a tudo quc havia de mais estranho e repulsivo. Gostava de prostitutas decadentes e, assim, destruíra seu casamento. Apesar de ninguém falar de sua relação com madame Rahima, todos espalhavam boatos escandalosos sobre ele, como seu gosto por revistas pornográficas. Ele se correspondia com um amigo britânico e tinha grande interesse em livros sadomasoquistas. Uma das pessoas do escritório disse que memorizava poemas longos de sadomasoquismo. Tinha uma coleção de livros escolhidos a dedo, de acordo com seu gosto pervertido. Sentia terrível desapontamento por ter ido para a África e permanecido lá um ano inteiro sem presenciar um assassinato ou uma tortura. Dizem que também gostava de colecionar ferramentas de tortura e livros obscenos. Certa vez, reuniu algumas prostitutas para fazer sexo com elas enquanto assistia à execução em praça pública de um criminoso.

Era ligado a Abd Al-Rahim Al-Agha, marido de Rahima, outro que, aparentemente, também era louco e assustador. Seu comportamento exemplificava o putrefato ambiente aristocrata, em que se mesclavam um tipo de crueldade bestial e amor, e onde o prazer sexual acontecia apenas mediante a tortura da mulher. Todos que se referiam a ele diziam que era uma pessoa complicada e cheia de mistérios. Era o filho mais novo de uma família iraquiana de origem turca ou daguestana. Fora preso em 1946, após a revolução militar, acusado de financiar grupos nazistas no Iraque. Também tinha relações fortes com a empresa em que Jorge trabalhava, a Agha-Porter — daí o nome Agha, como Reem Al-Agha. Jorge Haddad ficou perplexo diante dessa relação tríplice tão intrincada.

Jorge não tinha ideia de que havia ultrapassado os limites até algumas coisas estranhas acontecerem sem explicação aparente. Ao voltar para o hotel naquela noite, encontrou a porta do quarto aberta, mesmo com a certeza de tê-la trancado ao sair, e percebeu que algumas de suas coisas haviam sido remexidas.

Não se tratava de paranoia; situações muito estranhas estavam mesmo acontecendo e havia alguém por trás delas. Perguntou à madame Reem, que negou saber de algo, e então a Sargon. Em vez de responder, Sargon disse a Jorge que alguém tinha vindo perguntar sobre ele. Muito surpreso, Jorge questionou: "E como era?".

"Um homem de uns quarenta anos. Tinha um bigode preto espesso e vestia terno preto."

"E ele disse alguma coisa?"

"Não deixou nenhum bilhete, mas pediu: 'Fale pra ele que mantemos o nosso compromisso'."

"Compromisso?", repetiu, sentindo um calafrio.

Deixou Sargon e retornou ao quarto. Sentou-se na cama e começou a pensar sobre quem estaria orquestrando tudo aquilo: "Será que tem o dedo de Sargon nessa história? Ele foi a primeira pessoa a entrar no quarto da vítima. Mas para quem trabalharia? Para Reem Al-Agha, dona do hotel? Seria ela a assassina? Ou o marido dela, que teria vantagens com a morte dos contadores? Poderia ser também o diretor da empresa Agha-Porter? Talvez tudo tenha sido arquitetado pelos governantes e esses crimes sejam ações políticas camufladas como atos de violência aleatórios". Mas a questão que mais o intrigava era qual a sua relação com toda aquela história. Por que se sentia ameaçado? O que havia feito para se envolver naquelas complicações? Não conseguia pensar em qualquer motivo razoável.

Sentia que tudo já tinha sido planejado e estava completamente fora de seu controle. Os fatos iam ocorrendo e se sobrepondo sem que ele movesse um dedo. E não era um acontecimento apenas, as coisas se seguiam sem lhe dar uma oportunidade para respirar.

Se o plano era tão definido e ele não podia escapar, restava-lhe apenas decidir o que fazer antes que fosse tarde demais. Deveria informar a polícia? Mas o que fariam? Não conseguiam desvendar sequer um crime, que dirá evitar outro. O problema da polícia era que agia apenas depois que o crime acontecia. Tudo o que fazia era perseguir o criminoso. Agora, ele deveria perseguir o assassino de Rahima e sua empregada sem ser descoberto. Refletiu: "De que adianta a polícia prender o assassino depois que ele me matar? Não vale a pena fazer uma denúncia a esses inúteis. Tenho que me proteger de todas as maneiras. Não posso me render, não posso falhar. Ao menor deslize, o criminoso corta meu pescoço".

Sentou-se na cama e se perguntou como um crime sem qualquer relação com ele o transformara em um caçador perigoso capaz de matar para se defender. Sua vida havia se transformado numa verdadeira caça, em um ambiente cheio de violência e medo. Do dia para a noite, um criminoso desconhecido passou a ser o arquiteto de situações em que ele estava envolvido. Ficou sentado, imaginando um homem misterioso em um quarto trancado por dentro, munido de faca, arma de fogo e corda.

As suspeitas de Jorge Haddad não eram meras fantasias, mas a mais pura realidade. A violência espreitava em todos os lugares — a violência de pessoas de face arrogante, riso forçado e extrema crueldade.

Sábado de manhã, ele acordou bem cedo e ouviu funcionários do hotel discutindo no pátio. Não se interessou pela conversa, a princípio, mas pouco a pouco acabou por discernir o nome de Chukri Jamil. Virou-se então para um dos funcionários, um homem grisalho que não conhecia, sentado à porta e perguntou:

"O que aconteceu?"

"Não soube? A polícia encontrou o corpo de Chukri Jamil no rio."

Jorge Haddad ficou muito abalado. Tinha se convencido de que Chukri Jamil havia mesmo pedido férias. Usara esse argumento para se convencer de que a situação não apresentava perigo, mas agora o corpo do contador fora encontrado no rio.

POLÍCIA ENCONTRA CORPO DO CONTADOR DA EMPRESA AGHA-PORTER, JAMIL CHUKRI, JOGADO NO RIO TIGRE. Assim diziam as primeiras manchetes, e a notícia gerou uma onda enorme de suspeitas. As informações incompletas recebidas pela manhã começaram a tomar maiores proporções, até que, ao meio-dia, o noticiário anunciou que Chukri Jamil havia se suicidado. Atirara na própria cabeça às margens do rio Tigre, do lado de Utaifiya, e caíra na água. Antes disso, enviara uma carta à polícia reivindicando a autoria dos assassinatos ocorridos no Baghdad House e afirmando que o corpo de Ted Lancaster estaria enterrado em Kharaba, fora da cidade. A polícia encontrou evidências dos crimes em sua residência, em Utaifiya. Jorge soube desses detalhes por meio de madame Edith, sentada em sua mesa, estarrecida. Nas ruas, os comunistas protestavam, acusando a segurança pública de assassinato e de forjar o suicídio.

"É evidente que se trata de um crime, não foi suicídio", comentou Wahid quando encontrou Jorge no corredor. A desconfiança contra o governo era um sintoma geral entre todas as pessoas esclarecidas, e uma conspiração colonialista por trás de tudo era o argumento mais usual.

No entanto, Jorge, com tudo o que sabia sobre as vítimas e os suspeitos, afastou a ideia de crime político. Se o alvo era Chukri Jamil, por que haveria outras vítimas?

E a sequência de mortes teria chegado ao fim ou continuaria? Uma vez que não conhecia o real motivo das mortes, qualquer passo em falso poderia ser motivo para que também fosse morto. Aquele crime não se limitava à morte de Chukri Jamil. O assassino não pararia: a coisa havia se transformado em um jogo que ele precisaria aperfeiçoar. E o aperfeiçoamento vem apenas com a repetição das ações.

Jorge passou a noite em claro. Tinha os olhos fixos na escuridão enquanto se revirava com a mente inquieta. Percebeu uma luz se aproximar da porta do quarto. Não era uma luz qualquer, tinha cor. Imaginava figuras estranhas e ouvia cochichos. Por um momento, sentiu como se houvesse alguém próximo de sua cabeça sacando uma faca e saltou da cama.

Tudo se tornou aterrador naqueles dias. As coisas mais habituais o assustavam. Mesmo o baixíssimo tique-taque do relógio sobre a mesa de cabeceira podia impedi-lo de ouvir passos que se aproximavam com cautela. O coaxar dos sapos no jardim transformava-se em gemidos intercalados. A batida inesperada de panelas na cozinha soava como tiro seco. Uma vez olhava pela janela, para o outro lado da rua, e algumas placas de madeira assumiram a forma de um homem com uma faca reluzente com vestígios de sangue. Ouviu uma voz na rua que parecia ser uma mulher esfaqueada. Em meio à escuridão, ouviu o gemido de um homem sendo estrangulado. Essas fantasias iam aumentando e se definindo pouco a pouco, até que o gemido passava ao choro e a algo que soava como uma gargalhada sufocada, crescendo cada vez mais.

Foi então que Jorge decidiu decifrar o enigma dos números, pois era o que o conduziria à verdade.

"O que significam estes números?", repetia para si mesmo, olhando para o papelzinho no qual havia copiado a cifra do livro de registro contábil. Estava sentado na cama, concentrado em chegar à solução do enigma. "Isolados, os números não significam nada. E se eu os agrupar em pares? Assim, eu teria 12, 75 e então 3." E falou em voz alta: "O que significaria o número 12 nessa região?". Observou-o por um instante. "Tenho a impressão que já vi o ônibus 12 nessa rua. Vou perguntar ao Salim da mercearia."

"Seu Salim, qual é o número do ônibus que passa aqui?"

"Aqui passa mais de um, o 12 e o 15", respondeu o homem grisalho com óculos de lentes grossas, sem encará-lo, enquanto colocava as compras de um cliente na sacola.

"Pra onde vai o 12?"

"O ponto final é na zona evacuada depois de Al-Waziriya."

Jorge sentiu que se aproximava da solução ou da possibilidade de resolver o que lhe tirava o sono. Decidiu pegar o ônibus 12 para tentar desvendar o enigma do número que Chukri Jamil registrara no livro contábil.

Jorge não foi o único passageiro a desembarcar naquele ponto, outras duas pessoas desceram na última parada. Vestiam uniforme azul e caminharam depressa em direção aos jardins e bosques antigos. Jorge, porém, seguiu em direção a um conjunto de construções abandonadas. Seus pés o guiaram até que, de repente, deparou-se com um hotel isolado, de frente para um bosque fechado, com um velho Rolls-Royce todo empoeirado na frente. Decidiu se aproximar do local.

Era meio-dia e o piso de pedra do hotel estalava sob o sol. No meio do pátio, havia uma fonte seca antiga, feita de pedras pretas, tão grande que bloqueava uma enorme porta de madeira parecida com portões de prisão.

Jorge caminhou com cautela. Ao alcançar o pátio, continuou andando à sombra dos muros altos. Seus passos reverberavam no silêncio. Observou atentamente as paredes brancas do hotel, de onde despontavam janelas sombrias. No lado direito da porta, via-se o número 75 em metal. Chegou à indubitável conclusão de que era o número que Chukri Jamil indicava no seu registro.

Empurrou a porta e hesitou na entrada até perceber que o local estava vazio. O chão era acarpetado e havia duas prateleiras na sala, uma de frente para a outra, com vasos de cobre. Embaixo, várias estátuas enfileiravam-se como figurantes de palco. À direita, tambores grandes de couro de vaca. À esquerda, pedaços de madeira amarrados com cordas. Ele não conseguia imaginar que tipo de ritual seria encenado ali. Ao passar pelas estátuas, observou que algumas tinham a face retorcida, como se agonizassem; outras tinham os corpos contorcidos, rosto de caveira e as mãos atadas nas costas. Jorge reparou também em um tronco de árvore que parecia uma tábua de cortar carne de açougue, sugerindo que algumas pessoas tiveram a cabeça cortada ali.

Os raios de sol entrando pela janela revelaram a poeira que cobria um pequeno quadro com uma mulher sendo açoitada. Ao lado dele, Jorge viu uma fotografia de Rahima com a filha e o marido. Sob a foto se lia: *Abd Al-Rahim Al-Agha, Rahima e Ikhlas*. "O que a foto de Rahima está fazendo aqui?", Jorge se perguntou, chocado. "Quem é esse assassino?"

Jorge sentiu um movimento inesperado atrás de si e, ao se virar, viu um homem idêntico àquele ao lado de Rahima na fotografia.

"Eu estava esperando você", disse Abd Al-Rahim Al-Agha, com um copo de uísque na mão e uma faca na outra.

Jorge se acalmou, resoluto a escapar ileso daquela situação. Arriscou, ousado: "Eu sabia que nos encontraríamos".

"Muito bem, aqui estamos. Mas me diga como chegou aqui."

"Chukri Jamil anotou um número no livro de registros contábeis como código para o lugar do seu desaparecimento", respondeu com calma, embora seu coração batesse acelerado.

"Foi um deslize nosso quando o sequestramos. Não sabíamos que tinha os registros com ele e que havia escrito algo ali. Por isso deixamos o livro no quarto dele."

"Por que o matou?"

"Porque, assim como você, ele sabia demais. Já ouviu a história de Ícaro, que, ao se aproximar do sol, morreu? Você também chegou muito próximo do sol... e por isso merece essa honra. Não se preocupe, a morte é uma honra", acrescentou, sorrindo. "Eu sinto prazer nela e você também sentirá. Afinal, o mundo é feito de sangue e sêmen. Você deve estar se perguntando por que matei Ted Lancaster. Pergunte a Caim porque matou Abel; não foi por causa de uma mulher? O sangue e o sêmen são as fundações deste mundo. O sangue derramado é o fundamento da vida. A morte e a aflição são o que há de mais santo. O assassinato é natural... a vida é a exceção."

"Mas você matou Rahima também."

"Ela tinha que morrer com seu amante. Nós concordamos nisso. Ao trair, ela quis dizer que aceitava o sangue derramado. Esse era o quinhão deles. Aqui, eu torturei Ted Lancaster até arrancar-lhe a alma. E a matei enquanto ela beijava minha mão no Baghdad House."

"Você entrou pelo quarto de Baruís. Ou estava junto com Baruís, porque Sargon ouviu voz de mulher. Matou as duas e então os dois entraram no quarto, porque ouvi a porta bater enquanto descia as escadas. E depois vocês saíram pela janela para o primeiro andar. Só depois você matou Chukri Jamil, para sugerir que ele era o criminoso. Por isso colocou evidências do crime no quarto dele, para que parecesse o assassino. Quanto a Sargon e Reem, foram coniventes com tudo."

"Maravilha! Você sabe muito mais do que deveria."

Abd Al-Rahim Al-Agha afastou-se da escada e deu alguns passos pelo grande salão. Enquanto se aproximava, Jorge Haddad percebeu uma passagem pela escada e correu desesperado até lá, saindo do salão. Abd Al-Rahim virou-se. Não perseguiu a presa de imediato; serviu-se de mais um copo de uísque com calma, acrescentando algumas pedras de gelo. Pegou a corda da gaveta, ainda segurando a faca. Terminou o uísque, colocou o copo sobre a mesa e foi atrás da vítima.

No andar de cima, Jorge procurava por uma janela para escapar do hotel. Pensou em pular e usar o telhado para fugir, a única saída possível. Através da janela de uma sala, via-se telhas, mas ela estava fechada com pregos. Tentava soltá-los quando viu Abd Al-Rahim chegar. O suor começou a descer pela testa; então, de repente, se deu conta de que a janela se movia. Viu que os pregos velhos que restavam estavam soltos e, com um forte puxão, abriu a janela. Com Abd Al-Rahim já arfando perto, e antes que a faca o perfurasse, escorregou para fora. Assim que pisou no telhado, seguiu atordoado, a passos lentos, sentindo o chão muito distante. Se saltasse de onde estava, não sobreviveria. Virou a cabeça e viu uma coluna que levava a um nível mais baixo do telhado. Dirigiu-se a ela com rapidez e desceu por ali.

Abd Al-Rahim foi atrás de Jorge, mas suas mãos deslizaram e se soltaram da coluna. Nesse instante, ouviu-se um grito aterrorizante rasgar o silêncio. Ele rolou pelo segundo telhado e caiu na fonte de pedra, onde bateu a cabeça. Quando Jorge se aproximou, viu-o emitir seu último suspiro e o sangue jorrar de seu nariz. Correu o mais rápido que pôde.

No dia seguinte, saiu à rua e se deparou com uma manhã iluminada. Esqueceu-se do crime e mergulhou no tumulto de Bagdá. Os quiosques expunham as mercadorias nas calçadas: frutas frescas de cores vívidas, verduras cintilantes destilando aromas intensos, doces castanho-avermelhados e barras torcidas de caramelo prateado. Havia vendedores de peixe, sorvetes e sucos. Então Jorge sentiu que alguém o observava. Alguém com um guarda-chuva atrás dele olhava em sua direção. Toda vez que ele se virava, a pessoa mudava de direção.

Algum tempo depois, a pessoa desapareceu e, após alguns dias, a vida de Jorge Haddad entrou nos prumos. Estava tudo tranquilo no hotel e madame Reem e Sargon o tratavam muito bem. Depois do trabalho, ele ia ao cinema e, às vezes, caía no sono na poltrona quando o filme não era tão bom. Outros dias, voltava direto para o hotel, tomava banho e, após um curto passeio pelas ruas próximas — em que observava as fachadas e os anúncios —, jantava no restaurante Abu Johnny e tomava um drinque no bar, onde um barman esguio o servia. Depois, retornava ao hotel para dormir.

Um dia antes de terminar sua estadia ali, ao voltar para o hotel à noite, ouviu alguns passos atrás de si. A rua do hotel Chahrazad estava vazia, exceto por uma prostituta bêbada parada sob o poste. Um homem com um cigarro entre os dedos se aproximou dela. Jorge passou por um bar decadente de onde ouviu gritos. Sentiu como se o caminho tivesse escurecido. De chofre, percebeu um carro atrás dele e seu coração quase parou de bater. Mas o veículo seguiu seu caminho. Deu-se conta de que entrara em uma rua totalmente escura. Ao se virar, viu dois homens: um à frente e o outro atrás. Um lhe pediu fogo. Jorge tirou o isqueiro do bolso e acendeu o cigarro do homem.

Então, uma faca em mão firme o golpeou por trás. Ele caiu no chão, ofegante, olhou para cima e viu as estrelas se apagarem pouco a pouco.

* *Conto escrito originalmente em árabe.*

TERÇA-FEIRA DA DESOLAÇÃO

LAYLA QASRANY

Distrito de Al-Andalus

Bagdá, verão de 1978

"Você tem uma longa viagem pela frente, mas será surpreendido por muitos obstáculos", disse Hasmik, a vidente armênia, conhecida por ver o futuro na borra de café. Ela virava a xícara de Youssef de um lado para o outro. "As portas estão todas fechadas diante de você. O mal vai te encontrar", falou em um árabe pobre, depois murmurou algumas súplicas em armênio. A profecia não o agradou nem um pouco, pois Youssef sabia exatamente o que queria fazer. Pagou a mulher pela consulta e deixou a casa atordoado, sem querer acreditar no que ela vira na xícara.

Ele era homem da ciência e, em geral, não acreditava no que chamava de superstições. Engenheiro bem-sucedido, empreiteiro da maior empresa de ar-condicionado do país, metade da população de Bagdá o conhecia. Recorrera à vidente pois esperava obter uma garantia espiritual sobre o futuro em relação à viagem que planejara para a família.

Naquela noite, sua esposa, Hala, o esperava no clube Al-Machruq para jantarem com amigos e jogarem bingo. Era o ritual que os dois realizavam durante o verão: todas as quintas, deixavam as crianças com a babá e desfrutavam da noite com os amigos no clube, onde Hala ensinara os filhos a nadar e os levava todas as terças-feiras.

"Bagdá já não é mais um lugar seguro", Youssef se limitou a dizer ao amigo Fouad, sem mencionar que planejava deixar o Iraque e migrar com a família para Londres em algumas semanas.

"Entendo perfeitamente o que quer dizer", falou o amigo, e então completou: "Ontem dormíamos com os portões abertos; da noite pro dia passamos a trancá-los com uma dezena de cadeados".

Youssef e Fouad falavam por meio de códigos e metáforas para se referirem ao autoritário regime baathista, temendo que alguém do serviço de inteligência estivesse na mesa ao lado e escutasse a conversa.

Apesar de Hala ser apegada à família e a Bagdá, não rejeitou a inesperada ideia de emigrar, pois amava o marido a ponto de concordar com todas as suas decisões sem pestanejar. Amava-o tanto que não conseguia esconder esse amor diante das amigas, que a invejavam quando ela falava do esposo com paixão. Certa vez, comentou com elas que os filhos Nadir e Dalia se pareciam com o pai porque ela o amava muito. Youssef apenas ria das teorias da esposa. Hala o havia conhecido no terceiro ano da escola politécnica e, depois de se graduarem, se casaram na igreja de Mar Gorgis, no bairro de Bagdá Al-Jadida, onde também batizaram os filhos. Agora restava-lhe seguir a decisão do marido e deixar o Iraque.

"Terça-feira é dia de azar", era o que repetia Hala. "Às terças, os espíritos do mal saem pela terra pra arrebatar as almas. Não quero viajar na terça-feira. Odeio as terças. Meu tio e meu avô morreram numa terça-feira."

O marido se limitou a responder: "Minha querida, não posso mudar as passagens. Já comprei, não tem mais jeito. Além disso, nossa viagem é na quarta, veja!". Ele abriu a gaveta da escrivaninha e pegou os quatro bilhetes guardados com cuidado em uma pasta com os passaportes verdes. "Olhe! Sairemos cinco minutos depois da meia-noite, o que quer dizer que a viagem é na madrugada de quarta. Enfim, tenho coisas mais importantes pra resolver agora. Preciso descobrir um modo de levar as joias com a gente. Você sabe como é a lei." E guardou as passagens de volta na pasta. "Talvez eu tenha que dividi-las entre nós quatro."

"Coloca as correntes mais grossas e os crucifixos debaixo da roupa e eu ponho os anéis e as pulseiras. Posso também pôr alguns dos anéis nas correntes", sugeriu Hala.

Naquela noite, Youssef deitou a cabeça no travesseiro, mas não conseguiu pregar o olho. O medo o impedia de dormir. E se o serviço de inteligência e a polícia os impedissem de viajar? E se seu nome estivesse na lista de perseguidos? E se retivessem todo o ouro? Eram tantas as questões que o afligiam. Além disso, já havia vendido a empresa e enviado o dinheiro para a Inglaterra por meio de um amigo que trabalhava no consulado britânico, e só recuperaria seu patrimônio em Londres. Só restara de suas posses a casa e um pequeno apartamento em um dos prédios de Al-Zuyuna, que deixou sob a responsabilidade de seu irmão Sami, sob a condição de vendê-los assim que partisse do Iraque.

Um dia antes da partida, Youssef sugeriu à esposa que levasse as crianças para comer o hambúrguer de Abu Younan pela última vez, no centro da cidade e, de lá, fossem se despedir da família dela no distrito de Al-Baladiyaat.

Durante o trajeto, o coração de Youssef disparou quando passaram perto do centro do serviço de segurança. "Por causa desses cães de caça, temos que deixar o Iraque", disse à mulher. "Não temos mais lugar aqui. Esse sistema não suporta ver uma pessoa bem-sucedida, a menos que esteja envolvida com eles."

Hala desconhecia os problemas que Youssef enfrentava no trabalho, e ele não queria que se preocupasse com os conflitos que tinha com os baathistas. Eles o haviam visitado na empresa e pedido que explicasse o motivo do atraso em atender à solicitação do ministro do interior para instalar o ar-condicionado em uma de suas casas, no bairro de Al-Mansour. Youssef sempre tentava se esquivar com desculpas como: "A empresa está com muito serviço no momento" ou "Temos um contrato com empresas turísticas, em Arbil". Contudo, essas respostas não convenciam e Youssef sempre reclamava com o irmão mais velho: "Os baathistas querem que eu entre no jogo deles e não vão me deixar em paz até que me torne um deles. A única saída é deixar o país".

Hala chorou durante todo o caminho até a casa da mãe em Al-Baladiyaat. No banco de trás, as crianças, em silêncio, sentiam que a mãe delas estava decidida a ir, mas não compreendiam por que chorava. Ela nunca havia saído de Bagdá a não ser para viagens curtas a Beirute e Istambul. Como gostaria de poder se despedir dos vizinhos tão bondosos! Mas a viagem da família era um assunto extremamente sigiloso, que nem mesmo ela sabia muito bem o motivo.

A família passou um tempo com os parentes de Hala, que chorou nos braços da mãe e, ao se despedir, ficou repetindo: "Você tem que vir nos visitar em Londres". Assim que deixaram a casa, a mãe de Hala encheu um balde com água para atrair bons agouros.

No dia seguinte, terça-feira, fazia muito calor pela manhã e Hala, ocupada em colocar a última peça de roupa das crianças nas malas, foi interrompida por Youssef: "Vou levar Nader comigo ao barbeiro e logo voltamos".

"Não demore, Youssef, não vou almoçar sem vocês."

Hala estava bastante nervosa com a viagem, principalmente porque era muito apegada à casa no distrito de Al-Andalus e tinha um grande apreço por sua mobília e tapetes iranianos antigos. Aquela casa era toda sua vida. Havia mobiliado cada cômodo com dedicação, e todas as suas memórias com o marido e os filhos tinham sido vividas ali. Para ela, aquela viagem era uma grande perda.

A babá, Mariam, era a única que sabia da viagem, pois era a única pessoa em quem Hala confiava. Afinal, vivia com eles desde o nascimento de Nader. Era uma mulher de poucas palavras que dedicara a vida ao serviço da patroa e aos afazeres da casa, jurando nunca se casar.

Naquele dia, a pequena Dalia, de quatro anos, ficou sonolenta e começou a chorar, então Mariam deixou as panelas, lavou as mãos e pegou a criança nos braços. Antes de colocá-la para dormir, disse à patroa: "Madame

Hala, vou colocar Dalia na minha cama pra que fique com o cheirinho dela depois que vocês partirem".

"Ah, *habibi*, vou sentir tanto a sua falta", Mariam sussurrou para a menina, enquanto a levava para seu quarto, perto da cozinha.

Em seguida, voltou para preparar pela última vez o almoço, atendendo ao pedido de Hala: quiabo iraquiano com alho, limão e tomates frescos, acompanhado de arroz âmbar, tão cheiroso que dava para sentir da rua. Enquanto se ocupava do almoço, a babá ouviu uma batida na porta da cozinha e abriu, achando que era o jardineiro.

Um homem a golpeou com um machado e Mariam tombou. Ele entrou na casa e subiu até o segundo andar. Hala ouvira um grito estranho e passos rápidos, mas era tarde demais para fugir. Já no corredor, achou-se indefesa diante de um homem alto. Ele lhe deu uma machadada no ombro. Hala gritou e caiu; o homem a agarrou pelo pescoço e a golpeou novamente na cabeça. Foi até um dos quartos em busca de Youssef e, não o encontrando, fugiu alguns minutos depois.

Quando chegou em casa, duas horas depois, Youssef sentiu o cheiro de arroz queimado da cozinha. Correu até lá e encontrou Mariam aparentemente morta em uma poça de sangue. Nader gritou ao ver a babá caída. Youssef rapidamente cobriu a boca do filho com a mão e o empurrou para fora pela porta da cozinha.

"Corra para a casa do vizinho", ordenou ao menino.

Em seguida, pegou uma faca da cozinha, presumindo que o assassino ainda pudesse estar na casa.

Subiu com cuidado até o segundo andar. Chamou pela esposa, mas Hala não respondeu. Achou-a no quarto com o corpo afundado no próprio sangue e soltou um grito pungente. Então procurou pela filha e ouviu sua voz no piso de baixo. Dalia chorava no quarto de Mariam. Youssef desceu correndo e a pegou nos braços, enquanto o filho batia na porta da cozinha, aterrorizado.

Youssef levou as crianças para fora e entrou mais uma vez em casa. Subiu até o último andar depressa. A porta do sótão estava aberta. Compreendeu então que o criminoso havia fugido por ali. Ele não sabia mais o que fazer. Sentou-se e chorou sobre o corpo da esposa. Um tempo depois, ouviu a voz dos vizinhos que se reuniam na porta da casa. Desceu e os encontrou diante do corpo de Mariam.

"Olha, ela está se mexendo! Não está morta! *Subhanallah*!", gritou Abu Ahmad. "Vou levá-la ao hospital."

Os demais o ajudaram a carregá-la até o carro e Abu Ahmad partiu acompanhado da esposa para o pronto-socorro do hospital Ibn Al-Rachid, em Al-Andalus. Youssef subiu com outros homens até onde estava Hala, morta. Segurou o corpo da esposa na esperança de que ainda estivesse viva, mas Hala não se mexia.

"*La Ilaha Ila Allah*", disse um deles. "Vou ligar pra polícia, eles devem chegar bem rápido."

Youssef perguntou pelos filhos e lhe disseram que uma das vizinhas os levara para a casa dela.

Mariam havia perdido muito sangue e permaneceu no hospital por algumas semanas. Perdeu também a memória e passou por diversas cirurgias.

"Ela vai sobreviver, mas nada será como antes", disse o médico. "Ela sofrerá de epilepsia para sempre."

Youssef enterrou a mulher no cemitério Mohammed Sukran, fora de Bagdá, a caminho de Kurkuk Al-Qadim. Decidiu passar uma temporada na casa do irmão com as crianças. Assim que se recuperou, Mariam foi interrogada por baathistas. Em uma das visitas, o investigador disse: "Escuta, queremos tomar seu testemunho em nosso departamento. Vamos colocar alguns suspeitos diante de você e então diremos o que deve fazer, entendido? Vamos pagar uma indenização pelo que aconteceu, um agrado do vice-presidente".

"Sim, senhor."

Mariam não disse muito mais, apenas algumas palavras entrecortadas. Tremia de medo diante das feições cruéis do oficial de polícia enquanto orava segurando o crucifixo pendurado no peito, como se pedisse que a livrassem daquela situação, dela mesma, daquele partido e da desgraça que lhe sobreviera sem saber por que tudo aquilo estava acontecendo.

Quando recebeu alta, o serviço de investigação retornou. Levaram-na de táxi até o prédio e a puseram em uma sala, onde esperou sozinha pelo oficial e seu colega. O oficial disse: "Vou levar você para reconhecer o criminoso. Gostaria que você assinasse este documento depois de nos dizer quem é. Provavelmente é o segundo do lado direito. Na nossa opinião, ele cometeu o crime".

Eles a levaram até outra sala, vigiada por dois policiais. Um deles abriu a porta para que entrassem. Mariam não levantou a cabeça. Resumiu-se a murmurar algumas palavras e apontar para o homem — o segundo da direita, como haviam lhe dito. Era um homem escuro, alto e parecia ter por volta de trinta anos. Ele permaneceu firme como uma palmeira iraquiana, apesar da vermelhidão dos olhos. Parecia não temer o falso testemunho de Mariam. Antes de deixar o prédio, ela assinou um documento no qual lia-se: *Mahmoud Kadhim Mussa, vinte e oito anos. Criminoso com antecedentes. Em um ato de covardia, no dia 25 de julho do ano de 1978, invadiu a casa de uma família iraquiana, matou a matriarca, a senhora Hala Habib, e agrediu a senhorita Mariam Toubia com a arma do crime, mas Deus preservou sua vida para que testemunhasse sobre esse crime nefasto.*

Mariam chorou amargamente depois de assinar o documento. Ao sair do prédio, encontrou o sobrinho, que a esperava do lado de fora num táxi. Quando chegaram à casa da irmã, achou Youssef sentado tomando café — sem conseguir esconder seu nervosismo, agitava a perna sem parar. A irmã de Mariam ofereceu a ela um copo de água gelada. Ela bebeu e sentou-se de frente para Youssef. Ele perguntou como havia sido o interrogatório.

"Você viu o criminoso?"

Ela evitou uma resposta direta: "Me fizeram muitas perguntas, como se eu não tivesse perdido a consciência naquele dia".

Youssef se curvou diante dela e perguntou, com certa ironia: "Você conseguiu reconhecer o assassino?".

Mariam não teve coragem de dizer que apresentara falso testemunho.

"Foi muito fácil reconhecê-lo. Me lembrei das feições dele e consegui diferenciá-lo entre os quatro suspeitos."

"Tem certeza de que era ele?"

"Não podia ser outra pessoa. Foi o último rosto que vi antes de perder a consciência naquele dia terrível."

"Quer dizer então que o reconheceu assim que colocou os olhos nele, sem a ajuda de ninguém?"

"Sim, o rosto dele é diferente. Tem as sobrancelhas grossas e unidas... e..."

"Mas você me disse, assim que saiu do coma, que ele estava de máscara. Como pode falar das sobrancelhas? O que diz não faz sentido!", ele exclamou com raiva.

Mariam tentou escapar das perguntas do patrão com a desculpa de estar cansada e precisar dormir um pouco.

"Estou com muita dor de cabeça... por favor, peço licença para descansar", disse apertando as têmporas.

Antes que Mariam saísse, Youssef perguntou: "Só me diga uma coisa, qual o nome dele?".

"De quem?"

"Do homem, o criminoso. Qual o nome dele?"

"Não sei... acho que era... Mahmoud Mussa", e deixou a sala.

A irmã de Mariam tentou consolar Youssef ao vê-lo colocar a cabeça entre as mãos.

"Não podemos questionar os desígnios de Deus. A morte é certa e todos trilharemos esse mesmo caminho. Sua perda foi imensa, mas você é um homem de fé e não pode permanecer triste pela sua esposa. Tem que ser forte, você tem dois filhos. Eles precisam de você. Fortifique o seu coração. Deus se vingará daqueles que cometeram esse crime horrendo e desumano."

Youssef foi embora com raiva de si mesmo, do Iraque, de Deus e de Mariam. Não precisava descobrir quem era o assassino, pois tinha certeza de que os baathistas haviam matado sua esposa. Voltou para a casa do irmão, onde as crianças esperavam por ele, e os levou até a sorveteria. Depois, chorou a noite inteira, dizendo para si: “Vou ter que criar meus filhos sem Hala. Eles vão sentir tanto a falta da mãe. Como vou criar essas crianças sozinho? Perdi tudo num único dia. Se viajar agora, as pessoas vão dizer que não estou triste pela morte da minha mulher. Mas será que devo ouvir o que as pessoas dizem? As pessoas falam e depois se calam, mas o futuro dos meus filhos é responsabilidade minha. Tenho que tirá-los do país antes que me matem e as crianças fiquem órfãs de pai e mãe”.

Youssef sabia que era ele que deveria ter morrido naquela terça-feira devastadora. Pensou em se casar novamente e ter uma mãe para as crianças, mas como garantir que a futura esposa amaria os filhos? Além disso, não estava pronto para se casar de novo. O sangue da esposa nem havia esfriado no túmulo, e a aliança de casamento ainda era parte de seu corpo. Não a tirou da mão por um só dia. E o nome de Hala continuava gravado nela. Ele se lembrou de quando, depois do casamento, acompanhou Hala até o *souq* do ouro na rua Al-Nahr para gravar os nomes nas alianças com um joalheiro sabeu — onde comprara todo o ouro do casamento, o colar de moedas, as pulseiras torcidas em correntes grossas. Naquele dia, dissera a ela: “Hala, escolha todas as peças de ouro que quiser. Deixe que seja meu primeiro presente de casamento”.

"*Habibi*... você é tudo o que eu mais desejo, já tenho o que quero em você. O que faria com um metal?," respondera Hala com ternura.

Naquele dia, Youssef teve certeza de seu valor e agradeceu a Deus por tê-la escolhido como esposa. Estava no caminho certo.

Passados alguns dias, Youssef decidiu deixar a casa do irmão e voltar com as crianças para sua casa.

"Não quero ser um peso pra você e sua esposa", disse ao irmão.

"Não diga isso. Não há diferença entre os seus filhos e os meus, Youssef."

Youssef agradeceu ao irmão e voltou para casa com as crianças. O lugar estava abandonado. Era a primeira vez que entravam ali desde a morte de Hala. Dalia e Nader correram para seus quartos. Youssef parou diante da escada e lembrou-se daquele dia de julho — como encontrara a esposa imersa em um mar de sangue com o rosto inchado. Sentiu que a alma da esposa continuava na casa, mas então ouviu a voz dos filhos, colocou-os no banho e depois na cama. Certificou-se mais de dez vezes de que havia trancado todas as portas e dormiu na sala.

No dia seguinte, visitou seu vizinho, Abu Ahmad. Enquanto sentavam-se no jardim para tomar chá, as crianças brincavam e corriam ali e em torno do carro estacionado na frente da casa. Abu Ahmad trazia a tristeza estampada na face. A princípio, Youssef não perguntou nada, pensando ser uma questão de polidez e gentileza de sua parte. Era a primeira vez que via o vizinho depois da morte de Hala. Depois do crime, os vizinhos não acharam um jeito para perguntar a respeito do assassinato e ele tentou persuadi-los de que a tragédia tinha sido tentativa de roubo seguida de morte.

Youssef percebeu que Umm Ahmad vestia preto e então perguntou a seu marido: "*Ya* Abu Ahmad, por que sua esposa está de preto? É luto?".

"Sim, o filho da irmã dela morreu."

Quando Youssef perguntou o que tinha acontecido, o vizinho explicou: "Ele morreu... ah, meu caro vizinho... era um moço muito jovem... o que posso dizer? Morreu num acidente de carro".

"*Allah yurhamahu*. Que vendaval, Abu Ahmad. Que notícia terrível."

Depois do assassinato de Hala, qualquer notícia como essa causava ansiedade a Youssef, ao mesmo tempo que lhe dava a sensação de não ser o único neste mundo a enfrentar tamanha desgraça. Quando Umm Ahmad trouxe o chá e se juntou a eles, disse: "Sinto muito por seu sobrinho, eu não fiquei sabendo".

"Não queríamos incomodar. Já bastam as suas preocupações, Abu Nader. Meu coração está partido. Mahmoud era um moço bonito, esforçado, um piloto ambicioso. Estava na flor da idade. Queria que nunca tivesse voltado."

Youssef terminou de beber o chá e, mais tarde, quando começou a brisa fria, chamou as crianças para colocá-las na cama antes do cair da noite. Ele mesmo não conseguiu dormir. Sentia no peito o peso da tristeza e da ansiedade. Alguma coisa o perturbava e ele não sabia o que era. De repente, entre o sono e a vigília, lembrou-se do que lhe dissera Umm Ahmad sobre o sobrinho: Mahmoud, o mesmo nome do assassino de Hala. Seria só coincidência? Não dormiu até o amanhecer. Às dez da manhã, foi até a casa de Abu Ahmad.

"Bom dia, Youssef? Está tudo bem?", perguntou o vizinho.

"Gostaria de falar com você. Venha, vamos tomar um café. Pode ser?"

"Claro, meu caro. Me dê só um minutinho."

Na cozinha em que Mariam havia caído quase morta, os dois se sentaram.

"Umm Ahmad disse que o filho da irmã morava fora do país. E você disse que ele morreu num acidente de carro. Onde? Me diz a verdade, Abu Ahmad."

Abu Ahmad hesitou, parecendo perturbado.

"Não, não foi isso... eu disse que ele estava voltando do aeroporto de uma viagem e morreu num acidente de trânsito."

"Você não está dizendo a verdade, *ya* Abu Ahmad. Eu te conheço há anos..."

"Por que está perguntando isso?", quis saber Abu Ahmad, agitado.

"Quero a verdade."

"*Ya* Abu Nader. Ninguém sabe a verdade. Bem, vou contar o que sabemos. O moço era um piloto da aeronáutica iraquiana e fugiu num avião pra Havana há alguns anos. Pediu refúgio e viveu lá, até se casou com uma cubana. Mas sentia muitas saudades do Iraque e veio pra cá com passaporte cubano, trazendo a esposa. Só que o governo o conhecia. Capturou-o, enforcou-o e deportou a esposa. Essa é a verdade. Ficamos com medo de dizer que foi executado. Mas por que a curiosidade?"

"Por nada. Apenas queria saber o que havia acontecido. Talvez os mesmos baathistas que mataram Mahmoud também tenham matado Hala", disse Youssef, erguendo os olhos marejados.

"Todos sabemos que eles são assassinos, meu amigo", disse Abu Ahmad, acendendo um cigarro. Contudo, ainda não via a relação entre o assassinato de Mahmoud e o de Hala.

"Eu era o alvo no dia em que mataram Hala. Eles sabem que sou contra o regime e não faria nenhum acordo com eles, por isso queriam me matar. Mas mataram minha esposa pra me afrontar."

"Você tem que fugir daqui. É um homem de boas condições financeiras, *Machallah*! Pode deixar este país, viajar."

"Viajar? E vou para onde, Abu Ahmad? Eu ia viajar na mesma noite em que Hala foi assassinada", disse com um suspiro.

"Deus vai te ajudar, homem. O que vai fazer agora?"

"Não tenho ideia", Youssef respondeu ao vizinho.

Contudo, sabia exatamente o que faria. Naquela noite, levou os filhos para a casa da avó em Al-Baladiyaat e dirigiu até a casa de Hasmik, a vidente. A filha dela serviu-lhe uma xícara de café e as informações de como virá-la. Ele disse que já estivera ali antes e conhecia bem o ritual. Bebeu o café e balançou a xícara, esperando que esfriasse. Passados alguns instantes, Hasmik entrou e se sentou ao lado dele. Ao olhar para ele, lembrou-se da visita anterior. Murmurou uma oração. Seus olhos se moviam com ternura enquanto lia a xícara com prudência. Dessa vez, ele acreditou nela. Pagou-lhe o dobro do que Hasmik cobrou. Deixou a casa da vidente e partiu direto para a agência de viagens da rua Al-Saadun. Comprou três passagens para Londres.

* *Conto escrito originalmente em árabe.*

AGRADECIMENTOS

Gostaria de agradecer a minha esposa, Margaret Obank, por sempre estar ao meu lado quando preciso. Agradeço especialmente a minha amiga Alenka Suhadolnik, que me emprestou sua casa de campo no interior da Eslovênia para que eu pudesse organizar este volume. Agradeço enormemente também a meu amigo e editor da Akashic Books, Ibrahim Ahmad, pelo apoio e pela paciência. Finalmente, minha mais profunda gratidão a todos os autores pela excelente colaboração.

S.S.

Dados Internacionais de Catalogação na Publicação (CIP)

B144

Bagdá noir / organizador Samuel Shimon ;
tradutora: Jemima Alves. – 1. ed. – Rio de
Janeiro : Tabla, 2023.
352 p. ; 21 cm. – (Série Noir)

Tradução de: Baghdad noir.

ISBN 978-65-86824-54-4

1. Literatura árabe. 2. Ficção noir.
3. Bagdá (Iraque) – Ficção. I. Shimon, Samuel.
II. Alves, Jemima. III. Série.

CDD 892.736

Roberta Maria de O. V. da Costa – Bibliotecária CRB-7 5587

título original
Baghdad Noir

Livro publicado originalmente pela Akashic Books, New York (www.akashicbooks.com)

Editor
Lielson Zeni

Coordenação editorial
Laura Di Pietro

Preparação de texto
Isa Próspero

Revisão
Cássio Yamamura
Gabrielly Alice da Silva

Capa e projeto gráfico
Tereza Bettinardi

Diagramação
Valquíria Chagas

Foto de capa
© Homo Cosmicos / Shutterstock

[2023]

EDITORA ROÇA NOVA LTDA
+55 21 997860747
editora@editoratabla.com.br
www.editoratabla.com.br

Este livro foi composto em Druk e Nyte,
e impresso em papel Avena 80 g/m² pela
gráfica Exklusiva em maio de 2023.

FSC
www.fsc.org
MISTO
Papel produzido
a partir de
fontes responsáveis
FSC® C051266